謎の東丹国使

森下征二

鳥影社

謎の東丹国使　目次

謎の東丹国使

《主要登場人物》

裴璆《はいきゅう》
東丹国《とうたんこく》の文籍《ぶんせき》大夫。日本派遣使節。渤海《ぼっかい》国滅亡前、使節として日本へ二度渡航した経験がある。

大宿祢《だいしゅくでい》
最後の渤海王大諲譔《だいいんせん》の妹婿。菅原道真の庶子。渤海反乱軍の統領。

茉莉花《まりか》
渤海国世子《せいし》（皇太子）大光顕《だいこうけん》の妻。大宿祢の娘。道真の孫娘。東丹国使船に同乗し、契丹帝国の日本侵略計画情報を日本国へ急報。

藤原雅量《ふじわらのまさかず》
渤海国存問使《ぞんもんし》。裴璆の旧知。

小次郎《こじろう》
平小次郎将門《まさかど》。藤原忠平の家人で滝口《たきぐち》の武士。桓武天皇の血筋を引く坂東武者。茉莉花と相思相愛になる。

鬼藤太《きとうだ》
藤原純友《すみとも》。藤原忠平の一門。伊予で育ち、瀬戸内をはじめ、遠く中国・朝鮮まで出かけ海賊働きの経験あり。

菅原道真《すがわらのみちざね》
宇多《うだ》天皇に取り立てられ、右大臣就任。藤原時平《ときひら》の陰謀により、大宰権帥《だざいのごんのそち》に左遷され怨死。死後、怨霊となって都に跳梁する。菅帥《かんのそち》とも言う。

藤原忠平《ふじわらのただひら》
左大臣。時平の弟。当時の日本の最高権力者。関白就任を望み、醍醐天皇の追い落としを企む。

醍醐天皇《だいごてんのう》
時の帝《みかど》。忠平と対立しながらも、操られる。道真を大宰府に左遷したため、道真の怨霊に苦しめられる。

藤原穏子《ふじわらのやすこ》
醍醐天皇の中宮《ちゅうぐう》。忠平の妹。

耶律阿保機《やりつあぼき》
契丹帝国初代の皇帝。渤海国を滅亡させ、帰路扶余城《ふよじょう》で急死。

月里朶《げつりだ》
阿保機の妻。述律《じゅつりつ》太后。ゲリーダと呼ばれる。後に断腕太后と畏怖される。阿保機の死後、契丹帝国の最高権力者。日本侵攻の野望を持つ。

耶律突欲《やりつとつよく》
耶律阿保機の長子。東丹国王。弟尭骨との帝位継承に敗れ、東丹国の発展に努力する。

耶律尭骨《やりつぎょうこつ》
耶律阿保機の次子。契丹帝国二代皇帝。母の述律太后の推戴により即位したため、母親には全く頭が上がらない。

プロローグ

透明な朝の光が射し込んでくる。渤海《ぼっかい》国の都の忽汗城《こつかんじょう》に具足《ぐそく》の音が響きはじめた。包囲していた契丹《きったん》軍が城門へ向かって行進してきたのだ。黒い甲冑《かっちゅう》姿の兵士たちが槍を引っ提げ弓矢を背負い、凍りついた石畳を力強く蹴りつける。

広場がすっかり埋まったとき、ひときわ高く銅鑼《どら》の音が鳴り響いた。二度……、三度、立て続けになる銅鑼の音に促されるように、きらびやかな騎馬の一団が兵士をかき分け入ってくる。待ち構えた契丹兵が一斉に歓声を上げた。

「アバーキ、アバーキ！」

「アバーキ万歳！　皇帝万歳！」

兵士たちがてんでに槍を振りかざし、地面を足で踏み鳴らして叫ぶ。青く剃りあがった彼らの頭が朝日に反射し、長い辮髪《べんぱつ》がしなやかに舞う。僅か一月足らずで渤海国を征服した契丹《きったん》皇帝の耶律阿保機《やりつあぼき》が、意気揚々と忽汗城へ乗り込んできたのだ。略奪者《アバーキ》の名にふさわしい九尺余りの偉丈夫は、湧き上がる歓声に応えながら馬を進める。皇帝の権威を示す黄色の外套が、黒い甲冑の上でひときわ鮮やかに翻った。

続いて葦毛の馬がやってくる。銀色の甲冑姿も艶《あで》やかな美しい婦人である。遥か西の民族の血が流れているのか？　赤く燃える豊かな髪を風になびかせ、青い瞳をまっすぐ前へ向けていた。兵士の間で更に大きな歓声が上がる。

「ゲリーダ、ゲリーダ！　赤毛のゲリーダ！」

「応天《おうてん》皇后！　皇后万歳！」

兵士たちが熱に浮かされたように囃し立てる。応天《おうてん》皇后の述律《じゅつりつ》氏……、月里朶《ゲリーダ》である。年を重ねてますます美しくなった皇后は、兵士の間で圧倒的な人気がある。皇帝が彼女に全く頭が上がらないことは彼らの間の公然の秘密なのだ。皇后の驕慢《きょうまん》な姿を熱心に追いかけながら彼らは心の中で呟く。気の毒に……、皇帝はたった一人の側室さえ自由に持つことができないのだ。

皇后の前後を競うように、皇太子の突欲《とつよく》や大元帥の尭骨《ぎょうこつ》など、勇猛果敢な若い公達が行進する。彼らは大勢の重臣や皇族を引き連れて力強く馬を駆り、ときどき思い出したように鋭い視線を兵士の群れに投げつけた。

やがて貴顕の人々の一行が城門の前で馬を降り、床几の上に腰を下ろすと、兵士たちの歓声が一段と高くなった。その歓声にせかされるように、背の低い武将が小太りの身体を城門の前へ運んでゆく。頭を剃《そ》らず、髪を伸ばしているところから見ると、どうやら契丹人ではなく、漢人のようだ。人々の視線を意識してか、彼は背筋をできるだけ伸ばし、城門の奥へ向かって太い声で叫んだ。

「開門！」

鈍い音を立てて巨大な扉が開く。扉の陰から白髪の老人がよろよろと現れた。渤海王の大諲譔《だいいんせん》である。簡素な白衣を着た渤海王は実に奇妙な格好をしていた。片袖を脱いで上半身をさらし、後ろ手に縛り上げられていたのだ。それだけではない。背中に長い杖を負わされ、縛られた左手の指で羊を一頭牽《ひ》いている。渤海王は古式の通り、契丹皇帝に向かって自ら進んで刑を乞い、料理人として仕える覚悟を示したのである。

王の後を王妃が続く。突然降りかかってきた不幸に打ちひしがれた老婦人は、やつれ切った顔をけなげにもたげ、涙が涸《か》れた目を精いっぱい見開いて歩く。

少し遅れて、やはり白衣の人々が重い足を引きずってきた。渤海国の王族や重臣たちで、疲れ切った顔を卑屈にゆがめている。敗者の行進がすぐ目の前を通るのを見て、契丹兵の興奮はますます強まる。四方八方から指笛が鳴り、聞くに堪えない罵声が飛ぶ。罵声と嘲笑が重なり合った広場は割れんばかりに揺れ、騒然とした雰囲気の中で、肉袒面縛《にくたんめんばく》して牽羊《けんよう》する亡国の君主の行進が延々と続けられた。

彼らの行進が契丹皇帝の前へ来た時である。漢人の武将が鋭い声で叱りつけた。渤海王が打たれたようにひざまずき、凍てついた大地に頭を付けた。老妃をはじめ王族たちがこれに倣《なら》う。海東《かいとう》の盛国《せいこく》と謳《うた》われた渤海国が、契丹皇帝の武力の前に完全に屈服した瞬間である。

契丹兵が一斉に声を張り上げ万歳を叫ぶ。どよめきが更に大きなどよめきを呼び、割れんばかりの歓声でいっぱいになった。騒ぎが最高潮に達したとき、契丹皇帝が短刀を引き抜き渤海王へ近づいた。王の身体が小刻みに震える。一瞬、兵たちが息をのみ、その場が水を打ったように静まりかえったとき、皇帝はいきなり襟をつかんで渤海王を引き起こすと、後ろ手の縄を断ち切って叫んだ。

「聞け！　渤海国はここに滅びた！　朕《ちん》は渤海国を改め東丹《とうたん》国とする。わかるか？　東の契丹国という意味だ。東丹王には我が子突欲《とつよく》を立てる。渤海人よ……、汝らは彼の下で新しい国を作るがよい！」

静寂に包まれていた広場が割れんばかりにどよめく。興奮した契丹兵がこぶしを突き上げ、声を限りにわめきたてる。皇帝は兵士の騒ぎを冷静に受け流し、吐き捨てるように渤海王に言った。

「大諲譔《だいいんせん》！　命だけは助けてやる……。しかし、忘れるな。今、この瞬間から、汝は朕の下僕だ。良いか、肝にしっかり銘じておけ！」

疲れ切った渤海王が契丹皇帝の足もとに崩れるようにひざまずく。王妃が急いでこれに従った時である。応天《おうてん》皇后の月里朶《ゲリーダ》が音もなく近寄り、刑具の杖で渤海王の頭を軽くたたきながら言った。

「仮にも国王であったものが……。情けない！　そんなに命が惜しいのか？」

恐怖にかられた渤海王夫妻が激しく震える。それを鼻の先で笑い飛ばしながら、青い瞳が残酷にきらめく。

「ふん！　下僕に身を落とし、王の矜持《きょうじ》も失くしたか。ならばいっそのこと、下僕にふさわしい名前を与えよう。大諲譔《だいいんせん》……、お前はこれから烏魯古《うろこ》と名乗れ！　それから女！　そこの女……、お前は阿里只《ありし》と名乗るのだ。良いか、お前たち……、自分の名前を決して忘れるでないぞ」

皇后の声が終わるのを待ち構えた二人の兵が、いきなり飛び出して夫妻の首に大きな名札を乱暴に懸ける。あっけにとられ、呆然と坐り込む二人に向かって、漢人の武将が間髪を入れず畳み込んだ。

「烏魯古《うろこ》と阿里只《ありし》！　陛下にお礼を申し上げんか！」

渤海王の身体が縮み上がった。首枷《くびかせ》のように重い名札を両手で支えた彼は、歯を食いしばって礼を述べる。

「立派な名前を頂きありがとうございます。臣らはこれから烏魯古《うろこ》と阿里只《ありし》と名乗り、お傍に仕えることに致しましょう」

青い瞳が冷たく光り、渤海王をなおもいたぶる。

「そうか、気に入ったか？　ならば、名前の由来を教えてやろう。烏魯古《うろこ》は陛下の……、阿里只《ありし》は私の馬の名だ。良いかお前たち、折角の名前だ。馬に負けず汗水流し、忠勤に励むがよい！」

皇后が笑った。勝ち誇った皇后が赤い髪をなびかせて笑う。一息置いて皇帝が大声で笑いだし、契丹兵が声を限りに囃し立てた。忽汗城前の広場が凄まじい嘲笑の渦に巻き込まれてゆく。老いた渤海王の顔にさすがに屈辱の色が浮かんだとき、堰を切ったように異様な声が沸いてきた。渤海国の王族や重臣たちが、一斉に哭《な》きはじめたのだ。亡国の悲しみに打ちひしがれた彼らの哭声《なきごえ》は城壁に木霊《こだま》してどこまでも高まる。彼らの哭声《なきごえ》に契丹兵の哄笑《こうしょう》が重なり、広場はますます異様な熱気で包まれた。

青い瞳が満足そうに輝いた時である。渤海国の王族の集団から小柄な男が立ち上がり、昂然《こうぜん》と胸を張って渤海王へ近づいて行く。笑い転げていた契丹兵が、遅まきながらもそれに気がついたとき、彼らの目に信じられないことが映った。男が……、小柄な男が平然として渤海王の首から重い名札を取り外し、更に続いて王妃の首から名札を外したのである。一瞬、契丹兵の嘲笑が凍りつく。

渤海人の中に契丹皇后に楯突《たてつ》くものがいる！　彼らは呆然と男を見つめた。委細構わず、小柄な男が二人の手を取り踵《きびす》を返そうとした時である。たまりかねた皇后が顔を染め、大声で叫んだ。

「待て！」

男がゆっくり振り返った。皇后の杖をつかんだ右手が激しく震えている。人々が固唾《かたず》をのんで見守るなか、怒りに震えた美しい声が男を厳しく詰問した。

「誰だ、お前は……？」

まっすぐに顔を上げた男がはっきりした声で答えた。

「渤海王の義弟……、大宿祢《だいしゅくでぃ》でございます」

「なに、大宿祢《だいしゅくでぃ》……だと？」

聞いたことのない名前だ。皇后が男の顔を改めてにらみつける。大宿祢《だいしゅくでぃ》と名乗った男が余裕をもって見つめ返したとき、皇后は急に何かを思い出したのか、美しい顔を激しくひきつらせた。彼女の豊かな胸の上で黄金の勾玉が妖しく光る。皇后は男を見つめて小さな声であえぐように言った。

「スクネ……」

男の顔が懐かしそうにほころぶ。一瞬……、取り乱した皇后が見事に立ち直って大声で叫んだ。

「誰かある……、この男を引き立てよ！」

皇后の鋭い声に応えて数人の兵士が飛び出す。彼らは一斉に槍を構え、男のまわりを取り囲んだ。騒ぎを好む契丹兵が指笛を鳴らし、大声でわめきたてる。槍を構えた兵士たちが更に一歩踏み込んだとき、激しい悲鳴が渤海王族の中から上がった。大宿祢《だいしゅくでい》と名乗った男の許へ駆け寄ろうとする美しい娘を、若い男が懸命に引き留めていた。

契丹帝国の天賛《てんさん》五年（西暦九二六年）正月十四日、渤海国が滅びた日の早朝の出来事だった。

（一）

昨夜からの吹雪は次第に収まってきたが、荒れ狂う波がほしいままに船を翻弄していた。延長《えんちょう》七年（西暦九二九年）十二月二十四日、丹後国大津浜の夜明けである。浜の沖を漂う唐船《からぶね》は長さ十丈、幅二丈五尺の大船だが、今や後ろの帆柱が真っ二つに折れ、無残な姿をさらけ出していた。割竹で編まれた丈夫な帆は風にちぎられて跡形もなく失われ、船が沈んでいないのが不思議なくらいだ。もう少し嵐が続けば、間違いなく海の藻屑《もくず》になったのではないか。甲板の上に散らばる船荷の陰で、疲れ切った水夫たちがものすごい鼾《いびき》で眠っている。既に自力で進めなくなった船は、強い北風にあおられながら、陸地へ向かってゆっくりと流されていた。

娘が一人、船の舳先《へさき》に立っている。揺れる船に身を任せ、雪に埋もれた陸地を熱心に眺めていた。赤い紐で束ねた豊かな黒髪を風に流し、赤く充血した目を見開き、食い入るように見つめている。

（これが日本の国か？　夢にまで見た日本……、お父さまが生まれた国だ。穏やかな国だと聞いているが、この雪ではさっぱり見当がつかない。それにしてもうらぶれた所だ。竈《かまど》の煙が一筋もあがっていない……）

娘の口からため息が漏れたとき背後で軽い足音がした。黒い質素な長袍《ちょうほう》を身に付けた、痩せた背の高い老人である。穏やかな顔つきだが、深い眼窩の奥の眼が油断なく光っている。

「茉莉花《まりか》どの……、寒くはないですか？　大事を控えた身体であることを忘れてはなりませんぞ。もう十分に日本の国をご覧になったはずですよな？　ぼつぼつ、船室へお戻りください」

茉莉花と呼ばれた娘はゆっくりと振り返り、信頼しきった瞳を老人に向け、素直に頷きながら言った。

「わかりました。お部屋へ戻ることに致します。それにしても、やっと日本の国へ着きましたわね。昨日の嵐を思い出すと、まるで夢のようですわ。長い間、船底の部屋で我慢した甲斐がありました。でも、不思議ですわ。ここは本当に淋しい所のようですね。日本の国の湊はにぎわっていると、父から聞いておりましたのに……。それとも、鄙《ひな》びているのはここだけでございましょうか？」

「左様……」

老人は白い顎髭《あごひげ》をしごきながら考え込んだ。

「そう言えば確かにおかしい。ここは松原（現在の敦賀）からさほど離れていないはずなのですがね……。しかし、それにしては人の気配がないですな。うむ……、人どころか獣《けもの》のにおいもないようだ。こんなはずはないのだが」

「もしかすると、雪のせいでございましょうか？」

「いや、雪が降れば鷹や鳶などが獲物を求めて飛びまわるものです。それに嵐で上陸できなかったとはいえ、我々は昨日の昼過ぎからここへ着いている。人目につかないはずがありません。本当なら、大勢の人々が浜へ出て来ても良い頃ですがね。私が十年前に来た時とは確かに様子が違っている」

老人の名は裴璆《はいきゅう》……、契丹《きったん》帝国が渤海《ぼっかい》国を滅ぼして建てた東丹《とうたん》国の高官で文籍大夫《ぶんせきたいふ》の重職にある。彼は国王耶律突欲《やりつとつよく》の命を受けて、東丹国が建国した事実を日本国へ伝え、国交を開く目的で来航したのである。

渤海人の裴璆は、渤海国使として二度も日本へ渡来した経験を持つ。それだけではない。彼の父の裴頲《はいてい》もやはり渤海国使の経験があり、日本国の支配層とは太いつながりを持っていた。契丹人である東丹王が、渤海人である裴璆を東丹国使に起用した裏にはこのような理由があった。

海から吹く風が一段と強まったとき、東の空を覆っていた雲が割れ、朝の強い光が射し込んできた。裴璆の目が鋭く光り、食い入るように海岸を見つめる。松原に降り積もった雪をかき分けながら、蓑《みの》を纏《まと》った複数の人影がよろめきながら歩いてくる。裴璆の顔にほっとしたような表情が浮かんだ。

「やれやれ、やっとお出ましになったようだぞ」

ほっとしたように呟いた裴璆が、すぐさま顔色を変えて数えはじめた。

「一、二、三、四……五、六。何だ、たったの六人か！　出迎えの人数がこんなに少ないはずがないのだが……。私がこの前来た時には、何百人もの人々が浜へ押し寄せ、船を浜辺へ引き上げてくれたものだ。おかしい！　どう考えてみてもおかしい。もしかすると、この国で何か起こっているのだろうか？　茉莉花どの、部屋へ入りましょう。私はこれから副使の耶律質哥《やりつしつか》と相談しなければならない」

（二）

「お待たせした、裴璆《はいきゅう》どの」

国庁の広間で正面の席に坐った男は、いきなり日本語で磊落《らいらく》に語りかけてきた。副使の耶律質《やりつしつ》哥《か》をはじめ随員を従えて待つ裴璆の前に坐ったのは、束帯《そくたい》で威儀を正した渤海客存問使《ぼっかいきゃくぞんもんし》の藤原《ふじわらの》雅量《まさかず》である。年の頃は四十五、六。垂纓《すいえい》の冠の下に薄い頭髪がわずかに覗き、深い皺が額に太く刻まれている。長い顔をまっすぐ裴璆に向け、眉の下の大きな目がにこやかに笑っている。

彼は藤原式家《しきけ》の流れを汲む従五位上《じゅごいじょう》の左少弁《さしょうべん》で、この国の一、二を争う代表的な歌人でもあった。裴璆二度目の来日のとき、雅量《まさかず》は彼と朝集堂《ちょうしゅうどう》で詩文を応酬したことがある。その時から二人は昵懇《じっこん》の仲であった。

「お久しゅうございました」

両手をついた裴璆は拝礼しながら渤海語で答えた。実に十年ぶりの再会だが、彼の顔には隠し切れない安堵《あんど》の表情が浮かんでいた。使節を訊問する都から派遣された存問使《ぞんもんし》が、旧知の雅量だったので思わず安心したのである。

裴璆は日本語をなに不自由なく話せるが、思うところもあったので渤海語を使い、通事《つうじ》（通訳）の労を煩わせることにした。

思えば今日は大津浜に着いてから一ヵ月半になる。国府の役人に案内されて、客観《きゃっかん》（迎賓館）に収容されたのは十二月の晦日近くであった。それが今は二月も旬日《じゅんじつ》を過ぎ梅の花が咲きはじめた。客観はほとんど使用されていなかったようで、着いた時には門の扉が壊れ、部屋の床板も所々朽ち果てていた。これには国司も、さすがにまずいと思ったのではないか？　翌日から直ちに修理が始まり、生活に必要な調度をはじめ薪炭の類が持ち込まれた。裴璆は、工事を仕切る小役人がえらい物入りだ……、とこぼすのを聞いている。日本語がわかることはないと、高をくって罵ったからだ。

存問使の到着を待つ間、裴璆は小役人に砂金をつかませ外出してみた。この国の異変を敏感に感じ取っていた彼は、ひそかに客観を抜け出し、国府のまわりを探ってみようと思ったのである。そこで目についたのは、この国の驚くべき疲弊と、人々の無気力な暮らしぶりだった。この国は予想以上に乱れている……と、裴璆は首をかしげる。前回の来日と比べあまりにも変わっていたのだ。

田畑に人影がないことにも驚いたが、雪寄せした道端に死体が捨てられていたのには仰天した。死体は男も女も申し合わせたように丸裸で、頭髪がすっかり抜き取られている。頭髪は鬘《かつら》の材料として値が高く、良い商売になるという。死体が凍っているためか、あっけないほど腐臭はない。しかし、獣《けもの》に食い散らされた跡がそこかしこに残っていた。無惨に転がる屍《しかばね》を見ても、案内する小役人は顔色一つ変えない。契丹の侵略を受けた渤海人でさえ、敵味方なく懇ろに葬ったものだが……。もしも裴璆がこのことを存問使に問えば、彼は一体どのように答えるだろうか？

存問使の下役が次々と席を降ろす。彼らが全員着席したのを確認した雅量は、おもむろに坐り直して裴璆の顔を正面から見つめた。ひるまず裴璆も見つめ返す。よく見ると、雅量の襟元から裴璆が提出した国書の写しが覗いている。これ見よがしに見せつけるからには、国書の内容を十分検討しているはずだ。

気を引き締めなければならない……。裴璆は改めて雅量の顔を見つめた後、提出した国書の内容を心の中で一字ずつ点検しながら、雅量の査問に応える準備を整えた。

突欲《とつよく》、啓《もう》す。山河域《さんがいき》を異《こと》にし、国土同《こくどおな》じからず。風猷《ふうゆう》（道徳教化）を佇望《たたず》み、ただ傾仰《けいこう》（慕い仰ぐこと）を増《ま》す。伏《ふ》して惟《おもん》みれば、天皇《てんのう》の聖叡至徳《せいえいしとく》はるかに暢《の》び、奕葉《えきよう》（代々）光《ひかり》を重《かさ》ね、澤《なだ》らかに万世《ばんせい》に流《つた》う。突欲《とつよく》、契丹皇帝《きったんこうてい》の男《なん》として生《せい》を享《う》け、命を受けて皇太子《こうたいし》に即《つ》く。而《しか》るに渤《ぼっ》海王《かいおう》、世々《せぜ》悪逆暴戻《あくぎゃくぼうれい》にして民《たみ》を虐《しいた》げ、諸国《しょこく》に寇《あだ》し、遂《つい》に命運《めいうん》尽きんとす。天《てん》、命《めい》ずれば畏《かしこ》みて享《う》くるが即《すなわ》ち義《ぎ》なり。ここに突欲《とつよく》、契丹皇帝《きったんこうてい》の命《めい》を奉《ほう》じて渤海国《ぼっかいこく》を滅《ほろ》ぼし、その舊居《きゅうきょ》を復《ふく》して東《とう》丹国《たんこく》を建《た》て、かたじけなくも冊立《さくりつ》されて東丹王《とうたんおう》となり、扶余《ふよ》・渤海《ぼっかい》の遺俗《いぞく》を有《たも》たんとす……。

これは裴璆が、日本国と初めて国交を開いた渤海国二代目の国王大武芸《だいぶげい》の国書を参考して起草したものだ。雅量がこれを読めば、少なくとも渤海国で起きた事実だけは理解したはずだ。彼は果たしてどのように訊問してくるか？　裴璆が息をのんで待ち受けるなか、雅量がはっきりした声で切り出した。

「ところで……、まずはあなたの身分を確認したい」

雅量の言葉の響きには、有無を言わさぬ強さがあった。余計な挨拶は打ち切り、いきなり本論に入ろうというのだ。もちろん、それは裴璆の望むところでもある。頷く裴璆に向かって、雅量が更に追い打ちをかける。

「あなたは、東丹国の文籍大夫《ぶんせきたいふ》だと言われる。間違いないか？」

「左様……、間違いございません」

「しかし裴璆どの、今まであなたは、渤海国使として我が国へ二度も参られた。最初は延喜《えんぎ》八年(西暦九〇八年)、渤海国の文籍院少監《ぶんせきいんしょうかん》として……、そして二度目は延喜十九年（西暦九一九年）、信部少卿《しんぶしょうけい》として……。そうでしたな？」

「は……」

「それが、今度は東丹国の文籍大夫《ぶんせきたいふ》ということだ。渤海国は国号を変えられたのか？」

「いえ、渤海国は滅びました。国書に記載してある通りです」

「さすれば、あなたは君父の仇に……、国を滅ぼした敵に仕えていると仰せか？」

「如何にも」

「ふむ、これは驚いた……。それで、恥ずかしくはないですか？」

雅量の顔に蔑みの色が浮かぶ。裴璆はむっとしながらも辛うじて抑え、努めて穏やかに答えた。

「それはともかく……、渤海国は君主が凡庸で徳を失った結果、契丹帝国に滅ぼされました。しかし、新しく建国した東丹国の人民はほとんどすべてが渤海人です。彼らは、今まで経験したことのない異民族の支配に戸惑い、かつ苦しみました。ええ、今でもなお苦しんでいます。支配者と人民の意思の疎通が円滑に進まず、無駄な摩擦や悲劇が数えられないほど起こりました。そこで私は敢えて、契丹人と渤海人の橋渡しをすることを選んだ……、というわけです。それが政治家の務めではないでしょうか？」

「なるほど……、一理はある。ところで裴璆どの、私は丹後へ来て初めて、渤海国が滅びたことを知りました。東丹国とか契丹人とか、あなたが来るまでは、おそらく我が国の者は誰一人知らないはずです。よろしいか？　このままでは、私は都へ戻って報告することもできません。そこのところをよくお考え頂き、渤海国で一体何が起こったのか、我々によくわかるよう説明して頂きたい」

それはそうだ……、と裴璆は思った。平和な島国に暮らすこの国の人々が、激動の大陸の興亡を知る由もない。限られた時間の中で、できるだけ要領よく、大陸で起こったことを雅量に理解させなければならない。さもなければ、東丹王の使命を果たすことなく追い返されるばかりか、茉莉花の来日も全く無駄になるかもしれない。覚悟を決めた裴璆は、雅量の顔を正面から見つめて慎重に話しはじめた。

(三)

「あなたもよくご存じのように、中国では唐《とう》帝国が滅びました。ええ、二十年前のことになりますかね。長い間中国に君臨していた唐《とう》帝国が滅びると、世界はまるで箍《たが》が緩んだようになったのです。中国では北方から沙陀人《さだじん》が侵入し、漢人の国を倒して後唐《こうとう》国を建てましたが、遺憾ながら全土を支配する力はなく、大小十余りの国々が各地で乱立しております。中国が乱れはじめると、その隣国の新羅《しらぎ》も急速に衰え、今では高麗《こうらい》と後百済《ごくだら》と並び、三国鼎立《ていりつ》の状態になっております。勿論、渤海国も例外ではありません。新しく興隆した契丹帝国の圧迫を受けることになりました」

「なるほど……」

「契丹人はもともと、渤海国の南方を流れる遼水《りょうすい》(現在の遼河)の上流に住んでいた遊牧民族ですが、唐《とう》の国力が衰えると急速に勢力を伸ばし、英雄・耶律阿保機《やりつあぼき》の下で大帝国を建設しました。隣接する渤海国とは遅かれ早かれ衝突する運命にありましたが、六年前の事件が決定的な破局をもたらしたのです」

裴璆はここで一旦言葉を区切り、非は明らかに渤海国にあります……と、渤海人のくせに何食わぬ顔をして言ってのけた。雅量が思わず息をのむと、彼は白い顎髭をしごきながら淡々と続ける。

「というのも、渤海国が信義に背いたからです。耶律阿保機が西方遠征へ出かけた留守を狙い、休戦の約束を一方的に破り、彼らの領土である遼州《りょうしゅう》へ侵入したのです。いえ、それだけではありません。領主の張秀実《ちょうしゅうじつ》をはじめ大勢の人民を殺戮し、生き残った人民を根こそぎ略奪して渤海国へ連行しました」

「ほう……」

「姑息なやり方です。私が国にいれば止めたものを……」

「と言いますと、あなたは？」

「ちょうどその時、後唐国《こうとう》へ遣わされておりました。それはともかく、契丹人の恨みを買った渤海国は、当然ながら契丹帝国の攻撃をまともに受け、滅亡の淵へ向かって一気に転げ落ちて行ったのです。事件から一年余り過ぎた契丹の天賛《てんさん》四年（西暦九二五年）、日本国の暦で言いますと……」

「左様……、延長三年に当たりますかな」

「その通りです。年も押し詰まった閏《うるう》十二月……、西方遠征を終えて帰国した契丹皇帝は、聖地である木葉山《もくようざん》へ行幸し、古式通りに鬼箭《きせん》を射《しゃ》して復讐を誓うと、怒濤《どとう》の勢いで渤海国へ侵入しました。何しろ、率いる軍勢は無敵を誇る騎馬軍団です。挙兵後わずか二十日余りで、渤海国を滅ぼし東丹国を建てました。そして、契丹帝国の皇太子でもある、長子の突欲《とつよく》を東丹王に立てたのです」

「なるほど……」

「しかし、間違わないで頂きたい。契丹帝国に侵入されたことが滅亡の根本的な原因ではありません。たとえ契丹人の侵入がなかったとしても、遅かれ早かれ、渤海国は内部から崩壊したことでしょう」

「ほう、そうですか？」

「ええ……、なぜなら、渤海王の大諲譔《だいいんせん》は二十年間もの治政に倦《う》み、国を治める情熱を全く失っていたからです。おまけに彼を支える私たち重臣も、外国の動向に気を配る余裕もなく、政争に明け暮れておりました。大諲譔《だいいんせん》は道を失って久しく、人心は既に彼から離れ、天命は完全に革《あらた》まっていました。聖賢の言葉で言えば、渤海国には革命が求められていたのです」

「革命……ですか？　初めて聞きました」

「そうですか……孟子《もうし》の言葉です。それはともかく、渤海国は契丹の侵入がなくても滅びる運命にありました。天の意思で滅ぼされたと言えましょう」

「なるほど……」

「そうだとすれば東丹国も、天の意志で建国され、渤海国の権益を正当に引き継ぐ立場に立ったわけです。果たしてそうなら、東丹王が渤海国の先例に倣い、日本国と国交を開こうとするのは当然ではありませんか？」

「うむ……」

「同様にまた、渤海人の私が東丹国使に起用されたことも、さして怪しむことではありますまい。私は東丹国の大部分を占める渤海人の一人として、また、対日交流の経験者として東丹国使に起用されたわけですからね」

理路整然とよどみなく述べる裴璆に、思わず雅量は聞きほれた。しかし、何事にせよ理屈で割り切れるものではない。我が国には我が国の慣例があり仕来りもある。裴璆の一方的な論調に乗ってはならない。腕を組んで考え込む雅量を見やり、裴璆は構わず、更に一歩前へ踏み込んできた。

「しかし国使は国使でも、私は以前のように、単なる交易を目的とする使節ではありません。私は貴国に対して東丹国の建国の事実を通告し、それと共に、新しく国交を開く交渉権を与えられた使節であります」

「なるほど……」

「従って、隣国の信義に応える意味からも、日本国は東丹国使である私と交渉に入るべきだと思いますが如何に？　雅量どの、このような次第だ。どうか私をあなたと共に入京させ、然るべき方々と交渉させて頂けませんか？」

裴璆の熱の籠った説明を聞きながら、聞く立場を貫いてきた雅量は、ここで初めて首をかしげた。

「ほう、隣国の信義の問題ですか……。さあて、そのような理屈が今の我が国に通じますかな？」

「え？」

「あなたはさっき東丹国を、契丹帝国が建てた国だと申されましたよな？　ええ、提出された国書の写しにもはっきり書かれておりました。ここに突欲《とつよく》、契丹皇帝の命を奉じて渤海国を滅ぼし、その舊居《きゅうきょ》を復して東丹国を建て……とね。つまり、東丹国は契丹帝国の属国だというわけです」

「は……」

「そうだとすれば、裴璆どの。我が国は東丹国と外交を開くことはできません。あなたもよくご存じのように、外交の鉄則は、人臣に外交なし……です。我が国は、主権国である契丹帝国とであればともかく、その属国である東丹国とは、直接に国交を結ぶわけには行きません」

「…………」

「実はね、先例もあります。あれは一年近く前……、ええ、あなたが我が国に着かれる半年前のことですがね、やはり海の向こうから、後百済《ごくだら》王の甄萱《しんけん》の使節が九州の大宰府に到着し、我が国へ朝貢したいと申請しました。しかも、これは後百済の二度目の使節で、礼儀に適った正式の要請だったのです」

「甄萱《しんけん》の使いが貴国に……ですか？　ほう、初めて聞きました」

裴璆が初めて聞く話である。ここ三年ばかりの間契丹人との対応に追われていた裴璆は、近隣諸国の動向を気にする余裕が全くなかった。狼狽《ろうばい》する裴璆を尻目に、雅量は余裕をもって続ける。

「しかし……ですよ、我が国が朝鮮で国家と認めるのは新羅だけです。そのほかに国が存在したとしても、新羅の属国とみなす立場を貫いています。我が朝廷は当然のように、後百済の申請を却下しました。ええ、人臣に外交なし……です。属国である後百済と国交を開くことはできないと……。もちろん、後百済の使節は新羅と対等な独立国である旨、懸命に反論したのですがね。しかし、独立国と認めるかどうかの権限は日本国にあります。決定は覆りませんでした」

「うむ」

「ましてや……ですよ、東丹国は契丹帝国が建てた属国でしたね。我が国と国交を開く資格がありません」

「なるほど……」

裴璆は呻《うめ》きながらも頷く。確かに……、雅量の主張は筋が通っている。考えてみれば自分はあまりにも迂闊《うかつ》だった。日本国が渤海国に認めたことは、そのまま東丹国が承継できると考えていた。これはちょっと甘かったかもしれない。

それにしても情けない……と裴璆は思う。祖国の滅亡後契丹人との対応に追いまくられ、他国の情勢を探る余裕もなければ、考えもしなかった。私にはもう、外交官の資格はないのかもしれない。思わずため息をつく裴璆を気の毒そうに見ながら、雅量は依然として厳しい口調で言った。

「もともと私は、渤海国使の違期《いき》入朝《にゅうちょう》を糺《ただ》すために遣わされました。前回、あなたが来航された時からまだ十年です。一紀《いっき》（十二年間）過ぎておりません。そもそも、あなたは入国の条件を満たしていなかった」

実は……、日本国は渤海使の頻繁な到来に音を上げていたのである。主として財政上の理由だった。そこで、日本国は使節を接待する費用を節約するため、渤海国使の入朝を十二年に一度に制限していたのである。違期入朝というのは、日本国が渤海国に押しつけた、この「一紀一貢」

の条件を満たさない使節の入朝のことを言った。日本国は、そのような使節を問答無用と追い払ってきたのである。

雅量は裴璆の顔を見つめ、おわかりですね……と確かめた後更に続けた。

「それが違期入朝どころか……、あなたは東丹国使として来航された。入京など、もってのほかです。しかし渤海国の滅亡という新しい情報は、存問使の一存で握りつぶすわけには参りません。そこで国書を一旦預かり、左大臣に取り次ぐことに致します。後日、朝廷から何らかの沙汰がくだされるでしょう。よろしいか裴璆どの、それまであなた方はここでお待ちください」

やむを得ないと裴璆は思った。こちらにはまだ切り札が残っているが、公式の場では明らかにできない。何とかして雅量と、内密に交渉できないだろうか？　しかし……、それにはまず一旦引くことが必要だ。

「わかりました雅量どの。お言葉に従い、国書をあなたに預けましょう。しかし、このままでは使節としての立場がありません。上京して然るべき方と交渉できるよう、お力添えいただけませんか？」

「さて、それは……。私にできることはしますが、ご期待にそえるかというと、多分無理でしょうね」

それでは……と、雅量の言葉を合図に席がざわめく。緊張した雰囲気が一気に緩んだとき、裴璆が通事を差し置いて、いきなり日本語で雅量に語り掛けた。彼は一か八か、雅量の友情に賭けたのである。

「ところで雅量どの、後で私の宿舎へお出で頂けませんか。あなたとは、実に十年ぶりの再会です。積もる話がいくらでもあります。それに、私が詠んだ最近の詩も是非見て頂きたいのだが……」

裴璆が突然日本語を使ったので雅量の下役たちが驚いた。自分たちを差し置き、二人だけで交渉しようというのか？　憤慨した彼らが、今にも裴璆を咎めようとしたとき、それを遮って雅量が大声で答えた。

「ああ、結構です。あなたは昔のことを実によく覚えていらっしゃいますな。そう……、あれはもう十年前のことですぞ。朝集堂《ちょうしゅうどう》で詩文を応酬したとき、あなたの題送で私が一本取られたことがありましたな。その時確かに、私はあなたの盃を飲み干す約束をしました。それをまだ果しておりませんでしたね」

雅量は、裴璆の期待通り、彼の気持ちを察してくれたようである。裴璆がにっこり笑って頷く。安心した裴璆は、今度は渤海語に切り替えて言った。雅量の下役には通事が日本語に訳すだろう。

「後で、客観の私の部屋へおいでください。渤海の酒を差し上げましょう。二人で久しぶりに詩を闘わそうではありませんか」

詩を闘わすと言えば、雅量の下役だけではなく裴璆の下役も、二人の席に加わろうとはしないだろう。日渤両国の代表的な文人である二人と詩を競い、恥をかかないで済む者は数えるほどしかいないからだ。裴璆が語った最後の言葉の中には、それなりの計算が込められていたのである。

（四）

日暮れには間があるが、裴璆の部屋には早くも灯りが点けられている。既に何杯も盃を重ね、裴璆と雅量《まさかず》はかなりできあがっていた。この部屋の寒さをしのぐには酒を飲むほか方法はない。裴璆が用意した酒は契丹伝来の馬乳酒である。馬乳を攪拌《こうはん》して発酵させたものだが、酸味が強くさっぱりしている。喉越しが良いだけに後が怖い。契丹人はね、男も女も浴びるように飲みますよ……と、裴璆が機嫌よく説明する。難しい交渉を済ませた後の気楽さで、二人は矢継ぎ早に盃を干した。

気持ちがほぐれれば、十年間の空白は無いに等しい。彼らは裴璆が来日した時の出来事や、互いの詩を肴に盛り上がり、やがて裴璆と親しかった人々の噂話に移った。裴璆が膝を乗り出して尋ねる。

「ところで、法皇さまはご健在か？」

「院は、いよいよご壮健であらせられます」

雅量は還暦を過ぎた宇多《うだ》法皇の、如何にも好色そうな顔を思い出しながら答えた。

「それは重畳《ちょうじょう》。私はあの方から懇切な書状を二度も頂きました。情の厚いお方でしたね。それで……、菅原敦茂《あつしげ》どのもご健在でしょうな？」

「いや、残念ながら敦茂どのは身まかられた。あれは確か四年前です。延長四年の事でしたかな」

驚きの色が裴璆の顔に走る。菅原敦茂《あつしげ》は道真《みちざね》の子で文才の誉れが高く、二十年前の延喜《えんぎ》八年、裴璆が渤海国使として初めて来日した時、彼は国使を歓迎する掌客使《しょうきゃくし》を務めたいきさつがある。

それだけではない。二人の父親である裴頲《はいてい》と道真は、五十年前の渤海国使歓迎の宴《うたげ》で詩文を闘わせた仲でもあった。そのとき裴頲が息子の裴璆を、我が家の千里を駆ける駿馬だと自慢した話を、道真から何度も聞かされて育った敦茂は、まだ見ぬ裴璆に深い関心を持ったという。裴璆もまた敦茂に深い関心をよせていた。その頃、渤海国における裴璆の盟友で、王の義弟として隠然たる勢力を誇った大宿祢《だいしゅくでい》が日本人で、敦茂《あつしげ》の庶兄に当たっていたからだ。その敦茂が死んだという。

裴璆はふと、茉莉花の顔を思い出しながら不吉な影におびえた。

「敦茂どのが何か……？」

雅量が訝しげに裴璆を覗き込んだとき、一人の娘が代わりの酒を運んできた。眼の覚めるような紅《くれない》の唐衣《からぎぬ》を着た美しい娘である。顔の色が透き通るほど白く、小さな唇は血を含んだように赤い。裴璆の側に酒器を置いた娘は少し後ろへ退き行儀よく畏《かしこ》まった。

裴璆は娘に、参られたか……と気さくに声をかけ、雅量に新しい酒を勧めながら笑みを浮かべて言った。

「雅量どの、このお方がどなたであるかおわかりか？」

「さあて？」

首をかしげる雅量に、裴璆はわざとらしく厳めしい声を使う。

「このような格好をされてはいるが、実は渤海国の世子《せいし》……、大光顕《だいこうけん》さまのお妃《きさき》で、茉莉花どのと申される」

「何と！」

世子《せいし》と言えば皇太子だ。驚いた雅量が慌てて居住まいを正そうとしたとき、裴璆はそれを大げさな仕種で押し止めた。

「いやいや、その必要はありません。お忍びです。この方は世子《せいし》の妃としてではなく、私の知人の娘として船に乗られました。ですから私も、茉莉花さまではなく、茉莉花どのと呼んでいます」

「しかし、どうしてこの方が？」

日本国へ……と、言う言葉を呑み込み、雅量の目が油断なく光る。それを無視し、裴璆が逆に問い返す。

「菅原道真どののご子息、阿満《あまん》どのをご存じか？」

「阿満どの？　そういえば確か、敦茂《あつしげ》どのから聞いた覚えがある。長兄高視《たかみ》どのの双子の弟御《おとうとご》でしたか……な？　確か表向きは夭折《ようせつ》されたことになっているが、本当はご健在で唐《とう》へお渡りなされたとか」

雅量が宙を見据えて言った。藤原氏の傍流からのし上がっただけに、さすがに情報が豊かである。頷きながら裴璆が引き取る。

「さすがですな……、何事もよく承知しておられる。実はですね、お国の遣唐使が廃止されたとき、異国の情報が欠如することを心配された菅公が、阿満どのに因果を含め、唐へ送り込まれたようなのです」

「ええ、私もそのように聞きました。しかし阿満《あまん》どのは既に亡くなられたのではないか？　確か、契丹で……」

雅量が裴璆を見つめて訝しげに言ったとき、それまで黙って聞いていた茉莉花が静かに口を開いた。流暢な日本語である。

「いいえ、父は死んではおりません」

雅量が驚いて茉莉花を見つめた。

「父……？　それではそなたの父御《ててご》ですか？　阿満《あまん》どのが！」

「そうです」

裴璆が茉莉花に代わって答えた。

「この方の父上は菅原道真の庶子、阿満どのです。彼は異国でスクネと名乗り、各地を長い間放浪されておりましたが、結局は渤海王の妹婿に収まり、国王大諲譔《だいいんせん》から大宿祢《だいしゅくでい》の名前を賜りました」

「スクネ？　宿祢《しゅくでい》……？　そうか、姓《かばね》を以て名前とされたか」

菅原氏は土師《はじ》氏の一族である。古来、土師《はじ》氏は姓《かばね》が宿祢《すくね》であるので土師宿祢《はじのすくね》と称した。また土師氏を名乗る前には野見宿祢《のみのすくね》と言った。何れにせよ、菅原氏の以前の姓《かばね》は宿祢《すくね》であった。それに気がついた雅量が、大宿祢と茉莉花の親子にますます興味を募らせたのは当然だろう。彼は膝を乗り出して熱心に聞く。

「それで……、今、阿満どのは？」

「渤海各地で蜂起した反乱軍を糾合し、自ら実権を握られました。今では、世子の大光顕さまを助け、契丹軍と戦っておられます。私が日本へ向かったとき、東丹国の東北部と南部の一部を抑え、渤海国の旧領を半分近くも回復されていた」

「なに、渤海人の反乱軍ですと？」

「そうです。複雑になるので申し上げなかったが、東丹国は今もなお戦争状態です。契丹人と渤海人の反乱軍が鎬《しのぎ》を削っているのですよ」

「そうすると、契丹人が渤海国を滅ぼしたと言っても、東丹国は必ずしも安定していないようですね」

「その通りです」

それにしても……、と雅量の目が光った。

「茉莉花どの、あなたはなぜ日本国へ参られたのか？」

雅量の視線をまともに浴びながら、茉莉花は怯まずしっかりと答える。

「私たちは祖国を再興するため、父大宿祢《だいしゅくでい》の下で契丹人と懸命に戦っております。しかし、渤海国を再興するためには兵力も資材も十分ではありません。そこで……、日渤二百年間の誼《よしみ》におすがりし、渤海人へのご援助を賜りたく、渤海王の義弟大宿祢に代わり、私が参上した次第でございます」

「何ですと！　渤海人へ援助ですって？　日本国が……？　たわけたことを！　そんなことはできもしないし必要もない！」

思わず声を荒らげる雅量に、そうでしょうか……、と茉莉花が続ける。小娘のくせに落ち着き払って雅量に答える。

「日本国の援助を頂けなければ、おそらく渤海人は殲滅《せんめつ》されます。その後、契丹帝国が何を企んでいるか……、雅量さまはご存じでしょうか？」

そんなこと、わかるはずがない！　心の中で毒づく雅量に向かって、茉莉花がさらりと追い打ちをかける。

「確かな筋の情報によりますと、契丹帝国は渤海国の反乱を平定した後、日本国へ出兵するつもりだ……とか」

「うっ！　そんな馬鹿なことが……」

思わず雅量は次の言葉を呑み込んだ。この娘は、一体何を言っているのか？　契丹人が日本国を攻める……？　不意を突かれた彼は、思わず思考を停止して茫然と茉莉花を見つめた。彼女の美しい顔が微かに微笑む。

「いいえ、馬鹿なことではございません。確かな筋の情報です。しかし、渤海人が戦い続ける限り、契丹帝国は日本国へ攻め込むことはできません。そうだとすれば、日本国が渤海人を援助することは、自国の為にも利益になります。どうか、この事実をご理解頂き、渤海人の戦いに力を貸してくださいませ」

うむ……と、雅量は腕を組んだ。最初に受けた強烈な衝撃が去ると、次第に落ち着きを取り戻し、茉莉花の語る情報に向き合う覚悟もできてきた。もしもこれが正確な情報なら、まさに国難の到来である。まずは正確かどうか確かめなければならない。なるほど……、と彼は一旦引き取って続けた。

「どうやらこれは大変な話のようだ。しかし、たとえ私が都へ帰り、契丹軍が日本国へ攻め込んで来る……と報告したとしても、確かな証拠を示さない限りおそらく誰も信じますまい。あなたは確か、契丹来寇《らいこう》を確かな筋の情報だと申されたよな。ならば私に証拠を示して頂きたい」

「証拠……？」

裴璆が口をはさんだ。

「雅量どの、これは情報ですぞ。あなたは情報に証拠を求めるのですか？」

「む……」

「現実に、契丹帝国は渤海国へ侵入しました。渤海人は……、正確に言えば渤海人の一部は、契丹人と血みどろになって戦っています。その渤海人が戦《いくさ》の中からかき集めた情報は、真実性が非常に高いのではないでしょうか？　そうとしか、申し上げようがありません」

「…………」

「しかも、これは出所が正しいものです。何しろ、渤海国の世子の妃がもたらした情報ですからね。後はそれを、受け取ったあなたが然るべき方に伝えるか、棄ててしまうか、二つに一つ……。え、雅量どの、そうではありませんか？」

「そうかもしれません。しかし、私は一介の存問使だ。拾うにせよ、棄てるにせよ、私の手には余ります。せめて、ある程度の裏付けがあれば良いのだが……」

「しかし、私たちがつかんでいる根拠を、あなたに完全に理解させることは難しい。だって、そうでしょう？　私たちが実際に見たこと聞いたことでも、あなたにとっては伝聞でしかありません。朝廷の然るべき方に納得させるためには、茉莉花どのの口から、直接説明するほかないのではありませんか？」

「む……」

「そこで取引です」

「取引……？」

「いや、失礼……。取引というより、お願いです。茉莉花どのと私を、何とか都へ伴って頂けませんか？　事は重要です。私は茉莉花どのの口から直接、契丹来寇の根拠を然るべき方々に説明させたいのですよ。そして私も、宇多さまや忠平《ただひら》公に直接、日本国が東丹国と修好条約を結ぶよう働きかけてみたいのです」

「うむ……」

雅量はうめいた。なるほど……、裴璆は老練な外交官だ。彼の言うことには強い説得力がある。東丹国との修好は論外だが、契丹来寇の情報は国の安全にかかわる問題だ。一存問使の立場で、これを握りつぶすことはできない。そうだとすれば報告することになるが、もしも、これが偽りの情報なら責任を問われることは間違いない。ここは裴璆の言う通り、茉莉花の口から説明させせる方が賢明だ。裴璆は宇多法皇や忠平の知人である。彼が茉莉花を後見している限り、たとえこの情報が偽物であっても、それを取り次いだ自分が、責任を問われることはないだろう。

しっかり算盤を弾いた雅量がひそかに腹を決めたとき、彼はふとおかしなことに気がついた。裴璆と茉莉花は同じ渤海人でも敵味方ではないか？　一方は東丹国の高官で、他方は反乱軍の頭領の娘だ。敵味方の二人が、何故同じ船で日本国へ来航し、助け合っているのだろうか？　彼らを都へ連れて行く前に、まだ確認することがあるようだ。雅量はそれを裴璆にぶっつけることにした。

「うむ、確かにそうだ。あなたのおっしゃる通りかもしれない。よろしい！　考えてみましょう。しかし裴璆どの。その結論を下す前に、私にはまだ納得できないことが残っているのですが……」

「ほう、何でしょうか？」

「裴璆どの、昔はともかく今のあなたは東丹国の高官だ。そのあなたが……ですよ、東丹国と敵対する茉莉花どのと一緒に来日したばかりか、彼女に力を貸すことが許されるのでしょうか？」

なるほど……と、裴璆は思わず苦笑した。雅量の疑問は当然かもしれない。彼の協力を得るためには、もう少し説明を加えなければなるまい。よろしい、説明しましょう……と、彼は正面から雅量を見ながら言った。

「雅量どの。取り敢えず簡単に考えて頂きたい。私が茉莉花どのに力を貸すのは、大宿祢どのとの取引の結果だと」

（五）

裴璆《はいきゅう》が日本国へ向かって出航した湊は、渤海国南海府《なんかいふ》付近の吐号浦《とごうほ》（現在の北朝鮮の北青《ほくせい》付近）である。その頃、冬の日本海を横断して日本国へ行くためには、この湊で風待ちするのが最も適切な方法だった。吐号浦は渤海沿岸の数少ない不凍港で、冬の季節風に乗って、日本の都に近い湊へ安全かつ効率的に行く絶好の条件を具えていたからだ。北へ偏って日本へ着けば蝦夷の襲撃が心配され、南へ偏れば都へ向かう時間がかかりすぎる。日本国へ二度まで渡航した経験を持つ裴璆が、出航地の選択に当たり、あくまで吐号浦にこだわったのも不思議ではない。

しかし、当時そこは反乱軍の統領である大宿祢《だいしゅくでい》の支配下であった。そこで、裴璆は一か八かの奇策に出た。彼は東丹国使でありながら、敢えて帆船を吐号浦へ乗り入れ、大宿祢に日本渡航の便宜を求めたのである。今でこそ敵味方に分かれているが、彼らの間には、かつて渤海政界の盟友であった縁《えにし》がある。

滅亡前夜の渤海国は国王大諲譔《だいいんせん》の長い治世の下、外戚《がいせき》の高氏《こうし》が専横を極め、深刻な政争が繰り広げられていた。このとき、世子の大光顕《だいこうけん》を擁立して高氏《こうし》と対抗したのが、王の義弟の大宿祢と、当時和部《わぶ》少卿《しょうけい》であった裴璆である。二人の間には同志としての深い信頼関係のほか、日本国を媒介した太い絆があった。裴璆が二度も渤海国使を務めて、日本国の支配層と深いつながりを持っていたのに対し、大宿祢はそもそも日本人だった。裴璆が吐号浦に乗り込んだのは、二人の間に育まれた深い友情に賭けたのである。

一方、大宿祢の方にも裴璆の申し出に応える理由があった。彼は契丹人との戦いの中で、彼らの野望を正確につかんでいたのである。契丹帝国の究極の目標は、中国を征服して東アジアに世界的な大帝国を建設することだ。しかし遊牧民族である彼らは人口が少なく、資産の蓄積も少なかった。

そこで、まず目を付けたのが渤海国である。もともと狩猟民族であった渤海人は、その頃既に生業の比重を農耕に移していた。南部に広大な農地を持ち、官僚社会も整っている。契丹人が渤海国の征服に乗り出したのは、その富よりもむしろ、豊富な人口を奪うためだと言ってもよい。要は人狩りである。増殖する契丹帝国の広大な領土を耕す農民と、支配体制を支える官僚を奪い取ろうとしたわけだ。

しかし野望を果たすためには、渤海国の征服だけでは足りない。資材や人材が、まだ相当不足していた。彼らはそれを、ほかの国から調達する必要がある。契丹帝国の皇后、赤毛の月里朶《ゲリーダ》は賢かった。彼女は新興の意気が上がる高麗《こうらい》国より、平和に倦む日本国の方が遥かに組しやすいと見ているようだ。

大宿祢は忽汗城《こつかんじょう》内に拘留されたとき、彼女の野望をはっきり悟った。月里朶《ゲリーダ》の許には、既に何人かの日本人僧侶が参謀として仕え、大宿祢にも日本侵攻への協力が要請されたからである。その大宿祢が娘夫婦と共に、忽汗城から脱出できたのはほぼ奇跡に近かった。

契丹軍が渤海人の反乱を平定すれば、契丹軍の矛先が日本国へ向く。大宿祢は焦っていた。何よりもまず、契丹来寇の情報を祖国へ伝え、防衛体制を急ぐよう警告しなければならない。契丹の日本侵攻計画がある限り、契丹軍は日渤《にちぼつ》両国の共通の敵である。ならば……、と大宿祢は考えた。日本国と交渉し、渤海人の反乱に援助を求めることができないか？　しかし、父道真は死んでしまった。日本国の朝廷と渡りをつける方法がない。

丁度そのとき、裴璆が吐号浦《とごうほ》に乗り込んできた。大宿祢は喜んだ。この機会を逃《のが》すことはできない。東丹国使と同行すれば、日本国の朝廷と接触できるかもしれない。算盤をしっかり弾いた大宿祢は裴璆と手を握ることにした。

しかし、裴璆の船に便乗するにしても、自分が乗るわけには行かない。名代を立てるとすれば茉莉花しかいなかった。彼は迷うことなく決断した。婿の大光顕《だいこうけん》に因果を含め、茉莉花を裴璆に預けることにしたのである。大宿祢も言外に、裴璆の身体の中に流れる渤海人の血に期待したのだろう。

長い話を終え、裴璆は盃の酒を飲み干しながらため息をついた。

「そういうわけでして……な、私と大宿祢どのはお互いの目的を遂げるため、取引をしたのですよ。私は茉莉花どのを日本国へ連れて行き、彼女が日本国の指導者に渤海国の滅亡と契丹来寇の情報を伝え、反乱軍への救援を仰ぐことを手伝う。その代わり大宿祢どのは、私に吐号浦での風待ちすることを許すほか、傷んだ船の修繕や食料の補給など、出航にかかわる諸々の便宜を与える……と。だからですね、私は反乱軍と結託して日本国へ渡ってきたようなものなのです。でも、仕方がなかった……。大宿祢の力を借りなければ、私は日本へ辿り着けなかったかもしれないのだから」

「なるほど……、あなた方の関係はよくわかりました。確かに私には、この情報を都へ持ち帰って、左大臣へ正確に報告することは難しいようだ。そのためにはやはり、お二人の力が必要なようですね。よろしい！　あなた方を都へお連れできるよう、私も頭を絞って考えることにします」

「ありがたい！　ぜひお願いします」

「ええ、何とか頑張りましょう。ところで裴璆どの、あなたがこの前我が国へ来られて、もう十年近くたちましたよな……」

雅量の言葉には、どこか容易ならぬものがある。敏感に察した裴璆が表情を引き締めながら、用心深く応えた。

「ええ、そうですね。おっしゃる通りですが」

「あれから……、いや正確に言えばもっと前から、この国はすっかり変わってしまいました。都へお連れするにせよ、しないにせよ、このことだけは是非心得て頂く必要がある。あなたも多分、気がついておられるとは思いますがね」

もちろん、裴璆も知っていた。この国の村や里で見た凄まじい荒廃ぶりを思い出す。雪寄せした道端に、裸の死体が転がっていた……。雅量は裴璆の顔に暗澹《あんたん》としたものを認め、さばけた口調で語りはじめた。

「あなたがお国へ帰られた後、この国では何度も繰り返して日照りや飢饉が起こりました。疫病が流行ったのも一度や二度ではありません。勢い治安が悪化し、山賊や海賊が至る所に出没し、都の中でも暴れまわっております。そこに今回の咳病《がいびょう》だ。一旦咳《せき》が出ると高熱を発し、たちまち死に至るおそろしい病です。感染力が強く誰にでも移る。生きているうちに病人は屋外に捨てられ、都の道路は死骸で溢れる始末です。どうやらそれが、丹後にも広がっているようだ」

「…………」

「しかも、朝廷が有効な対策を打たない。喧々囂々《けんけんごうごう》議論するだけ。挙句の果て、お互いに足の引っ張り合いだ。ええ、行き着く所はいつも同じ……。坊主を呼んで祈禱を頼む。もちろん、そんなものに効果はありません。生産は止まり、物の流れが滞り、莫大な数の死者が出ております。裴璆どの、この国はすっかり疲弊してしまいました」

「うむ……」

「この前あなたが来られた頃は、まだ上辺を装うだけの余裕があったのですが、今ではもう、その力さえない。だからですね、裴璆どの。たとえあなたが満紀入朝された渤海国使だとしても、多分入京は叶わなかったでしょうよ。この国にはもう、国使をもてなすだけの力さえ残っていないのです」

裴璆は眉を曇らせ考える。雅量はあまり深く触れないが、おそらく天災と同様、人災の方も酷いのではなかろうか？　どこの国も、官の腐敗で疲弊する。彼は雅量の言葉に頷きながら、滅亡前夜の渤海国を思い出した。渤海国も民を慈しんで人心をつかむべきだった。政争をやめて官の横暴を糺《ただ》すべきだったのである。健全な経済政策によって国力を保てば、あんなにあっけなく契丹人に滅ぼされることもなかったであろう。裴璆は雅量の話を、我が事のように感じながら言った。

「そうですか、まさかそこまでとは思いませんでした。それでは渤海人を支援するどころか、東丹国との修好も……？」

「今の日本国では新しい国と外交関係を結ぶことは難しいでしょう。まして渤海人へ援助することなど夢のまた夢でしょうね」

雅量が裴璆を見つめてはっきりと言い切った。黙って聞いていた茉莉花がたまりかねたように口をはさむ。

「雅量さま、たとえ夢のまた夢だとしても、私は都へ行かないわけには参りません。父も夫も、今この時でさえ、契丹人と戦っております。私一人がおめおめと、どうして引き返すことができましょうか。それに……、忘れないでくださいませ！　渤海人を援助すれば、契丹人の来寇を阻止できることを」

「それはそうだが……」

雅量が思わず口籠ったとき、敷居の外から力強い男の声が聞こえてきた。

「小次郎《こじろう》です。遅くなりましたが、お召しによって参上しました」

若い男のはっきりした声が、聞くものすべてに爽やかな感じを与える。裴璆の目には、雅量の顔が心持ち明るくなったように見えた。

（六）

入ってきた若者は六尺豊かな大男である。彼は裴璆と茉莉花に軽く黙礼すると、雅量の斜め後ろで膝を組んだ。年の頃は二十七、八か？　三十には少し間があるように見える。濃い茶色の袴の上に薄萌黄《うすもえぎ》色の直垂《ひたたれ》を着こみ、細纓《さいえい》の冠を頂いた総髪はあくまでも黒く輝いている。太くて濃い眉の下には黒い目が鋭く光り、高い鼻梁が目立つ顔は、日本人としては珍しく彫りが深い。青々とした髭の剃り跡が潔さを忍ばせ、赤い大きな唇が頑固なまでの意志の強さを表していた。

雅量は若者が坐ったのを見届けると、裴璆へ向かって微笑みながら言った。

「これは、近衛府の衛士《えじ》で滝口小次郎《たきぐちのこじろう》というものです。忠平公に名符《みょうぶ》を差し出していますので、左大臣家の家人《けにん》でもあるのです。滝口でも名の通った武士で、武勇抜群と噂されているようですぞ」

「滝口小次郎です。よろしく」

小次郎はけれんみなく名乗って裴璆を拝した。次いで頭を挙げて茉莉花を見て、思わず息をのんで呆然としている。茉莉花の余りの美しさに、一瞬うろたえたようだ。真っ赤に頬を染め、慌てて居住まいを正す小次郎の武骨さを心地よげに見ながら、裴璆が親しみを込めて気さくに声をかけた。

「裴璆です。以後、お見知りおきを。このお方は渤海国の……」

「裴璆さまの知り合いの娘で、茉莉花と申します」

そうだった……と、思わず苦笑する裴璆を尻目に、茉莉花が小次郎へ向かってにっこりとほほ笑んだ。彼女もまた、小次郎に惹かれるものがあるらしい。世子《せいし》の妃と名乗れないことをむしろ喜んでもいるようだ。内緒で呼びよせた小次郎が、何事もなく受け入れられてほっとしたのか、雅量が嬉しそうに付け加えた。

「彼は坂東《ばんどう》生まれの坂東育ち……、正真正銘の東夷《あずまえびす》ですがね、もともとは貴種の血を引いております。柏原《かしわばら》の帝《みかど》、桓武《かんむ》天皇の五世の子孫で、正しくは平《たいらの》小次郎将門《まさかど》。清涼殿《せいりょうでん》の滝口所《たきぐちどころ》に伺候《しこう》し、内裏《だいり》の警備にあたっていますので、滝口小次郎と呼ばれております。坂東に広大な地所を持っており、かの地では大変な勢いとか……」

「ほう、それはたいしたものだ」

裴璆が改めて小次郎を見つめる。世が世であれば帝《みかど》になれた男なのか……。

「帝《みかど》の血を引くと言っても、今では無位無官の只《ただ》の地下人《じげびと》です。この若者には都の水が、思ったよりもはるかに苦かったようですな」と、雅量は裴璆の言葉を引き取り、更に次のように付け加えた。

この頃の皇族は皇位に近いごく一握りの者を除き、大部分の者は地位も低く経済的にも困窮していた。彼らが世の中へ出るためには臣籍に下って国司になり、地方へ活路を見出すほか道がなかった。一方、地方の有力者にとっても、皇位につながる貴種は貴重な存在だった。彼らは自分の娘を差し出して婚姻関係を結び、家格を高めることができたからだ。また、当時は妻問婚《つまどいこん》の風習があったので、地方へ下った豪族は同時に複数の家の入り婿になり、婚家を糾合して豪族にのし上がることができた。小次郎の祖父の高望王《たかもち》も、このようにして豪族化した賜姓《しせい》皇族の一人である。

しかし、こうした豪族も世代を重ねるに従って家格が下がり、地方で勢力を維持するためには、都へ上って官職につく必要があった。そのため当時の有力者である摂関家をはじめ、貴顕の門を叩いて多額の金銀を差し出して奉公し、家人となって官職の推薦に与《あずか》ろうとしたのである。

「そういうわけでしてね。小次郎も検非違使《けびいし》の尉《じょう》になりたくて仕方がない。忠平公の家人になったのもそのためです」

「なるほど……」

「しかし、残念ながら前途は遠い。何故かと言えば要領が悪過ぎるのですね。持って生まれた人柄でしょうかな？」

雅量は盃を口に運びながら横目で小次郎を見た。小次郎は苦笑しながら黙って酒を口に含む。

雅量が続けた。

「小次郎が都へ上って、もう十年以上が経ちました。今度、この男の従兄弟の貞盛《さだもり》が左馬允《さまのじょう》になりましたが、小次郎は無官無位のままです。優男の貞盛は目から鼻に抜けるような切れ者ですが、この男は逆に正直の上に馬鹿がつく。小次郎が並外れた武勇の持主であるだけに、私は歯がゆくてたまりません」

「良いではないですか雅量の殿《との》……。俺は宮仕えに向かないだけだ」

小次郎は茉莉花を気にしながら憮然《ぶぜん》として呟いた。裴璆だけならともかく、茉莉花の前で余計なことを言わないでほしい。人をからかうのは雅量の殿《との》の悪い癖だ……と、小次郎は心の中でぼやく。

二人のやり取りを黙って聞いていた茉莉花が、小次郎を優しく見つめながら口をはさんだ。

「そうですとも……ね、小次郎さま。何も宮仕えだけがすべてではございませんわ。得手不得手はどなたにもあること。小次郎さまは音に聞こえた剛の者とか。今にきっと、大きな仕事をなさる時が参りますわ」

小次郎の顔が傍目《はため》にわかるほど赤くなり、茉莉花に向かって大仰《おおぎょう》に頭を下げた。茉莉花の心遣いが嬉しくてたまらなかったのだろう。正直なお方……、茉莉花は思わず微笑んだ。雅量が苦笑しながら慌てて手を横に振る。

「いや確かに……。これは一本取られましたな。そう言えば茉莉花どの、この男は並の東夷《あずまえびす》ではありません。目の付け所が普通の者とは違っています。例えば、私が渤海客存問使になったとき、私の所へ真っ先に駆けつけてきたのが小次郎でした。どこで聞きつけたのか知りませんが……ね。そして、何と言ったと思いますか？」

「はて？」

と、裴璆まで興味を持ったのか身体を乗り出す。気をよくした雅量が陽気に続けた。

「俺は今まで異国の人を見たことがない。ぜひ、渤海人に会わせて頂きたい。異国では家柄や門地が低くても、力さえあれば皇帝にもなれると聞いている。俺は渤海人に会って、渤海国の話を聞きたいのだ……と。驚きましたよ、私は。小次郎は狭い枠に閉じこもって変化を怖れ、先例通りにしか動かない都人《みやこびと》とは、全く別の種類の男だと言っても間違いないでしょうね」

「なるほど」

裴璆は盃を含みながら改めて小次郎を見る。雅量の話を熱心に聞いていた茉莉花が、顔を曇らせながら言った。

「小次郎さま。その渤海国も今は滅びてしまいました。国が亡びるときは、地獄よりももっと悲惨なことが起こります。しかし、どうしても渤海国での出来事を聞きたいなら、私がおいおい教えて差し上げましょう。ところで雅量さま……、私は早く都へ参りたいのです。先ほどもお話ししましたように、今、この時でも、渤海人は懸命に戦っています。私だけがのんびりしているわけには参りません。どんな方法でも結構です。都へ行く算段を早々に考えては頂けないでしょうか？」

茉莉花の一途な言葉が雅量の胸を打つ。彼は心の底に微かな痛みを覚えながら思った。この娘は何も知らない。都では咳病《がいびょう》が流行る中、法皇や天皇が政治を疎かにしてひたすら淫欲に耽り、競い合うように奢侈《しゃし》に身をやつしていることを……。それだけではない。大臣はじめ施政者たちは私利私欲に走り回り、自家の利益に汲々としている。腐りきった政治のため、都のあちこちで陰謀が渦巻き、呪詛《じゅそ》が飛び交い、略奪や放火は勿論のこと、殺人や誘拐が日常茶飯事に行われているのだ。

しかも悪いことにはここ数年、大雨と日照りが交互に襲ってきたうえ疫病が蔓延している。特に今回の咳病《がいびょう》は始末に負えない。一度せき込んだが最後、高熱を発し次から次へ人に移る。病人が発生すると親は子を捨て、子は親を路上に捨てる。都大路は烏が群れて、死人を啄《ついば》み飽くことがない。都はまさに地獄絵が展開されているのだ。しかも腹立たしいのは政治である。猛威を振るう咳病に打つ手がまるでない。しかも、国庫はとっくに空っぽで、貧しい人へ施す米は一粒もない有様だ。

朝廷がやっと重い腰を上げ、天台座主《てんだいざす》の尊意《そんい》を呼んで神仏に祈禱させたが、咳病の勢いが止まる気配さえない。やはり、これは世間の噂通り、数多の怨霊が都の中を闊歩しているからではないだろうか？

人々は陰に隠れて噂する。このおどろおどろしい怨霊たちを操り、闇の世界を支配しているのは菅帥《かんのそち》に違いない……と。ところで菅帥《かんのそち》とは何者か？　茉莉花の祖父の菅原道真の怨霊なのである。如何に国家の急を報告するためとはいえ、そのような都へこの娘を連れて行って良いだろうか？

考え込んだ雅量が腕を組んで瞼を閉じた。

おや？　これは何だ？　瞼の奥で赤い炎が燃えている。炎の中に人影が見えた。人影が見る見るうちに大きくなる。長い手を伸ばし、自分を差し招いているように見えた。仰天した雅量が思わず悲鳴をあげようとしたが、舌が痺れ金縛りになっている。まずい！　誰かが自分を引き寄せている。逃げなければならぬ！　つかまってはならぬのだ！　雅量は焦った……。焦りに焦って背中に汗が噴き出す。意識の底で懸命にもがいているうちに、誰かの声が聞こえて来た。気がつと、心配そうな裴璆の顔が覗いている。彼が懸命に雅量に呼びかけていたのである。

「雅量どの、どうなされた？　急に顔色が悪くなりましたぞ。汗も相当かかれているようだ。お加減が悪くなられたのか？」

面目ない……、と雅量は自分で坐り直す。

「いや、申しわけない。少し、酒を飲み過ぎたのかもしれませんな。しかし、馬乳酒がこんなに効くとは……。いずれにせよ、大変失礼致しました。茉莉花どのにも小次郎にも心配をかけた。方々、済まなかった。許されよ」

雅量はきまり悪そうに呟いた後、疲れた声を茉莉花に向けた。

「ところで茉莉花どの、どうやらあなたは、私があなた方を都へ連れて行かなければ承知できないようだ。よろしい、私の思案を教えて差し上げる。私は……ね、あなた方を東丹国使としてお連れするわけには参りません。おわかりですね？　あなた方は、左大臣の指図がない限り国府の外へ一歩も出ることができないのですよ」

はい……と、茉莉花が頷く。

「従って、お二人の身代わりを立て、ここに残すことに致します。そのうえで私の縁者として、お二人を都へお連れすることに致しましょう。あなた方の護衛として小次郎を付けますが、都へ着いても私から指示があるまでは、彼の邸に滞在して頂くことになります。小次郎、お前もわかったな？」

小次郎がしっかり頷くのを見て、裴璆が申しわけなさそうに口をはさんだ。

「ありがたい話だが、それでは小次郎どののご迷惑にならないか？」

「なに、遠慮なさることはない。小次郎はこれでも世に聞こえた分限者《ぶんげんしゃ》ですからね。それにあなた方が勝手に動けないよう、監視するにも都合が良い」

雅量は冗談めかして笑いながら、先ほどの異変を思い出していた。あれは一体何だったのか？平然と談笑しながら彼は懸命に探り続けた。

（七）

部屋に下がった茉莉花は、すぐに灯りを消して衾《ふすま》（上掛け）をかぶった。しかし、気持ちが昂って寝付けない。闇の中で、頭が妙にさえる。都へ行く目途が立ったのは、確かに一歩前進である。それを思うと嬉しかった。しかし、この国では渤海国が滅びたことを誰も知らないようだ。忠平公に会ったとしても、契丹人の脅威を十分理解させることができるだろうか？考えれば考えるほど先の見通しが立たない。喜びが一段落すると、不安が次第に募って行く。

茉莉花は寝床の中で考えながら、ふと、あの小次郎という男を思い出した。この国の帝《みかど》の血を引く若者は、よく鍛えられた立派な体をしていた。太くて濃い眉の下で、大きな目が優しく光り、男らしく高い鼻が心を誘う。確かに武骨なようだが折り目正しい男だった。その男が、俺は宮仕えに向いていない……と、子供のように拗ねていたことを思い出し、茉莉花は思わず微笑んでいた。

不思議なことに、どこかで彼に会ったような気もする。何時、何処で……、とはっきりしないが、確かに会ったような気がする。その小次郎が、渤海国のことを聞きたいと言っていた。渤海国……、私の祖国。契丹軍の馬蹄《ばてい》の下に完璧に凌辱《りょうじょく》された私の国……。大勢の人々が殺され、犯され、略奪されてしまった。そこでは今でも、私の父や夫が命懸けで戦っている。私はこの国の人々へ、これをどのように話せば良いだろうか？

難しい！　これはとても難しいことなのだ。

茉莉花は底の見えない無力感に襲われながら、次第に眠くなってきた。眠れそうだ。眠れば私も楽になる。茉莉花が心の中で呟いたとき、瞼の中の闇の奥に、白いものが降りはじめた。雪だ……。さらさらと細かい雪が絶え間なく降っている。私は夢を見ているのか？　降りしきる幻の雪の間から、契丹軍との戦闘で偶々《たまたま》目撃した悲惨な出来事が甦《よみがえ》ってきた。契丹軍の人狩りにあった渤海人が、着の身着のままで家を追われ、契丹本土へ送られて行く姿が鮮やかに浮かんできたのである。

小雪交じりの風が、よろめきながら進む人々の群れを容赦なく吹きつける。雪の荒野にどこまでも続く細い道を、くたびれ切った人々が兵士の鞭に追われていた。行列の先頭が遥か西の地平線の彼方へ消えた後も、喘《あえ》ぎながら進む人々の群れは絶えることがない。長い行列の中には男もいれば女もいる。老人もいれば若者もいた。皆一様に重そうな布袋をかついでいる。どうやら、袋の中には長期間の移動に欠かせない保存食や生活用具が詰められているようだ。肩へ食い込む袋の重さが凍えた身体を容赦なく苛む。人々は歯を食いしばって懸命に前へ進んだ。

彼らの歩みがどことなくぎこちない。見れば、腰のまわりを荒縄で数珠つなぎにされている。人々は歩いた。寒さに凍え、雪に足を取られ、喘ぎながら進んだ。彼らは遥か彼方の契丹の都の西楼《せいろう》を目指し、ただひたすらに歩いていた。

まだ年端の行かない子供たちも、親にまとわりつきながら懸命に歩く。疲れ切った人々が少しでも足を緩めると、黒い甲冑をつけた契丹兵がとんでくる。兵士たちは見境もなく鞭を振るい、行列のあちこちで悲鳴が上がった。昨日も、そして今日も……、各地で人狩りにあった渤海人たちが、家畜のように鞭で追われていた。

やっと一日の行進が終わりかけたとき、それまでしっかり歩いていた若い女が急に立ち止まった。女の足もとで、五、六歳ぐらいの幼女がうずくまっている。困った女は懸命に声を励まし、立ち上がるように諭しはじめた。しかし、疲れ切っているのか？　子供はじっと下を向いたまま動かない。女が仕方なく布袋を置き、子供を抱き上げようとしたとき、血相を変えた契丹兵が駆け寄り女の肩を鞭で打った。

「止まるな！　子供は捨てて行け」

兵士は悲鳴を上げて崩れ落ちた女を力いっぱい蹴りつけ、再び背中へ鞭を振るう。恐怖にかられた子供の動きが悲劇を生んだ。力まかせに振りおろされた鞭が、女に取りすがろうとした幼女の身体をしたたかに打った。

幼い悲鳴が空気を引き裂く。子供の身体が宙を飛んで、大地へ激しくたたきつけられた。小さな手足が小刻みに震え、宙をつかんでもがき苦しむ。半狂乱になった女が、髪を振り乱して子供を抱きとろうとしたが、腰に結ばれた綱に邪魔され、どうしても引き寄せることができない。女のすぐ目の前で、子供の震えが次第に止まり小さな命が絶えて行く。僅かに顔をしかめた兵士は、幼女の襟元をわしづかみにすると、道端の向こうへ無造作に投げ捨てた。女の悲鳴が子供を追う。

兵士は空鞭を震わせ、居丈高に怒鳴りつけた。

「歩け！　餓鬼はもうくたばった。歩かないとお前の命もないぞ！」

すぐ後ろに繋がれていた老人が、女を背後から抱き起こしながら懸命になだめる。女の前の男が歯を食いしばって歩きはじめた。

縄に引かれ女が歩いた。魂を失った女の身体が、引きずられるように歩いて行く。彼女は涙が枯れた目を虚ろに見開き、再び長い行列の中へ消えて行った。

茉莉花の耳に再び三度、幼い子供の鋭い悲鳴が響く。彼女は激しく身体を震わせ、思わず衾《ふすま》を蹴飛ばした。寝床の中から身体を起こし、大きく息を吸い込んでみる。次第に意識がはっきりしてきた。目がすっかり覚め、悲惨な光景がありありと甦る。

あのとき……、道端のところどころに、親から遅れて命を落とした幼児の死体がぼろ布のように捨てられていた。鞭で追われた人々に心ならずも踏みつけられたのか、内臓をはみ出したものまである。大きな死体は、多分老人か病人だろう。まだかすかに息をしていたものも、幾つかあったように思う。契丹人は、足手まといになる老人や幼児を、情け容赦もなく捨てて行ったのである。

実はその頃、茉莉花の手勢は渤海人を奪還するため、彼らを追跡して遊撃戦を仕掛けていたのである。しかし強力な契丹軍から取り戻したのは僅か数十人に過ぎなかった。多分渤海国では、今でも至る所で契丹軍の人狩りが行われているのではないか。契丹皇帝は中国を征服するため、渤海人を根こそぎとらえて契丹へ連行し、兵士として、或いは労働力として使おうとしているのである。ああ、また悲鳴が聞こえてくる。沢山だ、本当にもう沢山だ。契丹軍に狩られた人々は目的地に無事たどり着けただろうか？

私は都へ行かなければならない！　どうしても都へ行かなければならない。都へ行き、契丹軍と戦っている渤海人のため、この国の助力を仰がなければならないのだ。渤海人が戦い続ければ、この国の人も契丹軍の侵入を免れることができる……。

私は都へ行かなければならない。茉莉花は寝床の上に坐り直し、じっと前をにらみつけた。負けるものか！　身体の中から、次第に闘志がみなぎってくる。いつの間にか東の空が白みはじめ、小鳥がせわしくさえずっていた。

（八）

三月に入った。すっかり春めいてきた丹波路を、渤海客存問使《ぼっかいきゃくぞんもんし》藤原雅量《まさかず》の一行が都へ急いでいた。下人を含め二十名ほどの人数だが、この険しい山道を、今日でもう三日も歩いている。前を行く雅量と裴璆《はいきゅう》から少し遅れて、茉莉花を中に挟んだ小次郎主従が続く。男装した茉莉花を含め、彼らは皆同じ浅黄色の小袖と袴姿で、荷駄を運ぶ馬のほか数頭の空馬を曳いていた。

今年は年明けからずっと晴天が続いていた。悪くすると、旱魃《かんばつ》になるかもしれない。聞くところによると、都では丹後よりも遥かに咳病《がいびょう》が猛威を振るい、毎日何百人も死んでいるという。しかし、陽射しに恵まれたからか？　この雪の深い丹波路にも、春の香りがそこかしこに漂う。彼らが進む山の中は、気だるく饐《す》えたような空気に包まれ、むせるような匂いが立ち込めていた。

国府を出発する間際になって、雅量は小次郎を呼んで茉莉花の身分を明かした。驚いた小次郎が、彼女のために輿《こし》を用意しようとしたが、茉莉花は何故か男姿で歩くと言い張った。道は険しく先も急ぐ、途中で音をあげても知りませんぞと顔をしかめる小次郎に、誰があなたより先に音を上げますかと切り返す。そして、美しい顔をまともに向けて、私は馬にも乗れますのよとにっこり笑う。

小次郎は思わず苦く笑った。彼女の見事な騎乗ぶりを思い出したのだ。彼女の馬は船に載せて来た契丹馬で龍《ロン》という漆黒の馬である。座高が日本馬よりも高い上に、おそろしく気性が荒い。試乗を競った小次郎の郎党が、跨るまでもなく皆振り落とされてしまった。小次郎ですら、落馬しないのが精いっぱいの代物なのだ。それを……、茉莉花は難なく乗りこなす。あんな恥はかきたくない。小次郎は一も二もなく引き下がり、茉莉花の好きなようにさせることにした。

ところで、茉莉花は確かに健脚である。あの細い身体の何処にそんな力が隠されていたのだろうか？　小次郎は山道を登りながら時々茉莉花を振り返る。髪の先を襟の中に隠した茉莉花が、小次郎のすぐ後をわき目もふらず登って来る。彼女が息を弾ませると、小袖の下の豊かな胸が大きく喘ぐ。振り返った小次郎が思わず見とれていると、気がついた茉莉花が、道の下から大げさに睨《にら》んだ。小次郎が慌てて目をそらし、足早に道を登る。彼の後ろで、茉莉花が軽やかな笑い声をあげた。

小次郎は、思わず軽く舌打ちをした。彼女に限りなく惹かれて行く。彼はこのとき、自分の気持ちを量りかねていた。山道へ差しかかった頃から、彼女のちょっとした身振りや歩き方まで、気になって仕方がないのである。俺は一体どうしたのだろうか？　名もない花の美しさに驚き、鳥のさえずりを器用に真似る彼女の仕種が、小次郎の胸を強く揺さぶる。それだけではない……。遠い異国から来た世子《せいし》の妃は、道を横切るリスを見ては喚声をあげ、敏捷に追い回して笑い転げる。何とも言えず愛らしい。

しかし、彼女は所詮、渤海国世子《せいし》の妃である。手の届く相手ではない。それどころか、想いを寄せてはならない人である。小次郎が懸命に自分の気持ちを抑えたとき、成熟した女の匂いがこれ見よがしに横切った。茉莉花が彼を追い越し、笑いながら走って行く。小次郎の目が思わず後を追いかける。荒々しい野生の血が音をたてて迸《ほとばし》った。

好きだ……。小次郎は言葉に出して呟いてみる。小袖と袴で男装した茉莉花の姿が、却って小次郎の血をけしかける。世子の妃だって構うものか！　彼女に自分の気持ちを打ち明けるのだ。しかし……、結局小次郎にはできなかった。茉莉花を失う危険を冒すことができなかったのである。

（九）

一方、茉莉花は茉莉花で、自分の気持ちがわからなかった。小次郎と一緒にいるだけで、何故こんなに心が弾むのだろうか？　彼女には歴とした良人がある。滅んだとは言え渤海国の世子で、美男の誉れ高い大光顕《だいこうけん》である。二人は契丹が侵入して来るまで、仲の良い似合いの夫婦だった。大光顕は詩賦《しふ》が巧みで笛もたしなむ。何処へ出しても恥ずかしくない男だった。少し尊大なところもあったが、若い茉莉花にはそれも魅力の一つだった。しかも繊細で優しく、何よりも彼女を愛してくれていた。

しかし、新婚生活が始まって間もなく、渤海国は契丹帝国に滅ぼされてしまった。二人の間に微妙な隙間ができて来たのはその直後だった。

契丹皇帝耶律阿保機《やりつあぼき》は、渤海王大諲譔《だいいんせん》の降伏を受け入れた後、忽汗城《こつかんじょう》内へ進駐して配下の兵士に三日間の略奪を許した。勝ち誇った契丹兵は、我がもの顔で民家へ押し入り、狼藉《ろうぜき》の限りをつくした。彼らは男を見れば斬り殺し、女を見れば見境なく、その場に押さえつけて犯したのである。それだけではない。彼らは、幼い子供を捕えてむぞうさに放り上げ、落ちて来るところを槍で串刺しにして楽しんだ。

凄惨な地獄絵が、城内に幽閉されていた渤海国の貴族たちが見下ろす街で、何時果てるともなく続けられた。たくさんだ……。もう、沢山だ！　思わず床にしゃがみこんだ茉莉花は、父に助け起こされながら固く復讐を誓った。

一方、良人の大光顕《だいこうけん》が受けた衝撃は、彼女よりも遥かに深かったようである。彼は大宿祢《だいしゅくでい》の手を振り払い窓の傍から離れようとしなかった。血の気を失った青い顔で、契丹軍の殺戮を食い入るように見つめていた。茉莉花は今でも、良人の凄まじい形相を忘れることができない。眉間に寄せられた眉の下で、大きな眼が異様に光り、頬を何度も引き攣《つ》らせる。引き攣《つ》る頬がひときわ大きく震えた後、彼はいきなり激しくもどした。

大きな反吐《へど》の塊が、彼の口から二度……、三度と、立て続けにほとばしる。女たちの悲鳴の中で、彼は身体を震わせてもどし続けた。おびただしい汚物が、彼が自慢にしていた顎鬚を伝って滴り落ちる。静まり込んだ人々の間に、漣《さざなみ》のように動揺が広がって行く。茉莉花は、何時までももどし続ける良人の姿を呆然として見つめた。

しかし、大光顕はその後見違えるように逞しくなった。忽汗城《こつかんじょう》から脱出した大宿祢の下で、契丹軍との遊撃戦を血みどろになって戦った。彼は常に第一線に立ち、我が身の危険を顧みなかった。契丹軍と戦うため、全てを犠牲にして全力を尽くした。それだけではない。彼は捕らえた契丹人を残酷な刑に処し、彼らが苦しむのを見ても眉一つ動かさない。彼は全く人が変わったのである。

それは……、彼があの時、自分の優しく華奢な古い身体を、反吐としてすっかり吐き出したからではないか？　彼は、復讐の権化として生まれ変わり、王家の冷たい血を取り戻したのだ。彼はそれ以後浴びるように酒を飲んだ。酒を飲んでは茉莉花を求めるのである。彼の行為は荒々しく、茉莉花の気持ちを考えようともしなかった。彼らの間に、微妙な隙間ができたのも当然かもしれない。二人の間にできた溝が、思ったよりも遥かに深いことに気がついたのは、日本へ向かう船中のことである。

日本へ向かう航海は、彼女にとって非常に長く苦しかった。途中で何度も、嵐に見舞われたのである。なかでも、日本へ近づいた時に襲ってきた最後の嵐は、雪をまじえた凄絶なものだった。船は、一晩中、波に揉まれ弄ばれた。茉莉花は終に覚悟を決め、死が訪れるのを待ち受けた。暗闇の中ですることもなく、ただ死を待つのは辛かった。よくも狂わなかったと、今更ながら茉莉花は思う。恐怖に襲われた彼女は、何故か良人を呼んでいた。良人の昔の優しさがたまらなく懐かしかった。

船がきしむ……。壊れた船室の扉が風に煽られがたがたと鳴る。風雨が激しく入り込んで顔を撃つ。鼠の大群が船室の梁《はり》の上を駆け巡り、船荷が崩れて散らばった。立ってなんかいられない……。茉莉花は床を転がりながら必死で柱にしがみつく。彼女はもがきながら良人を呼んだ。夫の名前を、口に出して呼んでみた。助けて欲しい……。何でも良いから助けて欲しかった。彼女は胃液を吐きながら懸命に良人を呼んだ。しかしいくら呼んでも良人が自分の傍にいるはずがない。

私は、一人で……、たった一人で海へ沈まなければならないのか？　孤独だった。惨めだった。孤独の怖さをつくづくと味わった。何も見えない暗闇の中で、一人ぼっちで死を見つめ、茉莉花はふと、恐ろしいことに気がついた。良人はとっくに、私を見捨てていたのではなかろうか？

大宿祢が、日本国へ茉莉花を派遣しようとしたとき、ためらう茉莉花を励まして、日本へ行くことを決心させたのは良人である。彼はもしかしたら、私が死んでも構わないと思っていたのではないか？　あの時の彼なら、妻の命と引き換えてでも、契丹軍に復讐することを選ぶだろう。茉莉花は、彼が自分を見るときの、まるで物でも見るような冷たい目つきを思い出した。

船がきしんだ。船体が悲鳴をあげて大きく傾く。激しい浪がぶつかる音が、身体に直接伝わってくる。茉莉花の身体が宙に跳んだ！　身体が跳んで吹き飛ばされ、奈落の底へ沈んで行く。跳んで転げて、壁にぶっつかりながら彼女は思った。私は、これから死んで行くのだ。死ぬとき傍に居ない男など、私は良人と呼びたくない！　私は一人で死んで行こう。二人は所詮、肌を合わせただけの縁なのだ……と。

雨の音が激しくなった。風も一段と強くなってきた。もうすぐ、私も楽になる。彼女がすっかり死を覚悟したとき、甲板の方から、陸が見えたぞ……、と叫ぶ声が聞こえて来たような気がした。

茉莉花は、九死に一生を得て大津浜へ上陸したとき、身体の中から湧きあがる解放感に酔いしれた。私は今、生まれ変わった！　彼女は心の中で大声をあげた。一度は捨てた命なのだ。そう思うと、何もかも新鮮で素晴らしく見える。彼女は、新しい生命の息吹に敏感に反応していた。

そんな時に、茉莉花の前に小次郎が現れたのだ。彼は良人の光顕《こうけん》とは、全く違う型の男だった。詩を賦すことや笛を吹くことはできないが、裏表のない、誠実で朴訥な雰囲気を持ち合わせていた。何よりも冷たさがないのが良い。彼と一緒にいるだけで、不思議に心が安らぐのである。茉莉花の心がやっと回復した後だけに、小次郎の印象が胸の中で大きく育ったのは当然かもしれない。彼女は山道を懸命に駆け登りながら、小次郎の眼差しを背中に感じ、弾む心にときめいていた。

（十）

小次郎が、再び足を速め茉莉花を追い越したとき、前の方から郎党の一人が慌てて駆け下りてきた。ひと言、ふたこと……、言葉をかわした小次郎は、周りへ声をかけて走りだした。馬を曳き、荷物を運んでいた郎党たちが、一気に茉莉花を追い越して行く。茉莉花も急いで後を追った。

十間ばかり登りきった道端の、杉の木の根本に三体の屍が横たわっている。一人はまだ小さな子供のようだ。幸いなことに、死体に荒らされた跡がなかった。粗末な衣服を身につけ、頭髪も無事のようだ。しかし、死体には無数の蠅が群がり、蛆が涌いているのが見える。異様なにおいが一行の鼻を激しく突く。小次郎が飛びかかる蠅を追い払いながら、厳しい声で言った。

「見ろ！　行き倒れだ。多分、流行病《はやりやまい》だろう。雅量の殿の話では、この辺りでも咳病《がいびょう》の勢いがますます強まっているそうだ。しかも、今度のやつは恐ろしく性質《たち》が悪く、いつの間にか人に移る。感染したら最後、助かる者はほとんどいないそうだ。見ろ！　だから、死体が荒らされていない。六郎太……、汝《われ》、一っ走りして、雅量の殿に待って頂くように伝えるのだ。それから、子春丸《こはるまる》！

汝《われ》らは穴を掘れ」

六郎太は、年を取っていても機転が利く。待ち構えていたように走り出し、山道を駆け登って行く。残った郎党が鍬《くわ》を取り、子春丸の指示で穴を掘りはじめた。彼らが黙々と掘るのを見て、茉莉花の気持ちが次第に和む。穴が十分に深くなったのを見極め、小次郎が子春丸に命じた。

「それで良い！　今度は汝《われ》らで死体を穴に埋めてやれ！」

子春丸が一瞬怯んだ。彼のすぐ傍にある死体はかなり傷んでいる。眼窩の縁に目玉の滓がこびりつき、唇に蛆が涌いていた。

「殿、流行病《はやりやまい》で死んだ者にさわれば、移るというではねぇか？」

「それがどうした？」

「おら、こんなことで死にたくはねぇ……」

次の瞬間、小次郎は子春丸の顔を力いっぱい張り倒した。

「意気地なしめ！　流行病《はやりやまい》は……な、恐いと思うから移るのだ。そこをどけ！」

倒れた子春丸を蹴飛ばし、小次郎はつかつかと杉の根本へ向かうと、ためらうことなく死体を抱き上げ穴の傍へ運びはじめた。死体から蛆がぼそぼそとこぼれ落ち、凄まじい悪臭が立ちのぼる。

「殿、おらが悪かっただ！　許してけろ。おらがやるだ……に」

慌てた子春丸が泣きながら小次郎にすがりついた。小次郎は、じろっと子春丸を見下ろし、彼の腕の中へ死体を投げ下ろして言った。

「よし、子春丸。汝《われ》にまかせる！　大事に扱え」

子春丸が死体を穴の中へ運ぶのを見て、若い郎党たちも覚悟を決める。帰ってきた六郎太と小次郎が彼らに加わり残る死体を穴に埋めると、力を合わせて土饅頭を作り上げた。完成した塚の前で手を合わせる小次郎に、そっと近づいた茉莉花がさわやかな声で小次郎に言った。

「あの藪の下の方に小川があるようです。せせらぎの音が聞こえましたわ。一浴びして、穢れを落としていらっしゃいな」

「ほう、川がありますか？　ありがたい、これで我らも身体を清められる。おい、よく聞け！　藪の下に小川があるそうだ。さあ、皆……、一刻も早く水を浴びて身体の穢れを洗い清めろ。茉莉花どの少し待っていてくれ」

歓声を上げた郎党たちが、小次郎を先頭に木立の間を我勝ちに駆け下りる。誰もが嫌がる仕事を終えた彼らを見送り、茉莉花は思った。多分、先を進んだ雅量の一行も、屍に気がついたに違いない。しかし、彼らは黙ってそれをやり過ごした。おそらく彼らは怖かったのだ。しかし、それが当然かもしれない。流行病《はやりやまい》にかかわれば、無事で済むものはほとんどいないというではないか。

しかしそれでは、人も獣《けだもの》と変わらないことになる。渤海人は敵の契丹人さえ葬ったのに、この国の人々は死者の髪の毛さえも抜くと聞く。疫病を怖れるあまり、自分を守ることしか考えない。この国の人々の心には、もはや人間らしい考え方は一片も残っていないのだろうか？　もしもそうだとすれば、私がこの国へ来たことは無駄になる。そのような国の人々が、渤海人を助けるはずがないではないか。

でも……、小次郎がいる！　我が身の危険も少しも恐れず、小次郎は部下と共に疫病に倒れた人々を葬ったのだ。小次郎がいる限り、私はこの国の人々を信頼することができるような気がする。彼ならきっと、弱い者の味方になってくれるだろう。大光顕のように、私を見殺しにすることもないはずだ。

やがて……、水浴びを終えた小次郎たちが息を弾ませて返ってきた。茉莉花の目に、とても爽やかに見える。彼女は小次郎をじっと見つめた。その熱い眼差しを感じたのか、彼がまぶしそうに茉莉花を見る。茉莉花が微笑みながら見つめ返した。うろたえた小次郎の顔が見る見るうちに赤くなり、額に汗がどっと噴出す。袂から赤い布を取り出して茉莉花が言った。

「ほら、こんなに！」

「え？」

「汗が……」

茉莉花が背伸びしながら、小次郎の額から汗を優しく拭き取った。彼のすぐ目の前で、茉莉花の胸が大きく揺れる。彼女の匂いが誘うように彼を包んだ。思わずたじろいだ小次郎が、慌てて顔をそらしながら言った。

「いいよ、もう……。もう、十分だ」

尻込みする小次郎に茉莉花が微笑む。ますます火照る顔をそむけ、彼は郎党たちへ向かって大声で叫んだ。

「行くぞ！」

声を合図に、彼らが一斉に持ち場へ戻る。小次郎はそれを確かめた後、茉莉花に背を向けて逃げるように雅量の後を追いかけた。

（十一）

愛宕山《あたご》を北に見ながら峠を越えると、生い茂る木々の間から草原が見えて来た。遠く辰巳《たつみ》（南東）の彼方に都が横たわっているはずだ。旅も終わりに近づき雅量《まさかず》一行の足が早まる。しかし、山道を下るにつれて雲行きが怪しくなってきた。いつの間にか現れた黒い雲が俄《にわか》に空を覆い尽くし、大粒の雨を含む強い風が吹きつけて来たのである。風雨は急速に激しくなり、雅量の一行が嵯峨野《さがの》へ入る頃には、それこそ一寸先も見えなくなった。

おそらく、今年初めて降る雨である。それにしては凄まじい降り方ではないか。雅量は久しぶりの雨を喜びながら、却って不吉なものを感じていた。日暮れには間があるが、周囲は既に夜のように暗い。これでは、道を急ぐわけには行かない。雅量の一行はてんでに大樹の下へ駆け込み、暫く雨宿りをすることになった。

遠くの方でしきりに稲光が走る。雷鳴から判断すれば、すぐにも近づいてくるだろう。激しい雨に打たれ、裴璆《はいきゅう》は都の方を透かすように見つめた。何も見えない。見えないが……、不気味な気配が漂っているような気がする。もしかすると誰かが、自分たちの入京を拒んでいるのではないか？　或いは逆に、待ち構えているのかもしれない。裴璆もまた、雅量と同じような不安に襲われていた。十年前、この国へ来た時とは明らかに様子が違う。もしかすると、都の中に異様な力が潜んでいるのではないか？

いきなり、闇を引き裂いて稲妻が走った。少し間を置いて雷鳴が轟く。裴璆の目が鋭く光ったとき、彼の側を鋭い音を立てて疾風が過《よぎ》った。稲妻に立ち向かうかのように、得体の知れないものが渦巻いて走り去って行く。

「あっ、茉莉花さま！」

「茉莉花さまだ」

人々が口々に茉莉花の名を呼んでいる。無謀にも雷雨の中を、彼女は草原へ向かって龍《ロン》を駆りたてたのである。雷鳴がここを先途と鳴り響く。稲光の合間を縫って馬の蹄が小気味よく響く。

「小次郎どの！」

「殿っ、殿！」

再び起きたざわめきが、茉莉花を追って小次郎が飛び出したことを告げていた。激しい風雨の中を立て続けに稲妻が走る。闇の切れ目から草原が見えた。裴璆の鋭い目が茉莉花と小次郎の絡み合う姿を追いかける。茉莉花が走る……。稲妻の間を縫って縦横に駆け巡る。黒い契丹馬を操る彼女の姿は夜叉《やしゃ》のように見えた。

闇を引き裂いて稲妻が走ったとき、茉莉花は突然、誰かが自分を呼ぶ声を聞いた。得体の知れない不気味な声だった。それと同時に、激しい衝動が彼女の身体の中を突き抜け、気がついた時には既に草原の中へ龍《ロン》を駆り立てていたのである。誰かが私を呼んでいる……。禍々《まがまが》しい声だが、どこか懐かしさを感じる。誰の声だ？　一体誰の声なのか……？　お父さまに似ているが少し違う。もしかするとお祖父さまか……？　声に惹かれた茉莉花は更に馬を駆りたて、がむしゃらに草原の中を駆け巡った。

誰の声かわからないが行くほかない。行けばすべてがわかるだろう。行け！　駆けるのだ！　闇の方から……、ほら！　誰かが私を呼んでいる。行け！　何処までも、何処までも！　声のする方へ走って行け！　茉莉花は叫んだ。心の中で叫び続け、ただひたすら龍《ロン》を駆る。龍《ロン》は走った。水たまりを蹴飛ばし、飛沫《しぶき》を上げて走り続けた。

龍《ロン》を駆る茉莉花の耳に、突然！　喊声《かんせい》が聞こえてくる。おびただしい兵士の喚き声のようだ。どっと、鬨《とき》の声が挙がる。いつの間にか取り巻かれたのではないか。何だ！　これは？　もしかすると契丹兵か？　悪魔の軍団が私を追ってきたのか？　逃げなければならぬ！　龍《ロン》よ、逃げろ！闇の中へ走って行け！

おっ！　前が赤い。闇が燃える……、炎をあげて燃えているのか？　炎の向こうに……、誰かがいる。誰だ！　あの男は？　腕を組んで立っている。黄色の服を着た男。黄色の服……、黄袍《おうほう》？　皇帝だ。耶律阿保機《やりつあぼき》？　違う！　阿保機ではない。この人なら知っている。私のよく知っている人だ。小次郎さま……、小次郎さまだ！

次の瞬間、稲妻が走った。襲い掛かるように雷鳴が轟く。龍《ロン》の鬣《たてがみ》にしがみついた茉莉花が、草むらを見下ろした。何と！　小次郎が倒れている……。死んでいるではないか！　しかも、死体に首がない！　無惨にも小次郎の首は、血だまりの中に転がっていた。雷が彼の首をもぎ取ったのか？

茉莉花は泣いた。声を振り絞って泣いた。茉莉花の泣き声に反応し、首が蠢く……。膨らみ、歪み、大きくなる。大きくなった首が血しぶきを吐いた。血しぶきを吐くと同時に、飛んだ！　飛んでいる、飛んでいる……。小次郎の首が血しぶきを吐いて空高く昇り、稲妻へ向かって飛び掛かった。首が吠える。獣のような声で吠えながら稲妻に食いついた。同時に、凄まじい音を立てて雷鳴が轟く。雷撃を受けた首が弾けた！　小次郎の首が粉々に弾け、真っ赤な血が花火のように飛び散って行く。

落ちる、落ちる、落ちて行く……。

茉莉花は薄れて行く意識の中で呟いた。身体の中から急速に力が抜けて行く。馬の鞍から落ちて行くのがわかる。落ちても良い。落ちれば何かがわかるだろう。闇の底に何かがいる。何かが私を待ち受けている。もしかすると、私を呼ぶ声の正体か？　落ちる、落ちる。落ちて行く……。私の身体が奈落の底へ落ちて行く。

茉莉花が落馬する寸前、自分の馬を寄せた小次郎が龍《ロン》の背中へ跳び移ると、茉莉花をしっかり抱き留めていた。力を使い果たした契丹馬が頭から地面へ突っ込む。危ない！　裴璆が思わず目を瞑った瞬間、茉莉花を抱いた小次郎は軽々と飛び降りていた。

「茉莉花どの、無茶なことを！　大丈夫か？」

小次郎が大声で叫び、茉莉花の身体を力いっぱい揺さぶった。しかし、茉莉花はまるで反応を示さない。小次郎の腕の中でじっと空を見上げている。小次郎は思った。彼女は物の怪に取りつかれたのではないだろうか？　委細構わず、冷え切った茉莉花の手が襟を摑《つか》み、小次郎に天を見上げるように促している。茉莉花の頬に顔を押しつけ、小次郎がまともに天を睨んだとき、稲光もなく雷鳴が轟いた。茉莉花が鋭く反応した。

「誰かが私を呼んでいる。私、行かなければ……」

「しっかりしろ！　誰も呼んではいない！」

「ほら、呼んでいる！　あんなに呼んでいるではないの。放して、お願いよ！」

小次郎の腕の中で、もがきながら茉莉花が叫ぶ。小次郎は彼女を力いっぱい抱きしめ、物の怪に聞かせるよう声を張り上げて叫んだ。

「嫌だ！　離すものか。誰にも渡さないぞ！」

叫びながら小次郎は、茉莉花の顔を無理やり自分へ向けさせた。視点の定まらない彼女の眼が、狂ったように光っている。小次郎は思わずたじろいだ。茉莉花は完全に物の怪に取りつかれているようだ。しかし、俺はどうしても彼女を取り戻す。小次郎は懸命に暴れる茉莉花の身体を抱き続けた。腕の中で彼女の身体が激しく震える。小次郎は自分の胸に抱きしめながら、彼女の髪を優しく撫でつけた。少しずつ……、少しずつ、彼女の身体に血が通いはじめ、次第に震えが収まって行く。

やがて、茉莉花が不思議そうな顔をして小次郎を見上げた。初めて彼に気がついたのかもしれない。茉莉花は泣いた。小次郎の腕の中で、彼女は声を上げて泣き出した。童女のように顔を歪め、泣きながら言った。

「小次郎さま、私は怖い！　私は誰かに呼ばれている。誰かが私を待ち受けているのよ。正体がわからないだけに怖い。怖いのに惹かれて、思わずその声を追いかけてしまう。私、一体どうしたのかしら？」

「物の怪に取りつかれたのかもしれないね。でも、大丈夫！　俺が必ず守ってあげる」

「でも、それだけではない！　私、あなたの未来を見てしまった。黄袍《おうほう》を着て、まるで皇帝のようだったわ」

「なに？」

驚いた小次郎が彼女の顔を覗き込んだ。

「でも、その後……」

「その後？　何だ！　何が起こったのだ？」

「首が……。あなたの首が」

「首？　首がどうした！」

驚いた小次郎が、思わず息をのんで問いかけた。小次郎の腕の中で、茉莉花は恐怖と寒さに震え、ただひたすら首を振った。喋れない、私は喋れない……。喋れば小次郎の首が断ち斬られ、空を駆け上って行くだろう。稲妻が走った！　茉莉花の美しい顔が浮き上がる。凄まじい雷鳴が立て続けに鳴り響いた。

（十二）

傾きはじめた陽射しが浮雲に隠れ、頬に当たる春風が冷たくなってきた。右京の西市に近い小次郎の屋敷は、没落した親王家から買い取ったもので、敷地の広さが半町（約二千坪）余りもある。だからと言って、別に目を剝くような豪邸ではない。何しろ、寝殿造りの屋敷は古い上に傷みが酷く、荒れ放題の庭には雑草がここかしこにはびこっていた。在りし日の雄姿を偲ぶことができるのは、枯れ池の辺りで咲き誇る山桜だけではないか？

茉莉花は暗くなってきた縁側に腰を掛け、風に散る山桜を見ながら考え込んでいた。今日でもう、三月になって十日を数える。都に着いてから五日過ぎた。雅量は上洛するとすぐ、左大臣忠平の邸である小一条第《こいちじょうだい》へ伺候し、丹後国に漂着した東丹国使の調査結果を報告したはずだ。その時、雅量は、裴璆と茉莉花の陳述書を提出しているはずなのだが、今日まで全く音沙汰がない。一体どうなっているのだろうか？　すぐにも喚問されると思っていただけに、焦燥感がいやが上にも高まる。不安と焦燥に苛まれる茉莉花を更に暗澹《あんたん》とさせたのが、この国の凄まじい状況であった。

都へ着いた翌日、茉莉花は小次郎と一緒に雨上がりの街へ出かけた。前日の豪雨が嘘のように、朝から晴れ渡った都には凄惨な光景が広がっていた。至る所に、咳病《がいびょう》の凄まじい爪痕が残っていたのである。広い都大路は人影もまばらで、犬走りの隅の方には、数えきれない屍が放置されていた。ときおり、風に乗って強烈な死臭が漂ってくる。おそらく、死体が多すぎて手が付けられないのではないか？

暫くの間、二人は黙って歩いた。言葉をかわす気にもなれなかったのだ。

しかし時間が経つに連れ、茉莉花はおかしなことに気がついた。前日、雷雨の中で垣間見た、怪しい妖気がすっかり消え去り、街の中に奇妙な明るさが溢れている。私はどうかしたのだろうか？　不思議な違和感にとまどった茉莉花は、朱雀《すざく》大路の真ん中で思わず立ち尽くしていた。

それにしても不思議だ。この違和感はどこから来るのだろうか？　長い間考えた末、彼女はやっと理解できた。

おそらく……、と茉莉花は思う。それは、この都に城壁がないからではないだろうか。この都は四方が開けっ放しで、何処からでも簡単に侵入することができる。このような無防備な都があることは、戦乱の大陸で育った彼女には全く理解できないことだった。しかし、それから何度か外出を重ねるうち、茉莉花も次第に都の様子をつかめるようになってくる。

この都は、南北に伸びる幅三十丈（九十メートル）の朱雀大路によって、左京と右京に分かれているが、それは更に、縦横に走る大小の道路で碁盤目に区画されている。東西両寺の五重塔を横目に見ながら、羅城門をくぐって朱雀大路へ入ると、視界を遮るものはほとんどない。都の三方を囲む青い山々は、どこからでも眺められた。華やかな桜並木が植えられた土の道路と、人の背丈ほどの築地塀が朱雀門まで延々と続く。目につくものは、東西鴻臚館《こうろかん》の赤い建物と緑色に輝く瓦だけだ。城壁を持たず、木と土で造られたこの都は、不思議な開放感を漂わせていた。

一方、茉莉花が育った渤海国の都は、忽汗城《こつかんじょう》の名にふさわしく、高く険しい城壁を三重に回らしていた。巨大な石組みの城壁は、高さが優に二丈（六メートル）を超え、外敵に対する備えは、ほぼ鉄壁と言えた。それでも忽汗城は、契丹軍の攻撃を十日と持ちこたえることができなかったのである。もしも、この都が契丹軍の攻撃を受ければ、おそらく一日も持たないのではないだろうか。

茉莉花は大宿祢《だいしゅくでい》から、この国は外敵に侵入された歴史がないと聞いていた。だからと言って、内乱や反逆程度の事件がないはずがない。天皇に取って代わり、自ら天皇になろうとする野心家もいたのではないか。何れにせよ、都の防備を早急に固めなければならない。もしも、契丹人がこの都に攻め寄せれば、呆気に取られてしまうだろう。

それから、これはまたどうしたことか？　兵士の姿が見当たらないのである。なるほど、小次郎のような数人の武士が宮城を警護してはいるようではある。しかし、組織化された武装軍団は、どこを探しても見つからないではないか。これでは、治安を保つことができても、異国と戦争することはできない。もしもこの状態で、契丹軍に襲われたら……？　結果はあまりにも見えすぎている。茉莉花の背中に悪寒が走った。彼女の脳裏に契丹軍の馬蹄に踏みにじられた阿鼻叫喚の悪夢が再びよみがえってくる。

あの時……、茉莉花は契丹軍に捕らわれ、忽汗城の一室に押し込まれていた。窓から見下ろす城下の街路で、勝ち誇った契丹兵が暴虐の限りを尽くしていた。血に飢えた兵士が若い女を捕まえ、彼女が抱いていた赤ん坊をむしり取り、路上へ激しく投げ捨てた。赤子のけたたましい泣き声に、女の悲痛な叫び声が重なる。似たような修羅場が延々と続き、茉莉花の目はその場にくぎ付けになった。彼女の耳に、あの時の悲鳴が聞こえる。茉莉花は思わず両手で耳を蔽った。この国も、今すぐ軍備を整え、強化しなければならない。渤海国の悲劇は、この国にとって他人事ではないのである。

　私はこの国の支配者へ、契丹来寇の情報を正確に伝えなければならない。しかし、城壁がない都に住む人々に、悲惨な侵略を自分たちの問題として、十分理解させることができるだろうか？自分の使命の難しさに改めて気がついた茉莉花は、思わず深くため息をついた。気がつくと、暮れかかった太陽が再び雲の間から顔を出していた。茉莉花の顔が夕陽に輝き、ほんのり赤くそまって行く。

（十三）

　確か……、あの時も夕陽が真っ赤に輝いていた。茉莉花は夕陽を見つめながら、大宿祢《だいしゅくでい》から使命を託された日の出来事を思い出していた。早いもので、茉莉花が大宿祢と吐号浦《とごうほ》の酒楼で別れてから半年以上が過ぎていた。あの日、彼らは質素な卓を囲み二人だけの時を過ごした。その時、良人の大光顕《だいこうけん》は顔を見せなかった。親子を二人だけにするため、遠慮すると言ったのである。しかし、それは嘘だと茉莉花は見抜いていた。人並みの感情を失っていた彼は、死地に旅立つ妻を慰める気さえなかったのだ。
父は、茉莉花の酌で酒を愉しみながら、珍しく自分の過去を口にした。多分二人きりだったことが、彼の心をほぐしたのだろう。父は盃を置いて、いきなり詩《うた》の一節を口ずさみながら話しはじめた。多分、自分の過去を口にする気恥ずかしさを、少しでも詩で紛らわそうとしたのではないだろうか？

阿満《あまん》　亡《な》きよりこのかた夜も眠れず
偶々《たまたま》眠れば　夢に遇いて涕漣々《なみだれんれん》たり
身の長《たけ》は　去夏　三尺を余し
歯《よわい》　立ちて　今春　七年になるべし
事に従いて　人の子の道を知らんことを請う
書を読みて諳誦す　帝京篇《ていけいへん》
薬の沈痛を治むること　纔《わず》かに旬日《じゅんじつ》
風の遊魂を引くこと　是　九泉《きゅうせん》
余後《それより》　神を怨み兼ねて仏を怨む
当初《そのかみ》地もなくまた天もなかりき……

大宿祢は宙をにらみながら朗々とした声で歌い終わった後、娘に向かって微笑みながら言った。

「これはね、茉莉花……。私が死んだとき、お前のお祖父さまが詠んでくれた哀悼の詩《うた》だ。そう、阿満《あまん》というのは、私の幼い頃の名前なのさ。私はね、七歳で死んだことになっている。お祖父さまは、私の墓を建てたうえ、おまけに、この七言で二十八句もある、長い詩《うた》を詠んでくれたというわけだ」

「まあ！」

「お祖父さまには……な、私が知っているだけでも、何と二十人以上もお子がいる。うん、相当なものだ。しかし、果たして本当に可愛がった子がいただろうか？　平気で人を死んだことにしておきながら、その子を悼《いた》んで詩《うた》を詠む。お祖父さまはね、そういうお人だ。菅原道真という方は本当に怖い人なのだよ。私は……ね、お祖父さまに心を許したことなど一度もなかった」

茉莉花は驚いて父を見つめた。そして、驚きながらも疑問に思った。何故だろう？　何故お父さまを、死んだことにする必要があったのかしら？　父が、茉莉花の心の中を読み取って答えた。

「私はね、長兄高視《たかみ》の双子の弟にあたる。高視《たかみ》の幼名は阿視《あみ》、私は阿満《あまん》……。あの国では、双子が極端に嫌われていた。勿論、それだけが理由ではない」

何れも初めて聞く話だが、祖父は非常に変わった人のようである。彼女は次第に父の話に引き込まれていった。

「そのころ唐土《もろこし》ではね、国が非常に乱れていた。断末魔にあったと言ってもよい。内乱がひっきりなしに起こり、各地で地方政権が独立し、唐朝《とう》にはほとんど力がなかったのさ。おまけに、皇帝が全くのお飾りでね。宦官《かんがん》がほしいままに政治を壟断《ろうだん》していた。それだけではない。隣国の新羅や渤海国までが、まるで申し合わせたように衰え、多くの民が塗炭《とたん》の苦しみに喘いでいた。そう、今からおよそ五十年前のことだがね。お祖父さまはその頃から、外国の情勢を見ながら日本国の将来を考えておられたようだ」

「………」

「唐《とう》だけでなく、新羅も渤海国も一斉に滅びようとしている。外国では一体何が起こっているのだろうか？　何故、一斉に滅びようとしているのか？　それを見極めなければならない。お祖父さまはね、そのように考えられた。茉莉花、これは凄いことだよ。考えてもごらん、現実に今、唐も渤海国も滅んでしまったし、新羅もやはり、高麗《こうらい》に滅ぼされようとしている……」

茉莉花は大きく頷いた。明日のこともわからない厳しい時代に、祖父はどうして、正確な見通しを立てることができたのだろうか？　大宿祢が続けた。

「それらの国が滅びるなら、日本国だけが無事で済むはずがない。日本国も、このまま放っておけば大変なことになるかもしれぬ。お祖父さまはね、日本国の将来に強い危惧を持たれたのだ」

それも、よくわかる話である。周りの国が全て滅び、一つの国だけが生き延びられるはずがないではないか。茉莉花は頷きながら大宿祢に酌をした。父は、一気に盃を飲み干した後、娘を見て微笑んだ。娘の反応に満足したのかもしれない。

「さて、外国で何が起こっているか？　正確に把握しなければならない。急には無理かもしれないが、何れ、信頼のおけるものを唐土《もろこし》へ派遣し、情報を集める必要がある。そこで、お祖父さまは考えられた。自分の子供の中の一人ぐらいは、唐土《もろこし》で働くことができる者を育てよう……とね」

茉莉花は、父の顔をじっと見つめた。そうか、そうだったのか……。大宿祢が、にっこりと笑った。

「そう！　そうだったのさ。そこで白羽の矢が立ったのが双子の弟で、日陰者だった私だというわけだ。しかし、私は将来密かに国を出なければならない。菅原家に籍を置くことはできなかった。お祖父さまはね、厳しく冷たいお方だ。話が決まればためらわない。私はこうして否応なく、七歳の時に殺されてしまったのさ」

父が皮肉な笑みを洩らした。勝手に死んだことにされるなんて……。父の気持ちは、察しても余りあるというものだ。父が続けた。

「そこで私は、乳母の家に預けられ、武芸を厳しく仕込まれた。武芸の合間に遊ぶこともなく、異国の言葉を教わった。後でわかったが、乳母の家は大陸から渡って来た一族の末裔だったようだ。私は表向き乳母の子として厳しく育てられた。菅家の門をくぐるのは、お祖父さまから直接、学問を教わる時だけだったかな……」

父の表情がふっと緩んだ。彼はうまそうに盃を口に運びながら言った。

「ほら！　さっきの詩《うた》にあったね。帝京篇《ていけいへん》を諳誦させられたのもその時だ。私は兄の高視《たかみ》よりも、遥かに筋が良かったようだ。これも、他家の子として厳しく鍛えられたお陰だろうか？」

「でもお父さまは、その時まだ七歳でしょう？　淋しかったのではございませんか？」

「それは、淋しかったさ。それも単純な淋しさではない。淋しさと悔しさが入り混じった複雑なものだった。しかし、それが役に立った。私は十九歳になった時、とうとう唐《とう》へ渡ることになったのだからね」

父の言葉に力がこもった。たぶん話は佳境に入ったのだろう。

「本当はね、茉莉花。お祖父さまは、ご自身で唐へ渡るつもりだったらしい。帝《みかど》から正式に遣唐使に任命されて、渡航の準備を急いでおられた。しかし、唐の国にはもう、使いを受け入れるだけの力が無かったのだよ。日本の国が遣唐使を派遣したくても、受け入れてくれる相手がいなかったというわけさ」

父が十九歳の頃なら、その話もよくわかる。それから十数年後に唐は滅びた。遣唐使を受け入れることができるはずがない。だがそれだけに、日本国は外国の情報が欲しかったはずだ。茉莉花が父の話を引き取った。

「結局、お祖父さまは遣唐使にはなれなかった。それでも、異国の情報は欲しい。それで、お父さまに出番が回ってきたのね」

「そういうことだ。お祖父さまは私を、何と十二、三年も前から用意されていたことになる。今更ながら怖いお方だ」

「お墓を作って、その上、哀悼の詩《うた》まで詠んで……」

「ふふふ……、その通りだ」

大宿祢が機嫌よく笑った。娘の軽口が嬉しかったのだろう。

「私はね、自分の仕事をよく理解していた。お祖父さまが折にふれて、教えてくれたお陰だろう。

しかし、いくら私でも、自分の生き方をお祖父さまの意志で左右されることは面白くなかった。腹に据えかねるところが、全くなかったわけでもない」

それもまたよくわかる。茉莉花は軽く頷いた。大宿祢の眉間に皺がよった。

「私はね、お前が生まれた後、初めて肉親の情愛を知ることができた。私がお祖父さまに反発したのは、幼い時に肉親の愛情を断たれた怒りが、心の底に積もっていたからだと思っている」

大宿祢が盃を置いて、茉莉花の顔を覗き込んだ。父の目が苦しそうに揺らいでいる。

「だからね、茉莉花……。本当のことを言えば、私はお前を日本国へ遣りたくない。家庭は壊すものではないと思うからだ。私はお前と光顕《こうけん》を、生木を裂くようにしてまで引き離したくはなかったさ。しかし……」

大宿祢が何故か、ここで言いよどんだ。父は、私たち夫婦の微妙な隙間に、気がついているのだろうか？　茉莉花が強い調子で遮った。

「よいのですよ、お父さま。もう決めたことですわ」

「済まない。この仕事ができるものは、お前しかいないのだよ」

「わかっています」

茉莉花が微かに微笑んだ。私の顔はこわばらなかっただろうか？　大宿祢が小さくため息をつきながら呟くように言った。

「私はね、お前のお祖父さまが嫌いだった。尊敬しているが、好きではない。しかし、よく考えてみると、私は今、父にされたと同じことを、お前にしているようだね」

「いいえ！」

茉莉花は、微笑みながらきっぱりと言い切った。

「だって、私……。お父さまが大好きですもの」

「ありがとう」

父が目をしばたかせた。彼は再び盃を取り上げると一気にそれを飲みほした。娘に好きだと言われて嬉しかったに違いない。彼は更にもう一杯盃をうまそうに飲み干した後、再び厳しい顔付きに戻って茉莉花に向かって語りかけた。

「もう、余り時間が残っていない……。最後に、どうしてもお前に言っておかなければならないことがある。それはね、何故お前が、裴璆どのと一緒に行かなければならないかということだ」

茉莉花は椅子に坐り直した。そして一言も聞き逃すまいと、大宿祢の顔をまともに見つめた。

「我々は今契丹人から、やっと渤海国の領土の半分を取り戻すことができた。彼らの主力は、忽汗城《こつかんじょう》からずっと南の東平郡《とうへいぐん》に移っている。しかし残念ながら、我々はまだ、国としての形を作ることができていない。寄せ集め集団の上、それを束ねるべき人物の指導力が不足しているからだ。我々はまず、契丹人を完全に追い出さなければならない、同時に、国を建設して行く必要がある。わかるね？」

「はい……」

大宿祢は頷く茉莉花を見つめながら、ゆっくりと諭すように言った。

「国がなければ他国の侵略を防ぐこともできないし、人民の生活の暮らしを守り、幸せにすることもできないからだ。それだけではない。国がなければ外国と交易することもできなければ、同盟を結ぶこともできない。茉莉花、良いかい？　ここが大事なところだよ。お前は単なる反乱軍の使いに過ぎないのだ。おそらく、日本国はお前を相手にしてくれない。非公式に接触することも難しいかもしれない」

「はい」

「しかし、裴璆どのと同行すれば話は別だ。何しろ、彼は東丹国の国書を持つ正式な国使なのだからね。彼と一緒なら、日本国のしかるべき人と接触できる可能性がある。それに、裴璆は信頼できる男だ。私との約束を破ることはあるまい。彼は必ずお前が任務を果たせるよう、段取りをつけてくれるはずだ。だからね、茉莉花。私はこの機会を逃すことがどうしてもできなかったのさ。わかるね？」

茉莉花は頷いた。父の言うことがよくわかる。大宿祢が続けた。

「茉莉花、よくお聞き……。国書がなくてもお前は正真正銘の渤海使だ。闘う渤海人の代表なのだ。渤海人を代表して日本国へ行き、何とかして、あの国の援助を勝ち取って来て欲しいのだよ」

茉莉花が大きく頷いた。頷きながら更に、大宿祢に念を押した。

「わかりました。でも、お父さま。日本国はこの話に乗ってくるでしょうか？」

大宿祢が、落ち着いた声で娘を励ますように言った。

「これは、お前に何度も言っていることだよ。渤海人が契丹人と戦っているのは、日本国のためでもある……と。覚えているね？」

「はい……。契丹帝国は中国を征服する野望を持っている。そのため、彼らは日本国を攻撃して、その富と人民を調達しようと考えている。しかし、契丹人は渤海人が戦っている限り、日本国へ侵入することができない。従って、渤海人が契丹軍と戦うのは、日本国のためでもあるのだ……と。そうですわね？」

「その通りだ！」

大宿祢が嬉しそうに言った。彼女の暗誦するような答え方が、彼に幼い頃の茉莉花を思い出させたからではないか？

「日本国はね、渤海人と手を結び、契丹軍と戦わなくてはならない。彼らは少なくとも、渤海人の手助けをするべきなのだ。後は、お前が日本国の人々に、どうやってそれをわからせるかということだね」

父の言葉に熱がこもる。しかし、茉莉花は以前から気がついていたことだが、この理論が成り立つには前提がある。契丹軍が何故、渤海と陸続きの高麗ではなく、海を渡って日本国を標的にするのか……ということだ。父と話せるのは今だけだ。今こそ私は父に……、大宿祢に、この疑問を確かめなければならない。彼女は大宿祢を見つめたまま、幾分首をかしげながら尋ねた。

「でもお父さま、契丹軍は渤海国の次の標的を、何故半島の高麗ではなく日本国へ向けるのでしょうか？　特別な理由がなければ陸続きの高麗を選ぶ方が普通ではございませんか？　お父さまは以前、動乱の朝鮮を統一し、新興の意気上がる高麗より、長い間平和に安住し、外国の侵略を受けた歴史を持たない日本国の方が、容易く征服できるからだとおっしゃいましたわ。でも、広大な海が立ちはだかっているではございませんか。海になれた渤海人でさえ、あの海を渡ることは至難の業です。まして、契丹軍は遊牧民族ではございませんか。渤海人に船を作らせ、彼らに操船させるにしても、大軍を容易く日本へ送ることはできないのではないでしょうか？」

「その通りだ。彼らにとって大変なことだ。しかし、それでも何故、彼らは海を渡って日本国を侵略しようとするのか？　よくお聞き、茉莉花。それはこういうことだ。契丹人が必要とするものが高麗にはなく、日本国にあるからだ」

「なるほど……。でも、それは一体何かしら？」

「それに答える前に、渤海国を振り返ってみよう。契丹人が渤海国を征服したのは、富よりもむしろ人材が欲しかったようだ。農地を耕す農民、技能を持った職人、商業に従事する商人、そして優秀な官僚が……ね。遊牧民族の彼らは国家を持つことにより、初めてこうした人材の重要性が分かったのだ。しかし、彼らの中には望むべくもない。だから、彼らは他国から調達しなければならなかった。そこで、渤海国に目を付けたというわけさ。彼らはこの国を亡ぼすと、直ちに各地で苛烈な人狩りをはじめた。そして、何万人、何十万人の人々を強制的に契丹本国へ連行した。私が調べただけでも、四十万人は下らない。うん、現実には、それを遥かに上回る可能性が高いだろう。渤海国は彼らの手で完全に破壊され、大部分の国民を略奪されてしまった」

「ええ……」

「ところで、高麗はどうか？　長い間内乱に明け暮れていた半島はすっかり荒れ果て、それを統一した高麗にはめぼしいものは何も残っていない。土地は荒れ果てており、労働力も既に渤海国から手に入れている。彼らにはもう、高麗なんか魅力がないのだよ」

「なるほど……、でも、日本国には契丹人の欲しいものがあるのですね？」

「ある！　彼らが欲しくてたまらないものがね。お前……、何だと思うね？」

「さあ？」

「金だ！　黄金《こがね》なのだよ。あの国には豊富な金があるのだ」

「まあ、黄金《こがね》が？」

「そうだ、砂金だがね……。あの国は砂金が毎年何万両も取れる。砂金があったからこそ、何百年にもわたって遣唐使船を出向させ、留学生を派遣することができた。そして遣唐使船が廃止された前後から、新羅や中国各地から商人が大宰府に群がった。彼らの目的は銀《しろがね》であり、黄金だったのだよ。かく言う私も、砂金の大袋を引っ提げて大陸各地を回ったものさ。どこで工面されたか知らないが、お祖父さまがご健在の頃は、毎年私宛に大量の砂金が送られてきたものだよ」

「あら、凄い！」

「なに、諜報活動の報酬さ。こちらは命懸けだからね。ところで、お前と一緒に契丹皇后の月里朶《ゲリーダ》に忽汗城内に幽閉された時のことだ。私は彼女の前に引き出され、数人の日本僧と引き合わされた。まさか、契丹軍の内部に日本人の僧侶がいようとは……な。驚いたよ。彼らは五台山への巡礼の途中で契丹軍に拘束されたのだ。面白いことに、日本国の使節に仕立てられたこともあるという。その連中が莫大な砂金を持っていた。それを月里朶に差し出し、契丹軍に迎えられたということだった。そこで、私が月里朶に問い詰められたというわけさ。日本国にはどのくらい砂金があるのか……とね」

「それで、ご存じでしたの？」

「そんなこと、私にわかるわけがないではないか。しかし、現実に私も、何十年か前に契丹放浪中、月里朶に砂金を献上したことがある。うん、かなりの額だ。だから、彼女は私が知らないはずがない……、と思ったのだろう。わからぬと答える私に、あの女は微笑みながら宣言した。中国征服の資金にするため、渤海国を片付けたら日本国へ遠征し、金銀を手に入れるつもりだ。お前はその時、遠征軍の手引きをしろ……とな」

「まあ……」

「幸いにもその後、渤海王の大諲譔《だいいんせん》さまが絶望的な反乱を企てられた。その混乱に乗じ、お前たち夫婦と私は忽汗城から逃れることができたというわけさ」

「そうでしたの？　それでお父さまと月里朶《ゲリーダ》さまのご関係は……？　私、いつも気になっていました。ねぇ、教えてくださいませな」

「いや……」

大宿祢は言い渋った。彼は一瞬、話すかどうか逡巡する気配を見せたが、辛うじて踏みとどまり、強い口調で拒絶した。

「そんなことはどうでもよい！　どうしても気になるなら、お前が無事任務を果たして帰った時に話してあげよう。確かに、彼女と私の間には浅からぬ因縁があった。それだけを覚えておきなさい」

「はい。御免なさいね、問い詰めたりして……」

「そんなことはない。しかし、そういうわけでね、契丹帝国が我々を平定すれば、必ず日本国へ遠征する。銀は既に掘り尽くしたとも聞くが、所詮は噂だ。朝廷が隠しているのかもしれない。しかし、銀はともかく、豊富な金があることは間違いない。その金を奪うために、契丹は必ず日本国を攻める。間違いない！」

「…………」

「月里朶はね、非常にしっかりした女だ。彼女が一度口にしたことは、必ず実行してきた。いいかね、お前……、私を信じ、しっかり肝に銘じておきなさい。もしも、日本国の要人が契丹入寇を信じないなら、契丹人の目的が、この国の金銀だと指摘してやるがよい。おそらく、それで納得するだろう。何しろ、忽汗城の日本人僧侶に多量の砂金を持たせたのは忠平公のようだからね。さあ、切り札は教えた。後はお前が日本国の要人を、如何に説得するかということだ」

「いやだ、なんだか怖いわ。そのような大切な役目、私に務まるでしょうか？」

大宿祢は微笑んだ。そして、娘を勇気づけるようはっきりと言い切った。

「務まるとも！　私を除けば、渤海国の滅亡を知る日本人はお前だけだ。契丹人の脅威をあの国へ伝えられる者はお前しかいないのだよ。ねぇ茉莉花、きっとできる。お前ならできるさ。渤海人を助けることは、結局日本国を守ることだから……ね」

「ええ……」

「それにね、日本国の法皇さまは、お祖父さまの庇護者だった。また、お祖父さまの良き理解者であった藤原忠平どのも、今では相当な顕職についているだろう。更に、私の弟の敦茂《あつしげ》がいる。彼はお前のために、大いに力を貸してくれるはずだ。大丈夫！　自信を持って行きなさい」

大宿祢は茉莉花を励ました後、ゆっくりと盃を口に運んだ。そして、燭台の炎の向こうを見つめながら、呟くように言った。

「昨夜、お祖父さまの夢を久しぶりに見た。何だかわからぬが、お前に向かってしきりに、帰れ、帰れ……と叫ばれていた。私はね、それを黙ってみているのだよ。おかしな夢だ。私は未だにこの夢を解くことができない。まてよ、もしかすると……？　私がお前を日本へ帰すことに気がつかれたか！」

驚いた茉莉花が思わず身体を乗り出す。

「お祖父さまが？　私に帰れ……、とおっしゃったのですか？」

「そうさ。どうやらあの方は、私がお前を日本へ送ることに注文を付けたいようだね。警告なのか、催促か……、どちらかわからないが、私から言えば余計なお世話だ。しかし……、まてよ」

大宿祢が腕を組んだ。考え込んだ末、呟くように付け加えた。

「考えてみれば、お祖父さまが私を外国へ遣し、今度は逆に私がお前を日本国へ遣わそうとしている。これは、親子の因果のなせる業ではないか？　そうだとすれば、私は未だにお祖父さまの掌《てのひら》の中で踊っているのかもしれない」

あの時……、父は何を言いたかったのだろうか？　死んだ祖父の霊魂が、父を操っていると本気で思ったのか？　しかし、余人はともかく、父は武勇の誉れ高い大宿祢だ。父ともあろう方が、たとえ自分の父親でも、怨霊なんかに左右されるはずがないではないか。……とは言え、私が都へ入る直前、嵯峨野の雷雨には不思議な妖気が溢れていた。不思議な声が私の魂に乗り移り、私を動かせ翻弄し思うままに操った。私を呼んだ不思議な声……、あれは、やはりお祖父さまの声ではないか。

帰れ、かえれ……？　茉莉花は思わず考え込んだ。父が夢見たお祖父さまは、私に一体何処へ帰れというのだろうか？　祖父の許へ早く帰れというのか？　いや、渤海国へ帰れという意味かもしれない。都は危険だ、渤海国へ引き返せ……と。しかし、私は既に来てしまった。今更引き返すわけには行かないのだ。いずれにせよ、私を日本へ派遣したのは父でも、都へ呼び寄せた張本人はお祖父さまかもしれない。それにしても、矛盾を含んだ言葉である。祖父も迷っているのだろうか？

春先の陽射しは傾くのが早い。木漏れ日がすっかり薄くなり、冷たい風が襟元を吹き抜けて行く。廊下を歩く足音が次第に近づき、物思いに耽る茉莉花に向かって、若い婢《はしため》が遠慮がちに声をかけた。

（十四）

賑やかに弾んだ声が廊下の外にも聞こえてきた。茉莉花が部屋へ入ると、雅量《まさかず》が悠然として奥の席に納まっている。彼は盃を片手に肩を怒らせ、裴璆《はいきゅう》と小次郎を相手に機嫌よく笑っていた。意外なことに、狩衣《かりぎぬ》姿の見知らぬ男が雅量の隣に坐って酒を飲んでいた。黒い髪を長く伸ばし、透き通った白い顔に紅をうっすらさしている。眉を剃り太く黛を引いた顔は女のように美しい。

それにしてもと茉莉花は訝る。彼は一体何者だろうか？　そして……、何故ここにいるのだろうか？　それでも慎ましく彼女が小次郎の側に坐ったとき、待ち構えていたように雅量が声をかけた。

「やぁ茉莉花どの、今日は……な、良い話を持ってきましたぞ。忠平《ただひら》公が小一条第《こいちじょうだい》の邸《やしき》で、あなたに会ってくださることになりました」

「忠平公が？　本当ですか！」

やっと自分の出番が来た！　茉莉花の顔が目に見えて明るくなる。

「そうです。しかし、それだけではない。帝《みかど》が……」

と、雅量は一旦言葉を切って茉莉花の顔を見つめた。茉莉花の嬉しそうな顔を十分に楽しんだ後弾んだ声で更に続ける。

「何と帝《みかど》が……ですよ、お忍びで参られることになったのです！　いやあ、こんなことは聞いたこともありません。おそらく前例にはないでしょう。今度の件に対する忠平公の力の入れ方がよくわかるというものです。しかし、そんなことはどうでも良い。私はもう、あなたの喜ぶ顔を早く見たくて邸を飛び出して参りました。それにしても、良かった……、本当に良かった！　今回はもう待たされたの何の……、こんなに気を揉んだことはありませんでしたぞ。ははは……」

機嫌のよい雅量の笑い声に、裴璆も笑顔で応えて口を挟む。

「いやあ、ご苦労をおかけしました。本当にお疲れになったでしょう。あなたのお力添えがなければ、我々は虚しく帰国しなければならないところでした。そうですか？　忠平公だけでなく帝《みかど》までがお出ましになる……。畏れ多くて膝が震えてしまいます。しかし、これでどうやら我々の意向だけは伝えることができるようです。雅量どの、これはすべてあなたのお陰だ。何から何まですっかりお世話になりました。感謝の申し上げようもございません。そうですよねぇ、茉莉花どの……」

「ええ、全くその通りでございます。何と申し上げればよろしいのか、お礼の言葉も浮かびません。帝《みかど》にお目通りできようとは夢にも思いませんでした。雅量さま、この通りですわ。本当に有り難うございました」

両手を合わせて拝む真似をしながら、身体全体で喜びを表す茉莉花を見つめて、機嫌よく雅量が頷く。

「なんの、なんの……。しかし、うまく運んで良かったですよ。何しろ忠平公という方は……ですね、石橋を叩いてもお渡りにならない。小一条第へ日参して何度返事を催促してもですよ、返って来るのは何時も決まって、暫時待て……ですからね。だから、私も一時はてっきり駄目だと思いましたよ。しかしそんなことになれば、あなた方に会わせる顔がない。私も随分悩んだものです」

「それは、それは……。私たちのため、とんだご苦労をおかけしました。それで……、お二方に何時お目通りできますか？」

「明後日の辰の刻……、小一条第《こいちじょうだい》で会って頂くことになりました。勿論、裴璆どのや小次郎も一緒です」

「良かった！　やっと念願が叶いました」

喜んだ茉莉花が膝を打った時、盃の手を休めた狩衣姿の若い男が誰にともなくぼそっと呟いた。

「おや、おや……、そんなに喜んで糠《ぬか》喜びにならねばよいが。忠平公はあれでなかなか食えないお方なのですぞ。はてさて……、ここにお集まりの方々は、それもご存じないのだろうか？」

盛り上がった雰囲気が急速にしぼんで行く。気まずい空気がその場によどむ。しかし、男はどこ吹く風と平然と酒を飲み続けている。粗野で無神経な失言か？　それとも計算した上での警告のつもりか？　何れにしても聞く者の神経を逆なでする。その中で、意外にも茉莉花は毅然《きぜん》としていた。咎めるような眼つきで男の顔を見つめている。雅量が苦々しげに顔を歪め、言葉を荒らげて茉莉花に取りなす。

「許されよ、茉莉花どの。この男は先日都へ戻って来た藤原純友《ふじわらのすみとも》という者です。小一条《こいちじょう》の大臣《おとど》の身内ですが、だからと言って別に大した男でもない。専ら忠平公の雑役……、要するに、使い走りをしています。しかし、ご覧のように変わった男でしてね、都人の中では珍しく異国の知識をふんだんに持っている。それで、あなたに興味を持ったのでしょうね。昨夜いきなり邸に参り、あなたに会わせてくれ……と、人を介して頼み込んで来た。実は、私も気が進まなかったのですがね。忠平公の添え書きまで持ってきました。仕方がないので、渋々連れて来たというわけです」

なるほど……、忠平公の身内なのか。道理で遠慮のない話し方をする。茉莉花は雅量に向かって、わかりましたと口元を緩めた。それを見てほっとしたのか、雅量が茉莉花に微笑み返して付け加えた。

「しかし私が危惧した通り、この男は一通りの挨拶もできない田舎者のようですな。茉莉花どの、相手にされなくてもよいのです。こんな男の言うことなど、構えて気になさらないことだ」

純友と呼ばれた男は雅量の苦言を何処吹く風と聞き流し、酒を一気に飲み干して盃を置いた。そしてやおら茉莉花の方へ向き直ると、神妙に両手をついて畏まり、太い声で名乗りはじめた。

「伊予国の住人で藤原純友《ふじわらのすみとも》と申します。雅量の殿《との》にご無理を申し上げ、無礼を顧みず参上させて頂きました。礼儀を弁えない田舎者ではございますが、何分にもよろしくお見知りおきくださ い」

作法通り礼儀正しく彼女に向かって拝礼する。些か芝居がかってはいるが、堂々とした口上だ。おっと驚く周囲を尻目に、彼は頭を上げるとたちまち表情をくずした。誰はばかることなく磊落に笑いながら豪放に言い放つ。

「いやさ、無理をすれば挨拶できなくもないが、それではあまりにも窮屈ではないか。内々の集まりでは、一つ勘弁していただきたい。それに……、美しい方にお目にかかったからでしょうかな、せっかく考えてきた口上をすっかり忘れてしまった。いや、我ながら面目ない！　あっははは……」

純友が傍若無人に高々と笑う。優しい顔に似合わない太い声だが、持って生まれた育ちの良さが表れているのかもしれない。満更悪い男でもないようだ……と、茉莉花が微笑む。苦笑しながら雅量が後を引き取って言った。

「なるほど、一通りの礼儀は心得ておられるようだ。さすが、今を時めく小一条《こいちじょう》の大臣《おとど》のお身内だけのことはありますな。確か、お父上の良範《よしのり》どのは、忠平公の従兄弟にあたられましたかな……？　何れにしても、田舎者と申し上げて失礼した。やはり、我が国きっての名族の方は違いますな」

「名族……？」

雅量の辛辣な言葉に、純友が細い目を光らせながら切り返す。

「たとえそうだとしても、私は紛れもなく田舎者です。いやさ、別に取り繕うつもりなど毛頭ない」

田舎者が何だ！　胸を張る純友に小次郎が面白げに目を向ける。それに気がついた純友が、苦笑しながら茉莉花を見て言い訳するように付け加えた。

「しかしですね、茉莉花どの。あなたの国でもそうだと思うが、権力争いほど厳しいものはありません。敗れた者やその一族は、たちまち権力の中枢から弾かれてしまう。そうなるとね、もう都にいても仕方がない。田舎へ落ちるほか途がないということです。残念ながら私の家も……ですね、父があまりにも早く亡くなったのですよ」

「はて、あなたがお幾つの時でしたかな？」

雅量が茉莉花に代わって気のない聞き方をした。勿論それに気がついていたはずだが、純友は律義に答えた。

「そうですね、あれは七歳になった時でしたか……。それからというもの、私は乳母の縁で、伊予の日振島《ひぶりしま》で暮らしました」

「ふむ、それから後はやりたい放題……。誰はばかることなく好きなように暮らされた、ということですかな？」

雅量の言葉は短いが毒がある。しかし、相変わらず純友は平然と聞き流す。

「左様……、やりたい放題にね。波を枕に船上で暮らし、瀬戸の海を隅から隅まで……。それだけではない。遠く海を渡り新羅や唐《とう》へも押し掛けたものです。お陰で、異国の事情にも少しは詳しくなりました」

「ほう……」

「しかしまともな商売だけで、大勢の郎党を食べさせることはできません。時には荒くれどもを使って、際どい悪さもやりました。ええ、命のやり取りなどは珍しくない。多分、そのためでしょうか。世間から何時の間にか、伊予の鬼藤太《きとうだ》と呼ばれるようになりました。藤原の名で呼ばれたことはありませんや。いや、面目ない。ははは……、やはり悪いことはできませんな」

明るく笑って出自を述べた純友は、ここで何を思ったのか、茉莉花を見つめてわざとらしく声をひそめた。

「茉莉花どの、そうなりますとね、世間の風は冷たいものです。誰一人として私を名族とは思ってくれない。先ほど誰かが私を名族と言ったが、一瞬誰のことかと思いましたぞ。こうなれば……ですね、忠平公も私を近い親族として扱うはずがありませんやね。情けないが、雅量どのが仰せられた通りだ。伊予掾《いよのじょう》とは名ばかりで、この度やっと都へ出て、忠平公の使い走りにありついたというわけです。でもね、文句を言っても仕方がありません。これもやはり、身から出た錆でしょう」

ぼやいているのか、楽しんでいるのかわからないが、彼の本心はもう一つ摑めないところがあるようだ。酒が程よく回ってきたのだろうか？　純友はほんのりと顔を赤く染め、今度は凄まじい気炎をあげて忠平をこき下ろしはじめた。

「だけど……さ、忠平公なんぞが何だ！　能力もなければ決断力も乏しい。さりとて、人を上手に使う腕があるわけでもない。ただ、運に恵まれただけではないか。不思議なことに、彼の上位にいた方々は皆、若くして身罷《みまか》ってしまったのだから恐れ入る。それで、何時の間にか権力が転がり込んできた。所詮、忠平公はそれだけの男だ。だがね、悪知恵だけは長けている。だからですね、茉莉花どの、忠平公に余り大きな期待を抱かない方がよろしい。さりとて油断は禁物かも……」

酔いに任せて放言しながら純友の目は覚めているように見える。そうだとすれば、案外本音を言っているのかもしれない。もしかすると酒に任せて、忠平の警戒すべき本性を本気で茉莉花に伝えているのだろうか？　しかし、純友が茉莉花のために忠告する理由はない。彼の言動は胡散《うさん》臭いものばかりではないか。何とも油断ができない物言いに、茉莉花は却って気持ちを引き締めて純友を見た。

二人のやり取りを黙って聞いていた小次郎が、おもむろに盃を置くと初めて二人の間に割り込んで言った。

「純友どのというから、一体どんな公達かと思ったが……」

「…………」

「そうか、お主が伊予の鬼藤太か！　お主のことは噂に聞いたぞ。派手な海賊働きの割には抜け目がなく、今まで尻尾を出したことがないそうだな。それにしても、噂の通りだ！　女性のように美しい……。しかしそのお主が、まさか忠平公のお身内だとは知らなかった。世の中は結構面白いものだな」

純友が初めて正面から小次郎を見る。彼の顔から笑みが消え、黛の下の細い目が潤みながらも妖しく光った。

「ほう、ご挨拶だな。お主、伊予の鬼藤太を知っていたか？　しかし、私もお主を知っているぞ。平小次郎将門、人の噂では滝口一の剛の者とか……。打ち物取れば、都の中には敵う者がいないとか」

「…………」

「会いたかったぞ、小次郎！　私が雅量どのに無理を言って参上したのも、ここがお主の邸だからだ。若いが、さすがに良い面構えをしておるわ！　何時か二人で、ゆっくり盃をかわしたいものだな」

俺は御免だ……と、小次郎は心の中で呟く。この男にはどこか無頼の臭いがする。それは良い。それは良いが女のような姿が気に食わない。それに……、男にしてはあまりにも美し過ぎるではないか。美しいだけに、胡散臭くて仕方がない。忠平公の身内とは言え、今ではひとかどの海賊ではないか。人に知られた海賊が、公家の習慣通りに眉を剃り、黛を引くこともなかろうが……。それに、その長い目尻は何だ？　男なら男らしくするがよい！　小次郎は純友を蔑むように睨み返した。純友の目が妖しく輝く。妖しい輝きがますます強くなり、二人の間に一触即発の危険な空気が張りつめた。

最初に動いたのは小次郎である。機先を制し、いきなり起ち上がろうとしたとき、純友が逆に軽く息を抜いた。詰まったはずの二人の距離が僅かに離れ、気合をそがれた小次郎の腰が砕ける。純友の小さな赤い唇が、してやったり……と微笑んだ。余裕を持った純友が、小次郎から目を離し、その場の空気を収めるように言った。

「しかし……、今日は駄目だ！　今日の私はお主と飲むより、このお方と話をしたい。俺はそのために来たのだ」

（十五）

純友は改めて坐り直すと茉莉花の方へ身体を向けた。殊更に小次郎の存在を無視し、彼女の顔をじっと見つめる。しかし、茉莉花も心得たものだ。落ち着き払って純友を見つめ返し、たじろぐ様子は微塵もない。

なるほど……と、純友は心の中で納得した。さすがは渤海国の世子《せいし》の妃だ。俺のぶしつけな振る舞いなど歯牙にもかけないということか。それにしても美しい方だ。美しい上に邪気がない。これで本当に菅帥《かんのそち》（道真）の孫娘だろうか？　いずれにしても、怨霊の手先になるような人ではないようだ。やはり、人の噂は信用できぬ。会って見なければわからぬということか。茉莉花の人となりを即座に見抜いた純友は、策を弄することなく率直に問いかけることにした。

「それで……だ、茉莉花どの。一つ、私に教えて頂けませんか？　実は、これはさるお方から漏れ聞いた話ですがね、あなたは契丹帝国の中枢部に、日本侵攻の計画があるとの情報を携えてこられたとか……。さて、その契丹来寇だが……、これは真実の話だろうか？」

「はい……」

「しかし、契丹人は遊牧の民だ。海を知らないと言っても良い。そんな彼らが……ですよ、荒れる冬の海の中へ船で乗り出すことができるだろうか？　できたにしてもすぐ引き返すに違いない。それを遥々《はるばる》日本まで？　無理だ……、できるはずがない！　日本の南の海ならともかく、北の海の荒れようは凄まじい。それは今度のことで、あなたもよくおわかりのはずだ。そもそも彼らは騎馬民族ですよ。馬を操れても船を操ることは不可能だ。え、そうではないですか？」

純友が勝ち誇ったように茉莉花を見る。異国の海を股にかけ暴れまわった彼のことだ。海の怖さは勿論のこと、船を操縦する難しさも十分に知り尽くしていた。日本の北の荒海を契丹人が渡れるはずがないと決め込んでいた。しかし、茉莉花は落ち着き払って純友を見つめ、微笑みながら短く答えた。

「おっしゃる通りですわ。契丹人が船を操ることはできません。しかし、征服した渤海人に船を操らせることはできます」

「なに！　渤海人……とな？」

純友は思わず唸った。なるほど……、その通りだ。早くから海上貿易へ乗り出した渤海人は、造船技術の水準も高く、日本国へ頻繁に往来したため、荒海を乗り切る術を十分に身に付けていた。契丹が渤海反乱軍を鎮圧すれば吐号浦《とごうほ》が手に入れることができよう。そこを根拠に渤海人を使えば、日本国を攻めることもできるかもしれない。ふん！　全くその通りだ。伊予の鬼藤太ともあろう者が、こんなことにも気がつかなかったか……。都の毒に当たったためか、俺も焼きが回ったようだ。自分の迂闊さに気がつくと、一気に心が軽くなって行く。純友は心の底から高く笑った。

「ははは……、なるほど、そうだ。いやいや、全く仰せの通りです。私としたことが……、本当につまらぬことを申し上げたようだ。ははは……」

いさぎよい男だ。茉莉花は心の中でにっこり笑った。

「いいえ、私の方こそ失礼致しました。お許しくださいませ」

「とんでもない。詫びをいうのはむしろ私の方でしょう。迂闊にもあなたを侮ったようだ。でもね、あなたのたった一言で目から鱗が落ちました。それはともかく、教えて頂きたいことがもう一つあるのだが……、よろしいかな、茉莉花どの？」

「はい、私にわかることなら何なりと……」

「契丹軍は騎馬民族だ。卓越した騎馬戦術で近隣諸国を征服し、中国北東の草原を征服して帝国を築いたと聞いています。そうだとすれば当然、日本国を攻略するためには、兵士のほか軍馬を輸送しなければなりませんよね。しかし、先ほども申し上げたように、北の海は荒い。凄まじい嵐も頻繁にやって来る。あの厳冬の荒海の中、船で馬の輸送ができますかな？　狭い船倉の中に、馬を半月以上も閉じ込められるとは思えない。これをどのように思われるか？」

純友の目が光る。茉莉花は悠然と頷いた。

「私もその通りだと思います。確かに馬を船で運ぶことは難しいことです。しかし契丹帝国は日本国へ、必ずしも馬を運ぶ必要はないかもしれません」

「何ですって！」

「契丹軍は騎馬軍団だけではございません。唐の滅亡後中国から流入した多数の漢人と、征服した異民族を組織して、既に精強な歩兵軍団を作り上げております。渤海国の都の忽汗城を攻略した時に、攻撃の主体になったのは、盧文進《ろぶんしん》とか趙思温《ちょうしおん》を将軍とする漢人の歩兵軍団でございました。特に趙思温は勇猛な将軍で、片眼を射抜かれながらも城壁をよじ登り、忽汗城の死命を制したほどの猛将でした。おそらく日本侵略の際には、こうした漢人に、新たに征服した渤海人を加えた歩兵軍団が主体になるでしょう。そうだとすれば、契丹軍が馬を海上輸送する必要はないのです」

「む……」

純友はうなった。ただ茫然と茉莉花の顔を見つめる。茉莉花がこんなに契丹軍の内情に明るいとは夢にも思わなかったのである。しかし、女ながらも渤海反乱軍を率いて、遊撃戦を展開してきたのだ。敵の戦略や戦力を分析できるのは当然かもしれない。今更ながらそれに気がついた純友に、茉莉花が更に追い打ちをかけた。

「でもね……、船で馬を輸送することは全く無理ではございません。現に、私どもはこの航海で馬を五匹船に乗せて来ました。四頭は死にましたが、たった一頭だけ、この国へ運ぶことができましたわ」

「え！　船倉の中に入れて……ですか？」

「いえ、甲板の上に厩《うまや》を作りました。しかし、それでも嵐に耐えることはできませんでした。生き残った一頭は体力が並外れて強く、気性も非常にしっかりしていた上、おそらく神のご加護があったのではないでしょうか？　しかし、嵐の海で馬が生き残ったことは、私には奇跡としか思えません。ですから、馬を船で輸送することは無理だと思います。しかしたとえ奇跡だとしても、現実に冬場の北海を渡った馬が一頭でも存在する限り、全く不可能だと言い切ることはできないでしょう」

「なるほど……、良いことを伺った。馬の話はともかく、彼らは精強な歩兵軍団を組織して日本へ攻め寄せることができるわけだ。契丹軍というより、むしろ漢人が相手になるわけか。しかし、却ってその方が手強いかもしれぬ」

純友は改めて茉莉花に感服した。それと共に忠平の顔を思い出す。今度のことで忠平から下問されたとき、俺は契丹入寇の可能性を一笑に付した。遊牧民は海を怖れる。彼らは海を渡ることができない……と。しかし、さすがは百戦錬磨の忠平だ。直接、茉莉花に当たって調べて来いと俺に命じた。渋々ここへ来てみて驚いた。やはり忠平の言う通りだったのである。茉莉花の知識や考え方が遥かに自分を上回っていたのだ。しかしそのお陰で、自分はもう一つ懸案を確かめられるかもしれない。

「茉莉花どのありがとう……、あなたのお陰で契丹来寇の事情を、かなり理解することができた。厚く御礼申し上げる。厚かましい話だが、最後にもう一つお伺いしたい。契丹人が渤海国を滅ぼした後、次の標的を何故我が国に向けたのだろうか？　高麗国は渤海国の地続きであるため騎馬軍団で侵入することができる。契丹にとって、我が国よりも高麗国の方が遥かに攻めやすいと思うが？」

「そうですね。しかし高麗国には契丹が必要とするものがございません」

「では、契丹が欲しいものが日本国にある……と？」

「そうです」

「一体、それは……？」

「黄金ですわ」

茉莉花がにっこり笑って純友を見た。

「黄金……？　なるほど」

純友が一息置いて笑い返す。如何にも我が意を得たというようだ。

「これは私にも理解できそうだ。しかし……、あなたが何故そう言い切れるのか、その理由を教えて頂きたい」

「私は、さるお方から教えて頂きました。ええ、私が最も信頼する方ですわ。そのお方は契丹皇后の口から直接、黄金を獲得するため日本国へ遠征する……、と聞かされたとおっしゃっておりました」

「ほう……、それは凄い！　契丹皇后の口から直接……ね。その確かな方が誰なのか、お聞きしたいのは山々なのですが、そこまで聞けば却って野暮になりますね。また、あなたが口にされることもございますまい。茉莉花どの、ありがとう。今日は本当に良いお話を伺いました。今は何もお礼はできませんが、何れお返しする日が来るかもしれません。あなたにお会いできて幸せでした」

話し終えた純友が、再び茉莉花の顔を見つめた。そして、誰に言うとなく感心したように呟いた。

「それにしても、美しくて怜悧《れいり》な方ではないか。菅帥《かんのそち》の孫娘だというだけで、怖がる必要は全くない。それを……、忠平公ともあろう人が何故あれほどまでに警戒するのだろうか？　会いもしないで警戒するのだから始末が悪い。彼はやはり、小鳥の羽音にも驚く小心者かもしれないな。しかし、悪知恵は働くから始末に負えぬ……て」

故意か過失か？　純友は改めて忠平を散々にこき下ろしながら、なおも執拗に茉莉花を見つめた。さすがに茉莉花は顔をそむけたとき、やっと自分の無礼に気がついた純友が神妙に頭を下げて茉莉花に詫びた。

「これは不躾なことを……。大変失礼致しました。幾重にもお詫び申し上げます。それでは、私はこれで退散させて頂きます。あなたには明後日……、小一条第《こいちじょうだい》でお目にかかれるはずですからね」

茉莉花の意向に構わず、純友は一方的にまくし立てた後、今度は小次郎へ向かって磊落に言い放った。

「小次郎、そういうわけでな……。残念ながら今日は帰る。しかし、同じ忠平公に仕える身だ。これからは、会う機会も多くなろう。仲良くしようぞ。ところで、今日の酒は非常に美味かった。礼を言うぞ」

純友は盃を置いて居住まいをただし、誰にともなく大仰に拝した後、振り向きもせず出て行った。あわただしい男だが去った後に微かな香が匂う。その場の空気を和らげるためだったとすれば心憎い振る舞いである。暫くして、雅量は如何にも疲れたようにため息を洩らしながら言った。

「ところであの男……、一体何をしに来たのか？　茉莉花どのに対する個人的な興味ではないことは確かだ。もしかすると、忠平公の指図を受け、契丹来寇の情報の価値を値踏みするためかもしれない」

雅量に頷き返しながら、裴璆が考え込んで言った。

「おそらく、あなたのおっしゃる通りでしょう。しかし、全く忠平公の為だけに動いているようにも見えませぬな。ほら、忠平公のことを開けっ広げにこき下ろしていたでしょう。それだけではない。意味深長なことも語っていた。というのは、彼が最後に残した言葉だ。雅量どの、あなたは気にならないだろうか？　ほら、あの言葉。忠平公が茉莉花どののことを、警戒されているとかいないとか……」

「ええ……」

「忠平公ほどのお方が、何故茉莉花どのを警戒なさるのか、私にはわからぬ。彼女が渤海国の世《せい》子《し》の妃だとは言え、渤海国は今や滅びた国です。茉莉花どののご自身には、何の力もないのです。言い方は悪いが、今の茉莉花どのは亡国の姫君に過ぎない。そんな彼女を警戒するとは腑に落ちないではありませんか。純友どのにしても、それはわかっているはずだ。それを……、何故あのように言い残したのか？　私はどうもよくわからないのですよ」

「さようか……。しかしね、純友どのの意図はともかく、忠平公が茉莉花どのを警戒なさるのは当然かもしれません。それでは丁度よい機会ですから、そのことについて私から詳しくお話しすることに致しましょうか」

雅量は、おもむろに坐り直して腕を組んだ。彼はこの際、今の都の複雑な事情と、茉莉花の特殊な立場を二人に話しておこうと思ったのだ。裴璆も雅量のただならぬ気持ちを察し、坐り直して雅量に答えた。

「ええ、ぜひお聞かせください」

「わかりました。それでは申し上げます。忠平公が、何故茉莉花どのを警戒なさるのか？　それはですね、茉莉花どのが道真どのの孫娘だからですよ」

（十六）

「昨年の末頃から、都では咳病《がいびょう》が流行り大勢の人々が苦しんでおります。既に承知のことと思いますが……」

雅量が二人の顔を見比べながら言った。裴璆は茉莉花と顔を見合わせ、慎重に言葉を選んで答えた。

「朱雀大路の犬走りに、沢山の骸《むくろ》が転がっていました。並木の桜が咲いていただけに、余計無残な印象を受けましたね」

「そうでしたか……。多分、あなた方が死骸を見られたのは、朱雀大路だけではないでしょう。しかし裴璆どの、都の人々は何も好き好んで死骸を放置しているわけではありません。彼らはね、片づける気力さえないのですよ」

ため息をついた雅量は気を取り直して続ける。

「延喜《えんぎ》の初めですから……、もう、三十年も前になりますかね。その頃から、各地で様々な異変が起こるようになりました」

「天変地異ですか？」

「ええ。それも生易しいものではありません。長雨のため凶作になった年があるかと思えば、次の年には日照りが続く。またある年には、大地震と河川の氾濫が続発し、大勢の人々が亡くなりました。四、五年前には、何と空から大量に灰が降り、農作物が壊滅的な打撃を受けたのです」

「ほう……」

「水害や旱魃は毎年のことだと言ってよい。天災など日常茶飯事です。疲れきった人々が、次第に気力をなくしてしまったのも仕方がありません。だからですね、都では今、行き倒れを見ても誰も助けようとしない。ましてや、死体を進んで片づけようとする者など、誰一人いなくなってしまいました」

「なるほど」

「第一に、死体にさわれば確実に咳病がうつる。近づくだけでも、うつる可能性が高い。誰が好き好んで、死体を片付けるものですか！　家に咳病人が出ると、父母であれ子であれ、たちどころに追い出します。ええ、たとえ幼い子供でも……。さもなければ、家族は全員死んでしまう。一度でも咳をしたら最後……というわけです。それほどに人々は、咳病に神経を使うようになりました」

熱弁を振るった雅量は、今度はため息をついて茉莉花を見た。

「ところで、茉莉花どの……」

「はい」

「都の人々はね、この災厄はあなたの祖父の道真どのの怨霊が起こしたのだ……、と信じ込んでいます」

「えっ！　お祖父さまの怨霊が？」

驚いた茉莉花が思わず顔色を変える。雅量は彼女に厳しい表情で頷いた後、重々しい声で畳み掛けた。

「延喜の初めと言えば……ですね、ちょうど道真どのが配所の大宰府で憤死された時なのです。都の人々が、咳病はじめ様々な災難を道真どのに結び付けるのも無理はなく、却って説明がつきやすい」

思わず息をのんだ茉莉花に、雅量が止めを刺すように付け加える。

「茉莉花どの……、あなたのお祖父さまのために、都の人々はすっかり怯え切っているのですよ」

厳しい口調にうろたえた茉莉花は、救いを求めるように小次郎の顔を見た。すかさず小次郎が声を荒らげて雅量に噛みつく。

「雅量の殿、言葉が過ぎるではありませんか？　たとえそれが菅帥《かんのそち》の仕業だとしても、茉莉花どのと全くかかわりない話です。そのような言い方は、茉莉花どのに失礼ではないでしょうか！」

小次郎の激しい剣幕に、思わず我に返った雅量は素直に頭を下げた。

「いや、申し訳ない。全く小次郎の言う通りだ。私としたことが、大変失礼な物言いをしてしまいました」

しかし、雅量はすぐに厳しい顔で付け加えた。

「でもね、茉莉花どの。あなたが今の都の状態を理解しようとすれば、どんなに辛くても私の話を聞かなければなりません」

「はい、心得ております。どうかお続けください」

茉莉花が神妙な顔をして答える。雅量の率直な話は、むしろ茉莉花の望むところであった。茉莉花は思う。私も都の様子を確かめて見たい。その上で、私の使命が果たせるかどうか、自分の頭で考えてみたい……と。雅量が話のきっかけを慎重に探りながら、言葉を選んで語りはじめた。

「ところであなたは、道真どのが帝《みかど》の廃立を企てたため大宰府へ流され、憤死されるに至ったことはご存じですね？」

「いいえ、存じません。父はその時にはもう、この国を抜け出しておりましたので……」

「そうでしたか。それでは、その辺の経緯から説明することにしましょうね」

雅量は盃を一気に飲み干し更に自ら酒を汲む。喉を潤し気が落ち着いたのか、彼は低い声で話しはじめた。

「菅帥《かんのそち》、いや、これはあなたのお祖父さまのことですが……ね。何故、菅帥《かんのそち》というのかといえば、道真どのは、右大臣から大宰権帥《だざいのごんのそち》に左遷されていたとき亡くなった。それで我が国では、怨霊となられた道真どのの実名を憚り、菅帥《かんのそち》と呼ぶようになったのです」

茉莉花が首をかしげながら頷く。菅帥《かんのそち》……か、何となくなじめない名だ。彼女の心を読んだのか、雅量が苦笑しながら引き取った。

「身内のあなたには聞き辛いかもしれませんね。わかりました、今日のところは道真どの……と、実名でお呼びすることに致します。それでは今から三十年前……、道真どのが右大臣になられた時からはじめましょう」

「はい、お願い致します」

「さて、もともと学者の道真どのを政界へ登用されたのは、今、宇多院にお住まいの法皇さまでございます。そのとき法皇さまは既に帝位を退いておられましたが、帝《みかど》（醍醐天皇）がまだお若かったので、政治の実権をしっかり握っておられました。帝《みかど》は英邁な方ですから、それに不満を持っておいでのご様子でしたが、この時まだ十五歳ですから、それはそれで仕方がないのかもしれません」

なるほど……と、裴璆が頷く。どこの国でも幼帝の即位は政変を呼びやすい。裴璆は渤海国の歴史を振り返り納得する。

「ですからね、その頃の政治は、法皇さまの御指図の下で、左大臣の藤原時平《ときひら》公と右大臣の道真どののお二人が、実質的に仕切っておられました。ええ、そうですね。時平公は、忠平公の兄君にあたります」

雅量は裴璆の顔を見ながらつけ加えた。

「ところで法皇さまは、摂関家の専横に長く苦しまれた経験がありましたので、できるだけ、時平公の権勢を抑えようとなさいました。朝廷の大事については、いつも密かに道真どのと謀り、除目《じもく》（官位の任命）という最も重要なことさえも、時平公を外し、道真どのと二人だけで決めようとなさいました」

裴璆が黙って頷いた。法皇が道真を寵愛した理由もわかるし、そしてそれが国家にとって、如何に危険なものかもよくわかる。雅量は裴璆が理解したことを確認したのか、勢い込んで続けて行く。

「そして、道真どのも……ですね。法皇さまの信頼に応えるだけの、十分な能力をお持ちでした。摂関家の力を抑えるために、粛々と国政の改革を推し進められたのでございます」

「ほう……、それはたいしたものだ。しかし家柄の低い方が法皇の寵愛を楯に、摂関家の力を抑えようとすれば、摂関家は勿論のこと、そのほかの貴族の反発も強まったのではないでしょうか？」

裴璆は、渤海国での出来事を振り返りながら言った。実は……、渤海国が滅びた主要な原因の一つが権力争いであった。国王の不用意な言動が引き金となり、権力争いが激化して内政が混乱し、契丹人に付け入る隙を与えたのである。内政さえ固まっていれば、渤海国も契丹人に簡単には滅ぼされなかったのではないか？　裴璆は政争の当事者だっただけに、今でも心の中には忸怩《じくじ》たるものがあったのだ。

この国も島国とは言え、これからは外敵の侵入に備えることが大切である。しかし、それと同時に内政も固めなければならない。それを恣意的な人事で道真を抜擢し、性急な改革を図って貴族階級の反発を呼ぶとは……。裴璆の言葉には言外に、内政を乱した法皇への厳しい批判が含まれていた。雅量もそれを敏感に感じ取ったのか、我が意を得たと頷きながら言った
「その通りです。道真どのに反発する大勢の貴族が時平公の許に集まり、右大臣追放計画が着々と進められました」

「なるほど……」

「ところで、時平公はその時、お年がまだ三十歳を過ぎたばかりでしたが、その頃はもう、氏《うじ》の長者にふさわしい貫禄が具わり、摂関家の権勢を回復する使命感に燃えておられたようです。しかも、時平公は若さに似合わずなかなかの策士でした。法皇さまの権力を抑え、道真どのを追落とすためには、帝《みかど》の力が必要なことをよく理解されており、非常に巧妙な手段を使われました」

雅量が、一息ついて裴璆を見つめた。裴璆が思わず膝を乗り出す。唇を軽くなめた雅量が更に続けた。

「時平公は帝《みかど》に搦め手から働きかける策を取りました。ご自分の妹で、皇妃の穏子《やすこ》さまを唆し、帝《みかど》に讒言《ざんげん》させたのです。道真どのが法皇さまと謀って帝《みかど》を廃し、皇弟の斉世《ときよ》親王を立てようとしている……と。ところで、斉世《ときよ》親王と言えば道真どのの娘婿です。帝《みかど》は一も二もなく信じ込まれ、烈火のごとく怒《いか》られました」

「…………」

「それに……、帝《みかど》は非常に英邁な方ですから、この機会に法皇さまの権力を奪い取り、天皇親政を実現しようと考えられたようです。時平公と連携して法皇派を一気に抑え込み、直ちに道真どのを右大臣から大宰権帥《だざいのごんのそち》に左遷する詔書をくだされました」

「法皇さまに相談することもなく……？」

茉莉花がたまりかねて口を挟んだ。

「勿論、蚊帳の外……です。驚いた法皇さまはね、慌てて内裏へ駆けつけられましたが、門は固く閉じられて中へ入ることができませんでした。余りのことに法皇さまは、門前に草座を敷いて坐り込み抗議されたと聞いております」

「まあ！　帝《みかど》も、お父上の法皇さまに随分酷いことをなさったのですね」

雅量が複雑な顔で頷き、更に続ける。

「多分、帝《みかど》が直ちに適切な行動をとれたのは、背後に時平公が控えておられたからでしょうね。しかし、帝《みかど》が毅然とした態度を貫かれたからこそ、法皇さまもどうすることもできませんでした。これがきっかけで、法皇さまは政治的に失脚し、帝《みかど》の親政が確立したというわけです」

「ご油断があったのでしょうな？　国政を執る方は、たとえご自分の子供でも信じてはならぬのに……。帝王学の初歩ではありませんか」

ため息混じりに裴璆が呟く。雅量はあいまいな微笑を浮かべて言った。

「そうですね。しかし、もともと道真どのを登用し、摂関家を抑えようとしたことが無理だったのかもしれませんな」

「なるほど、それはそうだ」

「それはともかく、こうして道真どのは、都から千五百里も離れた大宰府へ流されました。それは大変悲惨な旅だったようでございます。同行を許されたのは、幼い二人のお子さまと老僕だけで、大宰府までの道中は、食糧や代え馬も与えられなかったと聞きました」

「ほう……」

「しかし、持参できる食料には限りがございます。道真どのの一行は飢えに苦しみながら、護送の兵士に追い立てられました。大宰府に辿り着いた道真どのは足の病に罹り、まるで乞食のように痩せ細っておられたようです」

「前《さき》の丞相《じょうしょう》（大臣の異称）への待遇としては、頷けませんね」

裴璆が、再び口を挟んだ。話が進むにつれて、彼は次第に道真に同情するようになったのである。相槌《あいづち》を打ちながら、雅量は淡々と、見てきたように話を進める。

「配所の大宰府での生活は、道中よりもずっと悲惨でした。茅葺きの小さな家屋は、所々壊れていたうえ、食料も支給されません。飢えを充たすためには、自分で敷地を耕すほかありませんでした」

「酷いものですな」

「ええ、酷いものです。それに、馴れない野良仕事は、病の身には相当こたえたのではないでしょうか？　名もない土民からも、よろよろと鍬を握る姿を指差され、あれが都の丞相さまか……と、嘲られたこともあるようですよ」

「お気の毒に……」

茉莉花が、思わず口を挟んだ。父の大宿祢《だいしゅくでい》は父親の配所における悲惨な生活を、果たして知っていたのだろうか？　茉莉花はふと、父の顔を思い出す。しかし、たとえ帰国することができても父に話すわけには行かない。悲惨な出来事を話したためか、雅量は次第に疲れてきた。しかし、彼は気を取り直して続けた。

「道真どのは、耐え難い恥辱と苦痛を受けながら、終には、その日の糧にも困るようになりました。そしてとうとう、都から連れてきた幼い子供を二人とも、相次いで餓死させてしまったのです」

子供に、何の罪があるのだろうか？　会ったことがないとはいえ、私の叔父に当たる人だ。茉莉花は密かに唇を噛んだ。

「道真どのはですね……、ぐったりして泣く力もない二人の子供を抱きながら、みすみす見殺しにしなければならない悔しさで、気が狂わぬばかりになられたと聞いております。彼はその時、帝《みかど》や時平公をはじめ、自分をこのような目に遭わせた者に、固く復讐を誓われたということです。親として当然かもしれません」

茉莉花は、祖父にまつわる悲惨な話を聞きながら声もなく頷いた。雅量が辛そうに顔を歪めてなおも続ける。

「さて、復讐の権化と成り果てた道真どのは、我が身を地獄へ落とされることを選ばれました。それから、実に七日七夜……。自ら全く食を断ち、天を仰ぎ、身を砕き、呪いの言葉を口にして、浅ましくも憤死されたそうです。それは、大宰府に流されて僅か二年後……、延喜三年（西暦九〇三年）の春先のことでした」

雅量は、道真が憤死するまでの長い話を語り終えて、ほっと一息をついた。しかし、彼は休むまもなく、道真が死んだ後から起こるようになった不思議な出来事について、語りはじめたのである。

（十七）

「この国では、道真どのが亡くなられた時から、不思議でしかも痛ましい出来事が相次いで起こりました。天変地異だけではなく、道真どのを陥れた人々が、次々に悲惨な最期を遂げられたのです」

雅量がここでいったん話を区切った。裴璆や茉莉花に理解させるためには順序だてて話す必要がある。彼は改めて盃を飲み干すと、慎重に語りはじめた。

「道真どのの薨去《こうきょ》後五年……、延喜八年（西暦九〇八年）十月のことです。まず、参議の藤原《ふじわらの》菅根《すがね》どのが亡くなりました。この方は、法皇さまが道真どのの左遷を阻むために内裏へ駆けつけられたとき、門を閉めさせ、参上を阻止した張本人です。菅根どのは……ですね、三日三晩高熱に冒され、文字通り悶死なさいました。しかも、ご臨終の様子が凄まじい。漏れ聞いたところによれば……ですね、菅根どのは今際《いまわ》の際《きわ》に、急に衾《ふすま》を蹴飛ばして立ち上がり、宙を虚しく掻きむしり、苦しそうに叫ばれたということです。菅帥《かんのそち》だ！　菅帥《かんのそち》が来た。助けてくれ！　私が悪かった。許してくれ……と」

「ほう……、瀕死の床に怨霊が押しかけて来たのですね？」

裴璆が雅量の顔を見ながら口を挟んだ。雅量が頷きながら真面目に答える。

「ええ、彼は間違いなく道真どのの怨霊を見たのでしょうね。その取り乱しようは、並大抵なものではなかったようです」

「なるほど」

「そして、翌年の四月のことです。とうとう、あの時平公が倒れられた」

時平の指示を受け、内裏の門を閉ざした菅根《すがね》さえも取り殺されてしまったのだ。勿論、時平が無事で済むはずがないだろう。茉莉花は魅入られたように雅量の顔を見る。雅量は淡々と話を続けた。

「時平公の病は、まことに不思議なものだったようですね。寝所で休まれていた時平公の両耳から、突然二匹の青い蛇が現れ、交互に時平公の首を締めつけたとも、首筋を噛み切ったとも言われております。何れにせよ、苦痛にのたうちまわって身罷《みまか》られたようです。時平公はその時、まだ三十九歳の男盛りでした」

「三十九歳ですか？　これからですよね」

裴璆が、何かを思い出すように指を折った。多分、若くして亡くなった弟の、今際の際を思い出したのではないか？

「ええ、相手は怨霊ですからね。却ってそれがつけ目なのかもしれません。老い先短い者の命を取るより、男盛りの者の命を絶つ方が復讐のやりがいがありますよね。それから、更に四年後……。時平公とともに、道真どのを追落とした源　光《みなもとのひかる》どのが、鷹狩の途中で亡くなりました。狩に夢中になるあまり、何時の間にか一騎だけになって、馬もろとも泥沼の中へ落ちたのではないか……と、言われております」

「……と、言われている？」

裴璆が思わず口を挟んだ。彼は雅量の言葉の語尾に煮え切らないものを感じたのである。雅量が裴璆に向かって頷きながら答えた。

「ええ、そうなのです。実はね、未だにこの方のご遺骸はおろか、馬の死骸さえ見つかっていないのですよ。世間では、道真どののお怒りの激しさのため、遺骸を隠されたのではないか……と、噂しております」

「しかし、それにしても面妖な」

小首をかしげて裴璆が呟く。雅量は裴璆を見つめながら改めて盃を持った。もともと面妖な話をしているのである。この程度の事に驚いてはこの国には住めない。彼は盃で軽く唇を湿らせながらも話した。

「そして、延喜二十三年（西暦九二三年）のことです。禍《わざわい》が終に、帝《みかど》の周辺にも及んできました」

「帝にまでも……？」

茉莉花は次第に息苦しさを覚えてきた。祖父の怒りは全く尽きることがなかったようだ。私もまた激しい怨みを契丹人に抱いている。祖父の怨みを、形を変えて引き継いだのだろうか？　雅量が茉莉花を見つめて重々しく頷いた。

「その年の三月の初めの頃でした。皇太子の保明《やすあきら》親王が俄に身体の不調を訴えられ、寝込まれたのです」

「それでは……、まずは皇太子からですか？」

裴璆が感じ入ったように口を挟む。本人よりも息子に祟る……か。怨霊のやり方は、実に堂に入っているではないか。

「ええ、そうなのです。奇怪なことに、皇太子の寝所で毎晩……、それも一晩中ですよ、カリッカリッと不気味な音がするようになったのです。多分、それがお身体に障ったのでしょうね」

深夜に毎晩、カリッカリッという音が聞こえてくるのか？　茉莉花は思わず背筋が寒くなった。

「それで……、衛士《えじ》たちが不審に思って床板を剝ぐと、何と皇太子の寝床の真下に深い穴が掘れていて、その中に白髪の老婆がうずくまっていたのです。不気味なことに、老婆は折れた梓弓をひっきりなしに齧《かじ》りながら、一心不乱、皇太子を呪っていました。衛士が襟を持って引きずり出そうとした時、老婆は怒り狂って暴れまわり、しわがれた声を張り上げて叫びました」

「…………」

「うらは、天神さまのお使いじゃぞ。うらに触るな！　うらに触ると祟りがあるぞ！　うらは……な、天神さまのお言いつけで、帝《みかど》に怨みを晴らしに来たのじゃ。良いか！　皇子《みこ》の命は、うらが貰った……と」

ひょっとしたら老婆は巫女かもしれない……と裴璆は思った。霊力が強い巫女は渤海国にも何人かいる。彼女たちは理屈では理解できない存在である。それにしても、凄まじい話ではないか。

「衛士が怯んだ一瞬の隙に、不気味な笑い声を残した老婆は、あっというまに消え去ったそうです。間近でそれを御覧になった皇太子が無事で済むはずがありません。それからというものは、カリッカリッという音が耳から離れなくなったのです。皇太子は浅ましいまでに怯えられ、終に儚くなられました」

雅量が手を伸ばして盃を取る。今日はこれで何杯飲んだだろうか？　しかし、まだ話さなければならないのだ。

「それだけではありません。これをきっかけに怨霊が宮中に我が物顔で姿を現してきたのです。ええ、大変な騒ぎになりました。たまりかねた帝《みかど》は天台座主の増命《ぞうみょう》をお召しになり、百日余りも祈禱させせましたが、宮中の異変は一向に止まなかったのです」

「それはそうでしょう。坊主にできることは高が知れています。祈禱なんかに、何の効果もありませんよ」

裴璆が自分の考えらしきものを口にした。彼はどうも巫女を信じ、僧侶を馬鹿にしているようだ。しかし、雅量は気がつかない。彼は気力を振り絞って話し続けた。

「相次ぐ怨霊の祟りに、ご気丈な帝《みかど》もどうすることもできませんでした。次第に病に臥されることが多くなり、とうとう道真どのに屈服されてしまいました」

「え、屈服された……のですか？」

「ええ、完全に屈服されたと言って良いでしょう。帝《みかど》は、三十年近く前に出された左遷の詔書を破棄し、道真どのを元の右大臣に戻したうえ、位《くらい》を一階級進めた正二位を追贈なさったということです。一度出した詔書を破棄することは極めて異例なことです。このことからみても、帝《みかど》が道真どのの怨霊をどんなに怖れておられたか、よくわかるのではないでしょうか？」

「ええ」

「しかし、左遷の詔書を破棄してからも、祟りや異変は一向に収まりませんでした。今度は、時平公の血を引く皇太孫の慶頼《よしより》王が、突然身罷《みまか》られました。僅か五歳で、お隠れになったのです」

「ほう……」

「それだけではありません。同じ年のこと、都の中に隕石が落ちて来ました。それに……、洪水や火災をはじめ疫病などが、それからも毎年のように起こったのです。帝《みかど》がますますやつれて行かれたのも当然でしょう」

「そうですね」

裴璆は一旦頷きながらも首をかしげた。彼は上目で雅量を見て遠慮がちに口を挟んだ。

「しかし、それは一体何故でしょうか？　道真どのを本官に復し、位も一階進めて差し上げたわけですよね。それなのに、天変地異が止まないのは？　これは一体どう考えれば良いのでしょうか？」

「やはり、それは……。まだまだそれ位のことでは道真どののお怒りが解けないと、考えるほかないでしょうね」

「それでは一体どうすれば、彼の怒りが解けるのですか？」

「さぁて、それは……」

さすがの雅量も、それから前へ一歩踏み込むことはしなかった。菅帥《かんのそち》は帝《みかど》の命を狙っているのだとは、さすがに口に出せなかったのである。裴璆は雅量のとまどった顔を見て、雅量の心の中を正確に読み取った。しかし、裴璆は彼と全く違ったことを考えていたのである。彼は慌てて、手を横に振りながら言った。

「いえ！　雅量どの、そうではなくて……。こんな風には考えられませんか？　洪水や火災、或いは疫病とか凶作は何時の世にもあることですよね。ですから、起こった災いの全部が全部……、菅帥《かんのそち》の仕業だとは言い切れないのではないか？　中には、自然に起こったものもあったのではないか……と」

確かにそうかもしれないと雅量も思う。中には首をかしげたくなるものも確かにある。誰かがそれを、わざと菅帥《かんのそち》に結び付けて……。しかし誰が？　一体、何のために？　雅量は首を激しく左右に振ってその考えを退けた。これ以上先へ踏み込むことはあまりにも危険だ。彼は裴璆を見つめ、顔を引き締めて言った。

「或いは、そうかもしれませんね。しかし、都の人々のほとんどが、天変地異はすべて菅帥《かんのそち》の仕業だと思っております。そうだとすれば、事の真偽よりも噂の力を重視すべきではないでしょうか？」

「なるほど」

「現実に今……、帝《みかど》は道真どのの怨霊を最も怖れておられます。茉莉花どのやあなたも、この事実をよく頭に入れて頂きたい」

「……と、言いますと？」

「つい最近のことですがね、帝《みかど》は中宮《ちゅうぐう》穏子《やすこ》さまの第二子で、僅か三歳の寛明《ゆたあきら》親王を皇太子にお立てになりました。この方は帝《みかど》と中宮《ちゅうぐう》にとって最後の切り札です。この方だけは何としても、怨霊の犠牲にすることはできません。帝《みかど》は今、追いつめられておられる……、と言って良いかもしれません」

「………」

「そして、中宮《ちゅうぐう》の穏子《やすこ》さま……。この方が帝《みかど》よりも遥かに強く菅帥《かんのそち》を怖れていらっしゃいます。それは容易に想像がつきますよね?」

「ええ」

「そのご心配ぶりですがね……、これは全く異常と言っても良いほどです。中宮は道真どのの怨霊を怖れるあまり、幼い皇子を男子禁制の弘徽殿《こきでん》に引取られました。そして塗籠《ぬりごめ》の部屋の格子を閉ざしたまま、昼も夜も灯をともし、御帳台《みちょうだい》の中で育てられているのですからね」

「弘徽殿《こきでん》に……ですか?」

「そうです。しかし、それも無理ではないのです。今年も咳病がはやり、大勢の人々が亡くなりました。咳病をもたらした怨霊が、あれだけ暴れまわっているわけですからね。中宮が心配なさるのも仕方ありません」

やっと長い話を終えた雅量はため息をつきながら言った。

「そんな所に……ね、道真どのの血を引く茉莉花どのが突然やって来られたのです。忠平公でなくても、警戒なさるのが当然ではないでしょうか? 多分……、帝《みかど》や中宮《ちゅうぐう》は忠平公よりもっと深刻に考えておいででしょうよ」

「なるほど……」

「何れにしても、茉莉花どのが微妙な立場であることは間違いない。くれぐれも油断なさらないようにして頂きたい」

雅量の言葉に神妙に頷いた茉莉花は思わぬ展開にとまどっていた。法皇が政治的に失脚した今、道真の血筋は頼りになるどころか、却って不利益になるのである。とんだ見込み違いというものだ。しかし、ここまでくれば仕方がない。叶わないまでも、自分の使命を果たすため、一生懸命努力するほかないだろう。茉莉花は困難な前途を思いやりながら、唇をぐっと噛み締めた。

（十八）

これは夢だ！　夢に違いない……。私はきっと夢を見ているのだわ。茉莉花は廊下を歩く自分の姿を見つめ、繰り返し呟いた。寝ていたはずの私を、一体誰が起こしたのだろうか？　誰かが私を呼んでいる。声は聞こえないが、確かに呼んでいるのだ。こんな夜中に、私は何処へ行こうとしているのか？

これは夢だ。私は夢を見ているのだ……。茉莉花は再び口の中で呟いた。私の身体が廊下を下りて、裸足のまま庭の中を歩いて行く。目の前に枯れ池が見える。気がつくと、満開の山桜が暗闇の中で、妖しいまでに美しく咲いているではないか。風もないのに、花びらだけが音もなく散り急ぐ。

池の中の岩の上に誰かがいる。光背のような炎が彼の後ろで妖しく輝き、男の姿を闇の中にくっきりと浮き上がらせていた。

誰だ、あの男は……？　一体、どこの誰なのか？　頭には冠を被らず、伸び放題の髪を腰の辺りまで垂らし、髭も剃らず、むさくるしいことこの上ない。大きな目が髪の隙間から私を鋭く睨んでいるようだ。あっ、嫌だ！　身体に纏った襤褸《ぼろ》の隙間から垢まみれの褌をこれ見よがしに覗かせている……。

おや、何かを両手に大事そうに抱えている。あれは何だ？　あの小さな二つの塊は……？　モミジのような掌《てのひら》、枯れ木のような細い足、小さな頭……。あれは子供だ。間違いなく二人の子供ではないか。それにしても二人のお腹《なか》……、はちきれそうに膨らんでいる。地獄草子の餓鬼のお腹《なか》にそっくりだ！

これは一体どうしたことか？　私がいる……。少し手前の離れた所でひざまずいている娘は、私ではないか！　おっ、男がしゃべった。分厚い真っ赤な唇が小刻みに震え、何かぼそぼそとしゃべっているようだ。聞き辛く太い声が、私のまわりで渦を巻く。渦が止まり、次第にはっきり聞こえてきた。

梵土《ぼんど》、天竺《てんじく》にまします天帝もご照覧あれ！　我、勅《ちょく》を奉じて丞相《じょうしょう》となり、帝《みかど》を援《たす》けて国維《こくい》を定め、百姓《ひゃくせい》の安寧に勤《いそ》しむ。然るに、何事ぞ！　佞人《ねいじん》の讒《そしり》を受け、官を謫《たく》さるるとは……。生きて九錫《きゅうしゃく》の功を積むも、死してなお、冤罪《えんざい》の辱めを受く。安《いず》くんぞ能《よ》くこの宿忿《しゅくふん》を償《つぐな》わざらんや。ここに、九泉《きゅうせん》より甦りて怨霊となり、十六万八千の悪鬼を率い、佞人《ねいじん》の肉を食らわむとす。我、国に仇をなすにあらず。我に仇せし者に復せむとするのみ。必ずや誓って、讐《しゅう》を為すべし……。

じょうしょう……？　丞相と言ったのね！　お祖父さまだわ。あれが私のお祖父さまか？　おや、私の身体が立ち上がった。声が聞こえる。お祖父さまの声が聞こえてきた。帰れ！　帰れ……。帰れと言いながら、私を呼び寄せているではないか。私が……、お祖父さまの許へ近づいて行く。

いけない！　行ってはいけない……。茉莉花は夢の中の自分に叫んだ。ご覧！　あの子を。行けば、あの子のようになるのだ。しかし……、お祖父さまが呼ぶ。眉をしかめ、涙を流し、顔を歪めて懸命に私を呼んでいるではないか。でも、嫌だ！　私はまだ死にたくない。あっ、お祖父さまが私の身体に手を伸ばす！

嫌！　嫌だ、死にたくない……。お願い、助けて！　恐怖に襲われた茉莉花が、全身の力を振り絞って叫んだ。しかし、もがいても、もがいても、身体が祖父に引き寄せられてしまう。冷や汗が噴き出し、激しく震える。もう駄目だ。金縛りになった私を祖父が招く。嫌だ、助けて！　目の前から色が消え白くなった。力が萎え、どうすることもできない。落ちる、落ちる、落ちて行く……。

闇の中へどれだけ落ちて行ったのだろうか？　遥か下にほんのりとした光が見える。懐かしい顔が浮かんでいた。彼女は叫んだ。何もかも忘れ懸命に呼んだ。助けて！　小次郎さま……、私を助けて！

「どうしたのだ、茉莉花どの？　しっかりするのだ！」

茉莉花を抱き上げ小次郎が激しく揺すった。夜更けに彼は不思議な胸騒ぎを覚え、寝つかれないままに庭へ出た。そして、枯れ池の中で泣きながら悶える茉莉花の姿を見つけたのである。小次郎の腕の中で、虚ろな目を茉莉花が開く。血の気の引いた顔で、怯えた目を懸命に見開いて彼女が叫んだ。

「お祖父さま……、止めて！　助けて、お願い！」

「お祖父さま……？　お祖父さまがどうした！　目を覚ませ、覚ますのだ。茉莉花どの、しっかりなさい！」

小次郎が、茉莉花の身体を力いっぱい揺さぶる。月の光を浴びた茉莉花の顔がほんのりと赤くなり、虚ろな眼差しに光が次第に戻ってきた。

「小次郎さま……？」

消え入るような声で確かめた茉莉花は、急にわっと泣きながら小次郎の身体にしがみついた。かわいそうに、また物の怪に取りつかれたようだ。よほど怖い目に遭ったにちがいない……。小次郎は茉莉花の身体をしっかりと抱きしめる。小次郎の腕の中で、茉莉花が泣きじゃくりながら訴えた。

「小次郎さま、私は怖い！　私……今ね、お祖父さまと会ってきたの」

「なに、お祖父さまと？　道真どのとか？」

やはり、物の怪だ。しかも、相手が彼女の祖父だけに勝手が悪い。小次郎は当惑しながらも宙を睨んだ。

「お祖父さまが、私に手を伸ばして……。嫌だ、死にたくない！」

激しく身体を震わせた茉莉花は、握りしめた拳で小次郎の胸を激しく叩いた。私の気持ちを察してほしい！　力強く小次郎が応える。

「安心しなさい。俺だって滝口小次郎だ。相手が道真どのでも負けるものか！　俺は必ずあなたを守って見せるさ」

小次郎が茉莉花にはっきり言い切った。小次郎の逞しさが茉莉花の傷んだ心を次第に癒す。それでも茉莉花は不安そうに小次郎を見上げた。

「でもね、小次郎さま。お祖父さまは何故、私を呼ぼうとなさるのかしら？」

「わからない……。しかし、良いことには思えない」

小次郎が正直に言うと茉莉花も頷く。

「小次郎さまも……？　私もそう！　だから怖いの、私は怖い！」

いじらしく身体を寄せる茉莉花を抱きしめ、小次郎は胸を詰まらせながらも、すぐに優しく言い切った。

「安心してください。大丈夫だ！　何時、どこで、どんな事が起こっても　俺が必ずあなたを助けてあげるから」

小次郎の胸に涙で濡れた顔を押しつけながら茉莉花が頷く。小次郎の懐は大きく温かかった。私にとって、たった一つの安心できる所かもしれない。好き……。小次郎さま、大好き！　彼女は叫んだ。心の中で思いきり叫んだ。身体の中から激しい衝動が湧き上がってくる。身体が火照る……。居ても立ってもいられない。彼女は身体を小次郎に預け、激しい気持ちを抑えかねて思わずため息をついた。

彼女の鼓動が……、激しい息遣いが、小次郎の若い身体に火をつける。彼は大きく息をのみ込んだ後、魅せられたように茉莉花の顔を覗き込む。彼女の小さな唇が喘ぎながら濡れている。小次郎が茉莉花の頬をおそるおそる触った。豊かな胸が喘ぎ、茉莉花の瞳が半ば泣きながら微笑んでいた。

小次郎の身体の中で、男の血が激しく迸る。彼は微かなため息をつくと、茉莉花の顔を抱き寄せてゆっくり唇を合わせた。待っていたかのように茉莉花の唇が激しく応え、懸命に身体を小次郎に押しつける。幸せで胸がいっぱいになった小次郎は、彼女の耳たぶに唇を這わせながら、細い身体を抱き締めて囁いた。好きだ。とても好きだ。あなたが欲しい！　俺はあなたを誰にも渡したくない……と。やっと訪れた幸せに震えながら、茉莉花は小次郎の首へまわした手に力を込めた。

（十九）

翌日の夕方……。中宮《ちゅうぐう》の部屋へ入った帝《みかど》は軽い立ち眩《くら》みを覚えた。外はまだ陽が高いのに、格子がすっかり下りていたからだろうか？　燭台の灯りを頼りに奥へ進むと、何かを憚るように御帳台《みちょうだい》がひっそりと置かれている。中には広袖《ひろそで》の衾《ふすま》をかけた幼い少年が横たわっていた。御年八歳になる皇太子の寛明《ゆたあきら》親王である。今はやりの咳病《がいびょう》に罹り、御母《おんはは》……、中宮穏子《やすこ》の手厚い看病を受けられていた。

中宮は七年前に、菅帥《かんのそち》の祟りで長子の保明《やすあきら》親王を失った苦い経験がある。しかしその四ヵ月後、生まれ変わりのように誕生したのが、この寛明親王である。長子を産んで二十年間、身ごもる気配が全くなかった穏子は、思いがけなく授かった子供なので、それこそ真綿でくるむようにして育ててきた。

しかし……、皮肉なもので、中宮が皇太子を溺愛すればするほど、彼女は菅帥《かんのそち》の怨霊に怯えるようになってきた。そこに、皇太子が咳病に罹ったのである。放って置けば保明《やすあきら》のように、菅帥《かんのそち》に取り殺されてしまう。怯え切った中宮は皇太子を守るため、思い切った手を打つことにした。皇太子を男子禁制の弘徽殿《こきでん》に引き取り、昼間も部屋の格子を下ろし、密室の中で皇太子を育てることにしたのだ。

ところが、それでも皇太子の病は一向に回復しない。ここ数日、芳しくない状態が続き中宮は全く疲れ切っていた。帝《みかど》が部屋へ入っても振り向く気配も見せない。中宮の様子を敏感に察した帝《みかど》が声をひそめる。

「東宮の様子は如何であるか？」

帝《みかど》の気遣いに気を取り直した中宮は、初めて気がついたように顔を上げ、帝《みかど》に向かってにっこり微笑んだ。彼女の身体から微かな芳香が薫ってくる。中宮は帝《みかど》と同い年で今年四十六歳を迎えたはずだが、すっかり白髪になった帝と比べると、親子と見違えるほど若々しく見える。黒い髪を長く伸ばした美しい顔はふっくらして透き通り、まるで三十路前の女性のようだ。長い間の看病疲れで僅かに腫《は》れた目にも色気があり、男心を微妙に誘ってくる。

穏子《やすこ》が入内してから三十一年になる。彼女はその時まだ十五歳になったばかりだったが、前の妃の為子《ためこ》が亡くなると、慌ただしく嫁いで来たいきさつがあった。彼女は時平や忠平の妹で、前の妃の為子が亡くなると、既に天性の美しさを備えていた。それだけではない。彼女の白い肌からは、甘酸っぱい香りが自然に立ちのぼってくる。魔性の女と言っても良かろう。帝《みかど》の妻でなければ、一人の男で満足できる女ではなかった。

その頃、穏子《やすこ》の母の周囲に、黒い噂が持ち上がったことがある。娘を入内させるため、為子《ためこ》を呪詛させた……と、いうのである。事実とすれば一大事だが、すっかり穏子《やすこ》に夢中になっていた帝は、そんな噂は気にも留めなかった。それどころか、彼女の中にますますのめりこんで行く。考えてみれば、実に不思議なことだ。何しろこの帝《みかど》は、色好みで名を挙げたお方である。后妃《こうひ》も多く、五人の女御《にょうご》と十九人の更衣《こうい》がいた。手のついた女性となれば、それこそ数えきれるものではない。それがどうして、穏子にこれほど溺れてしまったのだろうか？

それは、やはり……、彼女の不思議な魅力に尽きるかもしれない。帝《みかど》が穏子《やすこ》を抱き寄せると、彼女の香りが帝《みかど》を包む。甘酸っぱい香りが帝《みかど》の官能に火を付け、夜毎の房事に疲れた身体を容赦なく弄ぶ。しかも不思議なことに、行為の後に疲れもなければ空しさもない。快楽と精気を生む坩堝《るつぼ》のような女性だった。しかし、それでも帝《みかど》は、女人遍歴を止めようとはしなかった。本性が色好みだっただけではない。道真の怨霊に悩まされ、政治に全く興味を失っていたからだ。

何をやっても菅帥《かんのそち》に邪魔される……。帝《みかど》が怨霊の恐怖から逃れるためにも、若い女性の身体は必要だった。しかし、その後何時も空しさが残る。他の女と交わっても、行為の後、決まって味気なくなるのだ。もしかしたらそれは、穏子《やすこ》のもたらす快楽の副作用かもしれない。帝《みかど》は今も東宮の様態を気遣いながらも、中宮の成熟した美しさを見て秘かに楽しんでいた。しかし、中宮は帝《みかど》の慈愛に満ちた顔を見ても、頑なに神妙な態度を崩さない。東宮へ視線を向けたまま穏子《やすこ》は漸く帝《みかど》に答えた。

「そうですね……。咳が酷いうえ、お熱が少しも引きません。その上、何も召し上がらないのです」

「うむ……」

「女房《にょうぼう》（女官）たちの憎いこと！　菅帥《かんのそち》の祟りだと、あちこちで言いふらしているようでございますわ」

中宮の顔が悔しそうに歪む。慰めるように帝《みかど》は穏やかな声で言った。

「そうか、仕方がない者どもだな。しかし、菅帥《かんのそち》は既に本官に復した上、位《くらい》も一階進め参らせた。怨念などが残るはずがないのだが……」

帝《みかど》の言葉をわざと聞き流し、中宮は思い切ったように言った。

「今朝方、尊意《そんい》が私の所に参りました」

「尊意が……？」

帝《みかど》が微かに顔をしかめた。尊意《そんい》というのは、天台座主の高僧で仏教界を牛耳る大物である。彼は霊験あらたかな修法《しゅほう》で、怨霊を鎮めることができるとされていた。中宮の信頼が殊に厚く、弘《こ》徽殿《きでん》への参上も許されている。

「はい。何でも東丹国とやらの国使が来て、左大臣に面会を求めているとか」

「うむ……」

尊意も余計なことを言ったものだ。中宮を巻き込むこともなかろうに……。帝《みかど》の瞳が僅かに曇る。中宮が帝《みかど》の顔を窺いながら畳み掛けた。

「渤海国が、滅びたようでございますね……？」

帝《みかど》は諦めたような素振りを見せ、中宮の顔を正面から見た。

「そのようだ。あの国は、契丹人というおどろおどろしい民により、僅か一月足らずで滅ぼされたそうだ。いよいよ、世も末ということか……」

ため息を洩らした帝《みかど》を見て中宮の瞳が光った。彼女は帝《みかど》を正面からまともに見つめて更に斬り込む。

「その契丹人が、今度は我が国を攻めようとしているとか……、本当ですか？」

「む……」

帝《みかど》は思わずうめいた。尊意はそんなことまで洩らしたのか？　一瞬、帝《みかど》の顔色が変わった。構わず、皇后は話を進める。

「東丹国使は、菅帥《かんのそち》の孫娘を連れて来たそうですね。尊意《そんい》は、その孫娘が契丹人の入寇を知らせる使者だと言っております」

そこまで知っているなら、これ以上隠すことは難しい。帝は露骨に不機嫌な表情をして口を尖らせた。

「そうだ、よく知っているようだな」

すかさず、中宮が怨むような顔をして帝《みかど》を見つめる。微かにうろたえた帝《みかど》が、ばつが悪い顔をして後を続けた。

「いや、なに……、それなら私も左大臣から聞いている。忠平は明日、東丹国使を小一条第《こいちじょうだい》へ呼びつけたそうだ。私にも、忍びで出座してくれ……と言って来た」

「それで、その孫娘も呼んだのですね？」

中宮がしっかりした口調で茉莉花のことに話を戻す。帝《みかど》が再びため息をついた。

「そうだ。彼女はただの渤海人の娘ではない。渤海国の世子《せいし》の妃だということだ。世子の妃が自ら来たのだからな。当然、忠平も彼女を呼ぶだろう……て」

帝《みかど》は中宮に説明しながら、彼女が自分と同じくらい知っていることに気がついた。彼女は多分、忠平からも話を聞いているのだろう。もしかしたら、彼に何か頼まれているのかもしれない。中宮の心を疑いはじめた帝《みかど》は厳しい口調で言った。

「そなた……、この娘の身分は知っていたのだろうな？」

「はい」

中宮が悪びれず答える。そして更に帝《みかど》を正面から見つめて踏み込んで聞く。

「それで、お上は如何なされますか？」

帝《みかど》は微かに首をかしげて腕を組み、やがて微笑みながらゆっくりと言った。

「さて、如何したものか。異国の人に対面すべからず……と、先帝から与えられた戒めもある。私が自ら東丹国使に会うのが良いかどうか」

先帝の戒めとは、宇多天皇が譲位された時、醍醐天皇に遺された、異国人との会見についての訓戒である。先帝は異国の商人と親しく接触し、自ら外交上の裁断を下したことがあったが、結果は必ずしも芳しいものではなかった。寛平《かんぺい》の頃、遣唐使の派遣を決定したかと思うと、すぐにそれを取り止めたのが良い例だ。

そこで、彼は譲位に当たり、その反省を踏まえて「外蕃《がいばん》の人、召し見るべき者は、簾中《れんちゅう》にてこれを見よ」と訓戒を遺した。天皇自ら異国人と接見し、外交上の裁断を下すべきではない。天皇自ら応対すれば逃げ場がなくなる。外交実務は然るべき者に任せ、天皇が直接責任を負ってはならない……と。

中宮が微かに眉をしかめた。帝《みかど》は先帝の遺戒を盾に、何もしないで済まそうというのだろうか？　考え込んだ帝《みかど》に、中宮が励ますように言った。

「先帝のお言葉はともかく、放っておくことはできますまい」

彼女の身体から迫るように甘い匂いが漂う。しかし、今度はそれが逆に作用した。帝《みかど》は中宮が忠平の指示で、自分を追いつめていると邪推したのだ。帝《みかど》は青い筋を額に浮かべ、甲高い声を張り上げた。

「これは……な、まずは大臣の仕事だぞ！　忠平が十分に調査して、その後で私の判断を求めるのが筋ではないか？　え、そうだろう？」

「…………」

「あの男は何時もそうだ！　一人では、何もできない無能な男に過ぎない！　面倒な事が起これば何時も私を引っ張り出す……。それで良いのか？　あれで、よく大臣が務まるものだ！」

「…………」

「それにしても口惜しい。時平が生きていれば、さっさと一人で始末しただろうに……」

帝《みかど》の目が血走ってきたが、中宮は依然として冷静だった。帝《みかど》を少し追いつめ過ぎたかもしれない。中宮は宥めるように低く返した。

「でも、国の存亡にかかわることではございませんか？　お上のご叡断を仰がなければなりません。それで、お出ましをお願いしたのではございませんか？」

「うむ」

一理はある……と、帝《みかど》は大きくため息をついた。帝《みかど》の顔を見つめながら中宮が穏やかな声で問いかける。

「それでも、お上は小一条第へ参られないのでしょうか？」

「そうさな……」

帝《みかど》は再び表情を強張らせ腕を組んで考え込む。大きなため息をついた中宮が呟くように言った。

「尊意《そんい》は、私にかように申しました」

「尊意が……？」

帝《みかど》の目が警戒するように光った。中宮は構わず先へ話を進める。

「尊意はこの度の咳病を、菅帥《かんのそち》がその孫娘を使って引き起こしたものだと申しました。東宮の病は菅帥《かんのそち》の孫娘を退治しなければ回復しないと」

「む……」

帝《みかど》が思わずうめいた。中宮が力を振り絞って更に斬り込む。

「お上は、勿論ご存じですわね？」

帝《みかど》が露骨に顔をしかめた。そして、助けを求めるように中宮の顔を見つめる。中宮は蒼白になりながら懸命に帝《みかど》を見つめ返す。

「これは、私にとって一大事でございます。私は何とか東宮をお救いしたいのです！」

帝《みかど》は黙って視線を外した。皇后が執拗に声を励まして帝《みかど》に迫る。

「私には、契丹人が攻めて来ようがどうが……、そんなことはどうでも良いことです。私にとって大切なものは、東宮のお身体だけでございます」

「うむ……」

「お上、お分かりくださいませ。私は中宮である前に、東宮のたった一人の母親でございますからね……」

懸命に迫る中宮に向かって、帝《みかど》は大きく頷いた。忠平の指示の下で動いていると、邪推したのは間違いのようだ。帝《みかど》は声を和らげて中宮に言った。

「よくわかった。それで……？」

「尊意《そんい》は私に、かように申しました。呪詛された者は、自分で怨霊に立ち向かわなければ、呪いを解くことができない……と。」

中宮の瞳がさりげなく光った。穏子《やすこ》の身体が再び匂う。虫を呼ぶ花のように妖しく薫った。

「東丹国使には、簾を隔ててお会いなされればよろしいかと。それでも、東宮を助けるために小一条第へお越し頂くわけには参りませんか？」

中宮が帝《みかど》の顔を正面から見つめた。甘酸っぱい香りが、次第に帝の身体を包み込んで行く。結局、私は穏子《やすこ》の香りから逃れることはできないようだ。帝《みかど》は諦めたように深いため息をついた。

（二十）

わかった……と、帝《みかど》は一旦皇后に優しく頷いた。それにしても……と帝《みかど》は思う、尊意は何故皇后をここまで焚きつけたのだろうか？　忠平のしたり顔が眼に浮かぶ。まさか、奴と結託しているのではあるまいな。帝《みかど》が低い声で付け加える。

「もしも、尊意の言うことが本当なら、私は確かに小一条第《こいちじょうだい》へ行かなければなるまい。しかし、彼を一途に信頼して良いのだろうか？」

たちまち中宮が眉をひそめる。この期になって何をおっしゃるのか？　それを見た帝《みかど》が苦笑しながら続けた。

「かつて、尊意の進言で菅帥《かんのそち》を本官に復した。しかし、それでも禍《わざわい》は一向に止まなかったではないか。果たして尊意に、菅帥《かんのそち》を鎮める力があるのだろうか？　菅帥《かんのそち》の霊力は生易しいものではないぞ」

帝《みかど》は中宮に話しながら二十年前のことを思い出した。あれは一体何だったのか？　彼は瞼を閉じて考え込んだ。


あれは……、帝《みかど》が時平の臨終に立会った時のことだ。延暦寺の高僧である浄蔵《じょうぞう》が病魔退散の祈禱をはじめると、待ち構えていたように異変が起こった。時平の両耳から二匹の青い蛇が這い出して、真っ赤な目を爛々《らんらん》と光らせ口々に罵った。

「わしは、かたじけなくも帝釈天の許しを賜わり、怨敵時平を縊《くび》り殺そうとしているのだ。その方……、誰の許しを得て、また何の理《ことわり》を以てわしを調伏《じょうぶく》しようとするのか！　去《い》ね……、去《い》ね！　疾《と》く去《い》ね！」

二匹の蛇は、もちろん菅帥《かんのそち》の化身である。帝《みかど》は、燃えるように煌《きらめ》く、冷たい蛇の眼を忘れることができない。禍々《まがまが》しく光る赤い目が帝《みかど》に向かって、今度はお前の番だ……、と威嚇していたのである。もちろん、蛇が人の言葉を喋れるわけがない。しかし怨霊なら、間違いなく人語を操る。あれは決して夢ではない！　帝《みかど》は今更ながらに恐怖を覚え、身体の震えをどうすることもできなかった。

一方……、中宮は中宮で、保明親王《やすあきら》が病臥した時の禍々《まがまが》しい出来事を思い出していた。床下の穴から現れた老婆は、うらは帝《みかど》に怨みを晴らすのじゃ、と中宮を指差して不気味に叫んだのである。おそらく……、と中宮は思う。あれは帝《みかど》と私に向けた呪いの言葉だ。さもなければ私を指さすはずがない。老婆の口から剥き出た黄色い歯が、カリッカリッと梓弓を齧る。あの不気味な音が今でも耳から離れない。菅帥《かんのそち》の凄まじい力は、私も身にしみて感じている。

中宮は忌々しそうに舌を打った。あの汚く黄ばんだ歯など二度と見たくないものだ。しかし、私は母として東宮を守らなければならない。彼女は気を取り直して、思いきったように話を進めた。

「おっしゃる通り、菅帥《かんのそち》の力は並のものではございません。しかし、たとえ尊意《そんい》に菅帥《かんのそち》を鎮める力がないとしても、このまま放っておくわけには参りません。何もしなければ、よくならないどころか却って悪くなるでしょう。東宮は何時までたっても回復しないのではありませんか？」

帝《みかど》は中宮を見つめて低く呻いた。確かに、私は決断しなければならない。それが人の親の務めだろう。だからと言っておいそれと、尊意の言う通りやるわけには行かない。帝《みかど》は歯を食いしばって言った。

「その通りだ。しかし……、尊意は私に、私の手であの娘を退治せよとぬかしおった。そなたも私に、人を殺せというのか？」

中宮が思わず目を伏せた。しかしすぐに顔を上げ、如何にも心外だというように、首を大きく横へ振った。

「いえ、そうではないはずです。私が聞いたところでは、お上はただお出ましになり、事の次第を見届けるだけで良いそうです」

中宮のまわりをゆっくり歩きながら帝《みかど》は心の中で罵った。

嘘だ！　奴は、私が娘の首を切らなければ霊験がないとぬかしおった。二枚舌を使う痴《し》れ者めが……。奴の背後に、忠平が控えているに違いない。しかし、帝《みかど》は辛うじて感情を押さえ穏やかな声で言った。

「そこまでやれば、私が殺すことと変わらないではないか。祟りがあれば、まず私に下ることになる……」

「そうでしょうか？　何れにしても、その娘を退治しなければ東宮の命はございますまい。でも……、お上の気持ちが進まないようでしたら、私に別の考えがございます」

「何だって？」

帝《みかど》が訝しげに中宮を見た。黙って唇をかんだ中宮の顔から血の気が引き、身体が僅かに震えている。ただならぬ様子に慌てた帝《みかど》が急き込むように問いかける。

「そなた、一体何をしようというのだ？」

中宮の口元に微かな笑みが浮かぶ。彼女は落ち着いた声で囁くように答えた。

「菅帥《かんのそち》が怨んでいる者が、お上のほかにまだ一人おります」

「はて？　そのような者がいただろうか」

「はい、お上の御前《おんまえ》に……」

「む……」

「お忘れですか？　菅帥《かんのそち》をお上に讒言したのは私ではございませんか。菅帥《かんのそち》は、お上よりもむしろ私を呪っているはずです」

「うっ！」

「宜しゅうございます。明日、私が小一条第《こいちじょうだい》へ参りましょう！　叶わないまでも、私がその娘と刺し違えます。東宮の命には代えられません」

「馬鹿な！」

厳しい声で帝《みかど》が遮る。涙でにじんだ目を向け、中宮が毅然として言った。

「いえ、これは何も東宮のためだけではございません。私はもう菅帥《かんのそち》を怖れて暮らす生活に、耐えられなくなったのです。だって、何処へ隠れても、何をして差し上げても、菅帥《かんのそち》は私たちを許さない……」

中宮の感情が次第に昂る。彼女は大粒の涙を浮かべ、嗜《たしな》みも忘れて激しく泣きじゃくった。

「もう、嫌だ！　私は嫌だ！　私はほとほと、疲れてしまいました。それなのに……、このうえ、菅帥《かんのそち》の孫娘まで怖れるのですか？　嫌です！　私は耐えられない……。そんな暮らしを続けたところで、仕方がないではございませんか！」

「止せ！　もう止めなさい、穏子《やすこ》……」

「いいえ、止めません！　私、もう死んでも良い……」

冷静で、物に動じたことのない中宮が、まるで宮中の女房共のように、我を忘れて泣き叫んだ。いたたまれなくなった帝《みかど》は中宮の傍に坐り、泣きじゃくる彼女を抱き寄せながら言った。

「もう良い！　わかった。よくわかった……。お願いだ、泣くのは止めてくれ。私が不甲斐ないばかりに、そなたに辛い思いをさせてしまった。情けない！　本当に情けない。しかし……、私も男だ。そなたを小一条第《こいちじょうだい》へ遣るわけには行かない。これは誰の仕事でもない。まさしく、私の仕事なのだ！」

帝《みかど》は涙を袂で拭いながら、力強く言い切った。そして、彼女をいたわりながら自嘲するように呟いた。

「聞くところによると都では、下々の者たちが菅帥《かんのそち》を天神と呼ぶそうだ。天神……。良いか、天神だぞ！　何と仰々しい呼び名ではないか。しかも憎いことに、彼らは天神が天皇を……、そう！　この私を、呪詛できると信じておる。無知な輩の言うことだが、聞き捨てできることではない」

身体の中から湧き上がる怒りに、帝《みかど》は激しく唇を震わせた。次第に激高してきたのか、更に声を荒らげる。

「天神とは何事ぞ！　菅帥《かんのそち》など、数ある家人の一人ではないか！　死んで神になったとは言え、私から位を授かる身分に変わりない。そんな彼が……だ、現人神《あらひとがみ》である天皇たる私を凌げるはずがないではないか。え、そうだな……？」

「はい」

「考えてみれば、私は菅帥《かんのそち》を怖れ過ぎていたような気がする。疫病なんか大昔から何度もはやった。洪水にしても、日照りにしても、菅帥《かんのそち》が生まれる前から何度もあった話ではないか。それを……、近頃ではすべてを菅帥《かんのそち》に結びつけて考えようとしている。どこかおかしいとは思わないか？」

「ええ……」

「何か起これば、尊意《そんい》はすぐ菅帥《かんのそち》の仕業にする。忠平が廟議《びょうぎ》で、それをそのまま取り上げる。疑えばきりがないが、何となく作為が感じられないでもない。私を脅かそうとする作為を……な」

「…………」

「良かろう。私は明日、私のために小一条第《こいちじょうだい》へ行く。小一条第《こいちじょうだい》へ行って、この手で必ず菅帥《かんのそち》の孫娘を退治して見せる」

帝《みかど》の決意を聞きながら、何故か中宮が顔を曇らせた。帝《みかど》の威勢の良い言葉が、却って彼女を不安にさせたのである。あの娘は、何と言っても菅帥《かんのそち》の孫娘だ。彼女の力を侮ることはできない。

如何に東宮のためだとは言え、帝《みかど》をこのまま小一条第《こいちじょうだい》へ行かせて良いのだろうか？

今まで信頼してきた尊意《そんい》の言葉に、初めて疑問が湧いてきた。彼女はとまどいながら帝《みかど》の胸に取りすがり小さな声で呟いた。

「ありがとうございます。でも陛下、兄や尊意《そんい》が言うように、お上自ら手を下して、菅帥《かんのそち》の孫娘を退治する必要があるでしょうか？　そうだとすれば、あまりにも畏れ多いことですもの。今更おかしな話ですが、私は彼らが言うことが、すべて本当だとは思えなくなりましたわ」

中宮の言葉を聞きながら、帝《みかど》は忠平の貧弱な顔を思い出した。彼の小さな狡すっからい顔が目に浮かぶ。おそらく彼は、私がどうするか……、どこかでじっと見ているはずだ。しかし、もう後には引けない。これは私が決めたことだ。帝《みかど》は心を決めて中宮をしっかり抱き寄せた。

「尊意のいうことが本当かどうかは別として、私は明日、とにかく立派にやって見せる！　これは、そなたや東宮のためだけではない。私が……、日本国の天皇としてやらなければならないことだ」

帝《みかど》がはっきりと言い切った。身体の中に新しい力が湧いてくる。負けるものか……。私は、この国で唯一の現人神《あらひとがみ》ではないか。菅帥《かんのそち》の孫娘にひれ伏すわけには行かないのだ。昂揚した帝《みかど》の気分に逆らうように忠平の顔が再び浮かぶ。中宮をしっかり抱しめながら、帝《みかど》は思わず顔をしかめた。もしかしたら、私は菅帥《かんのそち》の孫娘よりも、忠平と闘おうとしているのかもしれない。中宮の耳に口をつけ、帝《みかど》は低い声で囁いた。

「尊意《そんい》はともかく、私は忠平を信用していない」

中宮の身体が微かに震える。彼女には、これ以上のことを話してはならないのかもしれない。しかし、帝《みかど》はどうしても話を中断することができなかった。彼は敢えて中宮をいたぶるように言った。

「およそのことだが忠平の魂胆は察しがつく。菅帥《かんのそち》の祟りをできるだけ私へ向け、私の恐怖を募らせる。そして、あわよくば私を退位させ、自分が関白になるつもりだ。しかし、そうは行かない！　私はこの国の天皇だ。あいつの思い通りになって堪《たま》るものか！　何れ関白は時平の子に授ける。そなたにもはっきりと言っておくが、私は保忠《やすただ》を、次の関白にするつもりだ。良いな？」

「はい……」

「その為にも、私は自分の務めをしっかり果たす。菅帥《かんのそち》の孫娘を退治する力があることを見せつけてやるのだ」

帝《みかど》はきっぱりと言い切り、いきなり中宮の身体を抱き起こした。何時もと違い、強引で有無を言わさないやり方である。帝《みかど》の乱暴な動きに驚きながら、中宮はそれでも優しく身体を預けた。やがて待っていたかのように、彼女の身体から艶《なまめ》かしい匂いが薫りはじめ、たちまち部屋の中へ広がって行く。帝《みかど》は中宮の香りに急かされるように、彼女をかかえて褥《しとね》へ急いだ。

（二十一）

戌の刻が半ば過ぎ、小一条第の中はすっかり闇に包まれていた。黒い雲が夜空を走り月光を遮る。夕暮れから吹きはじめた風が急に強くなってきた。鬱蒼とした庭の樹々が、時折悲鳴をあげて激しく揺れる。静まり返った暗闇の中の奥深く、微かな灯りが洩れているのが忠平の寝所である。

この時刻には何時も部屋に籠るはずの忠平が、珍しく縁側に出て脇息に寄り掛かり、庭先に畏まる狩衣《かりぎぬ》姿の男を謁見していた。一声二声……、どこかで梟《ふくろう》が不気味な声で鳴く。声に合わせて忠平が口を開いた。

「会ってきたか？」

如何にも物憂げな声である。しかし、それはいつものことだ。鋭く光る小さな眼が男をじっと見すえている。

「はい」

男が軽く頭を下げた。

「どんな娘だ？」

「美しく、そのうえ利巧な方でございます。しかも、まだあどけなさが残っているように見えました」

「二十歳を過ぎた娘が……か？」

忠平が皮肉な笑みをたたえる。男が律儀に頭を下げた。

「御意……」

「うむ……。それで、契丹は？」

「問い糺したわけではございませんが、おそらく……」

「来るか……？」

「はい。あの娘は人を誑《たぶら》かすような女には見えません」

「ふん！」

忠平が鼻先でせせら笑った。彼は皮肉な調子で更に続ける。

「契丹人は確か、遊牧の民だったな？」

「はい」

「船を操れないのではなかったのか？」

忠平の細い目が光った。何時もは貧弱に見える顔が厳めしくただす。しかし、男は泰然としている。怯んだ様子はどこにもない。忠平の顔をまともに見つめた後、大仰に頭を下げた。

「申し訳ございません。私が間違っておりました」

忠平が口もとを軽く緩める。言い訳しないのが気に入ったのだ。しかし、それでもなお厳しい口調で付け加える。

「謝って済むことでもなかろうが。それに、こうも言った。馬を船で運ぶこともできぬ、騎馬民族の契丹が攻めて来るはずがないと……な」

「如何にも。しかし……、それについては面白い情報が取れました。契丹軍は今や、歩兵部隊も強化されたとか。唐の滅亡後流入した漢人と、征服した諸国の農耕民を組織して強力な歩兵軍団を編成したとか。現実に渤海国の王都忽汗城《こつかんじょう》は、この歩兵軍団によって陥落したということです。契丹が我が国へ侵入するとすれば、おそらくこの歩兵軍団が中心となりましょう」

「ふむ……、実質的には漢人が相手か？　却って厄介になるかもしれぬ。それに、歩兵軍団であれば我が国への来寇の可能性は高まる。どうやら、契丹来寇は真実だと考えなければならぬようだな？」

「御意」

「これは価値ある情報だ。でかした……と褒めてやりたいところだが、お前の甘い考え方が明らかになっただけのことではないか。もっと励め！　間違った情報を持ってきて、余計なことを考えさせるな！」

改めてひれ伏した男が地面に頭を打ち付ける。軽く胸をそらした忠平がやっと顔を和らげた。

「まあ良い、鬼藤太……。お前はわしの耳目となり、指示を受けて走ればよい。集めた情報が玉石混交でも一向に構わぬ。そんなことよりも……な、わしはお前の眼力を買っておるのよ。ほら、あの甄萱《しんけん》の人物を正確に見抜いた眼の付け所の良さだ。お前を小次郎の邸に遣わしたのは、そのためぞ」

「はい」

「情報の真偽を確かめるにはのう……、あれこれと調べるより、提供者の人物を見抜く方が遥かに大事だ」

「御意……」

「お前はその目で、あの娘をしっかり見てきたのだ。わしはお前を信用しよう。おそらく、契丹は来る……。そうだな？」

「はっ」

純友が再びひれ伏す。風彩の上がらぬ小男の癖に、人の扱い方を心得ている。小面が憎いが仕方がない。純友は心の中で唇を噛んだ。

ところで、忠平が口にした甄萱《しんけん》とは何者か？　彼は、朝鮮半島の西南部を占める後百済《ごくだら》の国王である。当時の朝鮮半島もやはり麻のように乱れていた。三百年近く続いた新羅《しらぎ》王国が地方政権に転落し、その新羅に新興の高麗《こうらい》と後百済が加わり、三国鼎立する後三国《ごさんごく》と呼ばれる時代の真っ只中にあったのである。

去年の正月、新羅の商船が遭難し対馬に漂着したことがあった。島司《しまのつかさ》の坂上経国《さかのうえのつねくに》は船に乗り込んでいた新羅の商人に食料や水を与え、彼らが出港した全州《ぜんしゅう》へ送り返した。しかも、島司《しまのつかさ》は更に異例の措置をとる。都から来ていた検非違使《けびいし》の秦滋景《はたのしげかげ》に通訳の長岑望通《ながみねのもちゆき》を付け、彼らを同行させたのだ。

その時、全州を支配していたのが後百済王の甄萱《しんけん》であった。その頃、彼は三国の中で最も勢いが強く得意の絶頂にあった。新羅の王都慶州《けいしゅう》を襲って王妃を捕らえて凌辱し、景哀王《けいあいおう》を殺して壊滅的な打撃を与えたうえ、救援に駆けつけた高麗王の王建《おうけん》を破り、朝鮮半島を統一する寸前になっていた。

滋景《しげかげ》と望通《もちゆき》が全州に着くと、思いがけなくも甄萱《しんけん》が自ら二人を引見し、手厚くもてなしたうえ、長年抱き続けた日本国への朝貢の意思を述べ、これを機会に国使を送りたいと伝えたのである。

そして……、それは言葉通りに実行された。甄萱《しんけん》は日本国へ送り返した滋景《しげかげ》に、朝廷への取次を依頼した後、四ヵ月後の五月には朝貢使張彦澄《ちょうげんちょう》を対馬へ派遣し、慇懃に国交を求めたのである。

実は……、甄萱《しんけん》の遣使は七年前に続く二度目である。その事もあって、我が国も一度は後百済の朝貢を受け入れようとした。帰国した滋景《しげかげ》の報告を受けた朝廷には、後百済の勢いを評価する声が高まっていたからだ。しかし、それはすぐに忠平により覆される。彼は全州に留まった通訳の望通《もちゆき》から内密の情報を得ていたからである。

望通《もちゆき》の書状は言う。後百済は中国江南《こうなん》の呉越《ごえつ》国と親しく、交易によって富を蓄えた商業国だが、我が国と国交を結んで貿易をはじめれば、日本と江南を仲介する三国間貿易によって、莫大な富を手に入れることになるだろう。おそらく、甄萱《しんけん》の狙いが我が国との交易にあることは間違いない。

しかし……と、望通《もちゆき》は更に続けた。甄萱《しんけん》の風貌はあくまでも卑しい。老いてますます猛々しく信義がない。好色であるうえ冷酷である。彼は捕らえた新羅の王妃を、新羅王の目の前で犯し、情け容赦もなく弄り殺したと聞く。甄萱《しんけん》には、王者の徳もなければ風格もない。その上、施政者に最も大事な大局を見る眼が欠けている。

何故なら……、彼はせっかく慶州を攻略しながら、美女や財物を略奪することに忙しく、新羅を併合する千載一遇の機会を逃してしまったからだ。そのような甄萱《しんけん》が国を保てるとは思えない。遅かれ早かれ、彼は国を失うことになるだろう……と。

忠平の決断は早かった。報告と同時に大宰府へ指示を出し、後百済王の要求を拒否させ、使節を送り返したのだ。ところで……、長岑望通《ながみねのもちゆき》と名乗って全州へ乗り込んだ通訳とは何者か？実は彼こそが、朝鮮半島から中国大陸を股にかけて暴れまわった瀬戸内海賊の棟梁、鬼藤太《きとうだ》こと藤原純友だったのである。

それから半年余り過ぎた今年の正月、東丹国使の来航の対策に追われる忠平の許に、重要な情報が飛び込んできた。後百済王の甄萱《しんけん》が朝鮮半島中部の要地瓶山《びんざん》の麓で高麗王王建《おうけん》と戦い、致命的な大敗を喫したというのだ。朝鮮半島は今、甄萱《しんけん》ではなく王建《おうけん》の手で、新しく統一されようとしていた。純友は忠平に、自分の人を見る目の確かさを、見事に実証して見せたのである。


「ところで、甄《しん》萱《けん》と言えば……」

忠平は純友から眼を逸らし、宙を見つめて言った。

「瓶山《びんざん》で大敗した後、立ち直る兆しはあるのか？」

「立ち直る……？」

純友の瞳が闇の中で光る。全州《ぜんしゅう》の宮殿で受けた不快な出来事を思い出したのだ。甄萱《しんけん》はあの時、玉座の上から脂ぎった眼で俺の身体をしきりに嘗め回していやがった……。彼は吐き捨てるように言った。

「おそらく無理でしょう」

「ふむ。人柄か……？」

忠平は彼の顔を面白そうに見ながら、人柄を見てそう思うのか……と、改めて念を押してきた。甄萱《しんけん》の陰湿で粗暴な性格は、今まで十分に説明したはずではないか。純友は忠平を見つめ返してはっきりと頷く。

「はい」

「そうか。力と才知があるのにのう……」

忠平が微かにため息をつく。純友は忠平の顔を注意深く見守った。忠平は一体、何を言いたいのだろうか？　そうか……と、恐ろしい疑惑が頭に浮かぶ。しかし、彼は素知らぬ顔をして、忠平の言葉を引き取った。

「力と才知があっても、民が従うわけではございますまい」

「うむ、それはそうだ……」

忠平は簡単に引き下がった後、更に浴びせかけるように言った。

「そうすると、王建だな……？　これは、一体どういう男だ？」

「会ったことはありませんが……」

王建には純友も興味がある。彼は慎重に言葉を選んで答えた。

「噂では……、大人《たいじん》の風格があるということです」

「噂だと……？　お前らしくもない」

忠平が一言で切り捨てた。純友は辛うじて気持ちを抑え静かに付け加えた。

「彼は甄萱《しんけん》と違い、人を使うことができるようです。だからでしょうか？」

「うん？」

「渤海人が、大挙して彼の許へ逃げ込んでおります」

「滅びた後で……か？」

「いえ、滅びる前から……。おそらく、彼らは渤海国よりも高麗の将来を高く買ったのではないでしょうか？　だから……なのです」

「だから……？」

また三段論法かと忠平が注文をつける。純友が涼しい顔をして続けた。

「はい。だから……、彼は、甄萱《しんけん》を破ることができました。高麗は渤海人を受け入れ、ますます強くなりました。おそらく、これからは後百済からも彼の許に優秀な人材が亡命するでしょう。死に体の新羅なんか、これはもう、言わずもがな……でございます」

「ふむ、やはり韓《から》の国は、高麗に統一されるか……」

「はい」

「だから……か？」

今度は、忠平が同じ言葉を投げ返してきた。純友が思わず忠平の顔を見つめ返す。忠平の細い目が光った。彼は別に戯れているわけでもないようだ。少し間をおいて、忠平は純友の顔を面白そうに見ながら後を続けた。

「だから、契丹が我が国を攻めるとき……、韓《から》を通れぬというわけか？」

さすがだ……と純友はうなった。忠平は朝鮮半島の情勢を踏まえながら、契丹来寇の真否を検討していたわけだ。純友は改めて忠平の顔をまじまじと仰いだ。忠平が闇の中を見つめながら呟く。

「わしは、かねがね不思議に思っていた」

「はい」

純友が思わず合の手を打つ。忠平の小さな目がぎょろりと光った。

「契丹が我が国を攻めるなら、何故韓《から》を通らないのか……とな。韓《から》を通り、対馬、壱岐と島伝いで来れば、馬を運ぶことも難しくはない。彼らが遊牧の民であるなら、何としてでも陸地を通ろうとするはずではないか。わしが契丹皇帝なら韓《から》を通る。しかし……だ、韓《から》の北にこもる王建の勢力が、それほどまで強ければ話は別だ。我が国を攻略する前に、多大な犠牲を払わなければならぬ。契丹皇帝は、王建の力を正当に評価しているということか。そうだな、鬼藤太？」

「はい……」

純友は心の中で低く唸る。恐ろしい男だ……と改めて思う。廟堂の中で貴人に囲まれ、美女と戯れ、私財を蓄えることに忙しい男のくせに、非常にしっかりした洞察力を持っているではないか。忠平が淡々と続ける。

「そうすると……だ。契丹が我が国を攻めるためには、あの娘が言うように、北の海を一気に横断して来ることになる」

「御意」

その通りだ。忠平はこんなに論理的な男だったか……。純友はじっと奥歯を噛みしめる。忠平の顔が穏やかに微笑んだ。

「と、いうことは……」

忠平の細い目が光り再び表情が厳しくなる。思わずうつむく純友に構わず、忠平が断を下すように言った。

「あの娘の情報は正しい……」

「御意」

「お前の人を見る眼が、今度もまた確かだったということだ」

「恐れ入ります」

「たいしたものだな、鬼藤太」

忠平が、声を立てず短く笑う。冷たいものが純友の背筋を走った。俺はやはり、この男に叶わないのだろうか？　彼は再び唇を噛んでうつむく。忠平はそ知らぬふりをして更に続けた。

「しかし、そうだとすれば……だ。遊牧民が農民を引き連れて荒海を渡ることになる。渤海人に船を漕がせたところで、海を見たこともない連中に、果たしてそれができるだろうか？　可能性はかなり低い……と、わしは思う。それがわからぬ契丹皇帝でもあるまい……に。のう、鬼藤太。そうではないか？」

「は……」

「それはともかく、そこまでして契丹は、何故、我が国を狙うのか？　解《げ》せぬ！　どうしてもわからぬ。彼らは一体我が国の何が欲しくて、ほとんど成算が見込めぬ危険を、敢えて冒そうとするのだろうか？　わかるかの、これが？」

（二十二）

そうだ……。それが残っていた。純友の顔がほんのりと赤くなる。もしかすると、俺はまだ左大臣と互角に渡り合えるかもしれない。それに気がついた純友は、落ち着き払って忠平を見つめた。

「おそらく……」

「うん……？」

忠平の反応が早い。純友の説明を待っているのだ。しかし、どのように切り出せば、最も効果があるだろうか？　純友は、わざと呼吸をはずした。

「どうした？　早く申せ！」

苛立った忠平が、小さな声で催促する。純友はすべてをさらけ出して、忠平の反応を見ることにした。そうと決めれば腹が据わる。彼は忠平を見つめてズバリと言った。

「黄金《こがね》ではないか……と」

「なに、黄金《こがね》……？」

「はい、陸奥国の砂金でございます」

天平年間に陸奥の小田郡で、我が国の金が初めて発見された時から、まだ二百年も経っていない。忠平が露骨に眉をひそめた。

「ふむ……」

「これはあの娘から得た情報です。出所は申しませんが、あの娘は確かな筋から得た情報だと言っておりました。案ずるに、相当上の方からの情報ではないか？　そんな気がしましたので、私も色々調べた……というわけです」

「ふん！　それがどうした？　しかし、おかしな話だ。我が国の黄金など……、たいした量はないではないか？」

「そうでしょうか？」

「そうだ！　微々たるものだ」

忠平が、押さえつけるように断言した。

「しかし……」

純友が余裕を持って反論する。

「異国では誰も信じますまい。何しろ我が国は、金無垢《きんむく》の大仏を作った国ですからね」

忠平がわざとらしく苦笑する。

「何だ、東大寺の大仏のことか……。あれは銅の上に僅かな金を塗っただけではないか。取るに足らぬ噂だ」

「なるほど……」

一旦受け止めた後、純友は微笑みながら忠平を見る。

「しかし……ですね、異国ではもっぱら金無垢の大仏だと思われています。ええ、勿論誤解ですとも。しかし現実に、我が国と盛んに交易している中国江南の呉越《ごえつ》国の商人たちが、たった一度の航海で莫大な黄金を持ち帰ります。その連中が……、行く先々で吹聴した噂ですからね、これには説得力があります」

「うむ……」

「呉越国の商人たちが来航する前に、我が国との貿易を独占していた新羅にしても同様です。彼らはかつて、僅かな対価で大量の黄金を手に入れました。その黄金が新羅の繁栄を支えたことは、ご承知の通りでございます」

「…………」

「ところで、契丹は呉越国と交流しております。新羅の国とも僅かですが、交流していると聞きました。そうだとすれば、契丹はこれらの国から我が国の情報を得ることができます。その情報の一つに、日本国が黄金に満ちている国だとするものがあったとしても、不思議はありません」

「ふん！　迷惑な話だ」

「はい、迷惑千万な話でございます。しかし、東大寺の大仏を鍍金する黄金一万両余りを、全て国内でまかなったうえ、毎年数千両の黄金が陸奥から朝廷へ貢納されております。しかも、それだけではございません。都の中には国庫に納められたもののほかにも、秘かに私蔵された莫大な黄金があるとか……」

「何だと！」

忠平が大声で叫んだ。純友が慌てて両手で打ち消しながら言った。

「いえ、これは噂……、単なる噂でございます。しかし……ですね、異国の人々の、黄金《こがね》や白銀《しろがね》を求める熱気は相当なものです。それは、我々が考える程度を、遥かに超えております。おそらく、大陸は戦争や動乱が多いため、黄金や白銀が安全確実な財産として求められているからではないでしょうか？」

「うむ……」

「縷々《るる》考えてみますと、契丹が我が国に目をつけた原因が、黄金であることは間違いないと思います」

「なるほど、一理はある……」

忠平が短く言って一歩引いた。純友は忠平を正面から見つめながら更に切り込む。

「それから、もう一つ……」

「何だ？」

「対馬の銀《しろがね》です」

「対馬の銀だと？　ははは……」

一瞬ゆがんだ忠平の顔が大きく破れた。彼が初めて声を出して笑った。しかし、すぐに顔を引き締め、鋭い目つきで純友を睨んだ。

「言いおったな、鬼藤太！　お前の情報はその程度か？」

「は……？」

「対馬の銀はとっくに底を尽いているわ！　あれは……な、貞観《じょうがん》の頃だから六十年も過ぎている。大雨の後に坑内に水がたまってのう……、汲み出すだけでも大変だった。以後はもう見る影もない。大宰府に援助させ細々と掘っている次第だ。契丹が対馬を狙ったところでくたびれもうけよ」

「左様でございますか？」

忠平の厳しい目つきにも、純友は怯まず昂然と胸を張る。彼は臆することなく、背筋を伸ばして反論した。

「されど……、貞観以来、対馬からは相変わらず二千両を超える銀が朝廷へ貢納されているのは、何故でしょうか？」

「…………」

「また……」

と、彼は更に身を乗り出して言う。

「寛平《かんぺい》のとき、新羅の海賊が大挙して対馬に押し寄せ、坑道へ押し入ったのは何故でしょうか？そればかりではありませんぞ！」

「何だと？」

「甄萱《しんけん》もまた、対馬を狙っていた節があります」

「む……」

純友が昂然と胸を張った。

「現実にあろうがなかろうが、契丹の狙いは我が国の黄金《こがね》や銀《しろがね》です。推測ではございますが、間違いないと思います」

純友は、はっきり言い切って殊勝に頭を下げた。言いたいことは言い尽くした。貴人に向かって深追いは禁物である。忠平の口もとが緩んだ。彼は細い眼を光らせながら、諦めたように言った。

「さすがは海賊だのう。黄金《こがね》や銀《しろがね》の話になると詳しいわ……」

「ご冗談を……」

純友が改めて平伏する。忠平は苦々しそうに口をゆがめた。

「いや、冗談ではない。わしは感心しているのだ。よくもこれだけ調べたものだ」

「恐れ入ります」

「まあ、良い！　これで契丹人の動機も推測できた。動機の是非はともかく、契丹が攻めてくることだけは確かなようだ。そこで、次の問題は彼らの準備がどれくらい進んでいるか、ということになる」

「御意」

「わかるか？」

忠平が純友をじっと見つめる。純友は慌てて手を横に振った。

「いえ！　それは私には……」

「ははは……、これは愉快だ。お前にもわからぬことがあったのか？」

忠平が声を出して笑う。目が据わっているだけに油断がならない。純友が思わず顔を伏せたとき忠平が低い声で言った。

「良い！　明日娘に確認すれば済むことだ」

ほっとした純友が大きく息を吸い込んだ時、忠平が独り言のように言った。

「娘と言えば……」

「はい……」

「小次郎は、傍にちゃんと付いておるか？」

「はい、傍を離れず守っているようです」

「それで良い」

「は？」

「小次郎がいれば世子《せいし》の妃も心強かろう……。我らもお陰で、余計な見張りを置かないでも済んだ。わしには、まだあの娘が必要だ。あの唐変木の小次郎の奴、変な所で役に立ってくれたわい」

純友が思わず忠平の顔を仰ぐ。まだ、あの娘が必要だ……？　忠平は、茉莉花をどうしようというのか？　忠平の顔を純友が懸命に見つめる。しかし、どこ吹く風と、忠平はあっさり話題を変えた。

「ところで高麗《こうらい》の王建だが……、新羅の国をいよいよ乗っ取るようだな？」

「は……？」

「いや、なに……。力があっても、革命で王位につくのは難しい」

「はい」

「甄萱《しんけん》が……な、良い例ではないか」

「御意」

「中国では、唐《とう》の天下を梁《りょう》が奪った。しかし、その梁《りょう》は既に滅び、また唐《とう》という名の国ができたそうだ。しかも、今度できた唐《とう》も中国を統一する力がないと聞く。中国はまさに、四分五裂のありさまだ。そして渤海が滅びた。韓《から》の国では新羅が滅びようとしている。どの国も歩調を合わせ乱れに乱れている。そうだの？」

「はっ」

「王建が新羅の国を奪えるか？　隣国の大臣としては、関心を持たないわけには行かぬということよ」

黙って聞いていた純友は、やっと忠平の意図が理解できた。そうか……、やはり忠平は朝廷に、鼎《かなえ》の軽重を問おうとしている。彼はこの国でも、易姓革命《えきせいかくめい》が可能だと思っているのか？　冷たいものが純友の背筋を流れ落ちる。

「後百済の後は東丹国か。左大臣も楽ではないな……」

忠平が穏やかに言い捨てて、すっと立ち上がる。純友に声をかけるでもなく、ゆっくりと部屋の中へ消えて行った。気丈に頭を挙げて、純友は忠平の後ろ姿をにらむ。何れ、簒奪《さんだつ》を図るというのか。勝手にしろ！　と吐き捨てる。純友にはそれよりも遥かに、忠平の漏らした別の言葉が気になっていた。わしにはまだあの娘が必要だ……。忠平は茉莉花に、一体何を企んでいるのだろうか？　純友は忠平が消えた闇の向こうをにらみ付け、腕を組んで考え込んだ。

（二十三）

「待たせたようだの……」

座敷を通り、別の居室へ戻った忠平は、平伏した裴璆《はいきゅう》と雅量《まさかず》に一声かけて胡坐《あぐら》をかいた。声は穏やかで、純友に見せた厳しさは消えている。それどころか、彼の顔つきは何処にでもいる好々爺になりきっている。何しろ髪が薄く、やや平べったい顔は印象が乏しい。強いて特徴を挙げれば、眼が細くて小さく、横に広がった鼻が、でんと胡坐をかいていることか。更に言えば、顔に比べて口が大きく、唇が普通よりも薄い方だ。いずれにしても、日本の政治を左右する男には見えない顔付きである。

「暫くですな……、裴璆どの」

「お久しゅうございました」

平伏したまま答えた裴璆が顔を挙げると、にこやかな顔が目の前にあった。

「お変わりは……、ないようですな？」

「はい、お陰さまで」

「それは重畳《ちょうじょう》……」

忠平が機嫌よく二、三度頷き、穏やかな声で水を向ける。

「何か、火急のご用件とか？」

「はい。帝《みかど》のご臨席の前に左大臣のお耳に入れたく……」

「ほう……」

身体を乗り出して説明しようとした裴璆に、忠平が軽く手を上げて遮った。

「当てて見ようか？」

「は？」

「そなたが、わしに言おうとしていることを……だ」

「はい……」

思わず頷いた裴璆に向かって忠平がずばりと決め付けた。

「東丹王から託された密命がある……のですな？」

「えっ！」

「何故、それを？」

ほとんど声を揃えて雅量と裴璆が叫んだ。

「わからいでか……」

忠平の口元が笑った。細い目が微かに光っている。

「茉莉花どの……と申されたか？　渤海国の世子《せいし》の妃とそなたが、一緒に日本国へ参られた。そなたが日本へ来るため、茉莉花どのの父親とかわした取引の結果だとか……。そうだったな、雅量？」

「はい！」

雅量が慌てて平伏する。

「しかし……だ。そう聞けば誰だって首をひねるではないか。利害が対立する者が、仮に助け合ったとしても、そこには当然限界がある。結局、最後は袂《たもと》を分かつことになるはずだ。ところが、二人の間にはその兆しが全くない。袂を分かつどころか、ますます密接に助け合っていると聞く」

細い目を更に細くしながら忠平が言う。言葉つきは穏やかだが、言うことはかなり厳しい。雅量は思わず顔の汗を拭いた。一息置いた忠平は、平然と髭を撫でる裴璆に、再び決めつけるように言いきった。

「まことの敵であれば、一緒に来るはずがなかろうが！」

「はっ」

裴璆が畏まる。それを見た忠平の顔がほころんだ。

「そこで……、わしは東丹国使と渤海国の世子《せいし》の妃が、同じ利害関係に立つとみた。しかし、東丹国と日本国の国交樹立は、彼女の利害には繋がらない。そうだとすれば、東丹国使が来航した本当の目的は、国交を結ぶことではないのではないか？」

「…………」

「それでは……だ、国交締結の蓑に隠れ、東丹国使は何のために来たのか？　国書の裏には、何かが隠されているはずだ。例えば密命のようなものが……な。それこそ、世子の妃と同じ利害に立つものではないか……と。裴璆どの如何？　わしはこのように考えてみたというわけだ」

恐ろしい男だ……と、思わず裴璆は絶句する。ここまで見通したからには、おそらく私の腹の中は読まれているに違いない。しかし、これからが交渉だ。私としても、このまま黙って引っ込むわけには行かないではないか。機先を制された裴璆は、忠平の胸に探りを入れてみることにした。

「恐れ入りました。仰せの通りでございます。されば左大臣には、東丹王の密命の中身も既におわかりでしょうな？」

忠平が声を出さずに笑った。顔の全部が笑顔になる。

「そうよ……の、全く察しがつかぬわけでもないが、それを言えば身も蓋もない。それを話すため、そなたはここへ来たのではないか……。え？」

「如何にも……」

平伏した裴璆は素直に矛を収めた。

「聞こう……か？」

忠平が余裕を持って促す。覚悟を決めた裴璆は白い顎髭に手をやり、忠平の顔を見つめて口を開いた。

「私の使命は日本国と国交を結ぶことであることは間違いありません。されど、貴国には人臣に外交なし……との鉄則があると伺っていますので、おそらく門前払いになるでしょう。東丹国は契丹帝国が建てた国であるからです」

「うむ……」

「しかし、東丹王は今、契丹帝国と戦おうとしています」

「何だと！」

翻って……、と裴璆は畳み込む。

「契丹帝国は日本国へ侵入しようと企んでおります。古人の言う通り、敵の敵は味方でございます。従って、この度は敢えて貴国の鉄則を曲げて頂き、東丹国と国交を開いて頂きたい」

「む……」

「そして出来得れば、些《いささ》かなりとも……」

「援助か……？　何が欲しい？」

「おそらく、援軍を賜ることは叶いますまい。されば、些かの黄金《こがね》なりとも……」

「黄金《こがね》か……。ふん！　読めたわ。東丹王は資金を集め、渤海人の反乱軍と手を組むのか。そなたと茉莉花どのの利害が完全に一致するわけだ」

「ご明察……。しかし、茉莉花どのはこのことを知りません。父親の大宿祢《だいしゅくでい》も知らぬことです。何故なら、私が使命を果たして帰国することを条件に、大宿祢との連携工作が始まるからでございます。ですから……」

「うん？」

「何卒、東丹国と国交を開いて頂きたく……。さすれば、東丹国は周辺国からも独立した国として認められるやもしれません。日本国との国交樹立は、契丹帝国への無言の圧力になります。東丹王は自信を持って大宿祢と手を結び、契丹帝国と戦うことができます。渤海国の復興と東丹国の独立が実現すれば、契丹帝国の日本国侵攻計画は、おそらく画餅《がへい》に帰することになるでしょう」

「我が国の利益にもなるというわけか……」

「如何にも……」

「うむ、面白い話だ。しかし、わしにはどうも腑に落ちぬところがある。東丹王は契丹人ではないか。しかも、今の皇帝の兄だと聞いておる。その東丹王が何故、契丹帝国に謀反しようとするのだろうか？」

「それをご理解頂くためには、まずは東丹国の成り立ちからご説明しなければなりません。ご承知の通り、東丹国は契丹帝国が渤海国を滅ぼして建てた国ですから、国民の大部分は渤海人であります。契丹皇帝耶律阿保機《やりつあぼき》は渤海国を東丹国と改称し、契丹帝国の支配下で存続させようとしました。そのため東丹王には、契丹帝国の皇太子のまま長子の突欲《とつよく》を冊立しましたが、政府の機構を二つに分け、大多数の渤海人と少数の契丹人を別々に治める仕組みを作りました。従って官吏も半数ずつ渤海人と契丹人を任命したわけなのです。東丹国は固有の年号を持ったほぼ独立した国として、一定の税金や産物の貢納を条件に、幅広い自治権を与えられておりました」

「なるほど」

「しかし渤海遠征の帰途、耶律阿保機があっけなく崩御すると、すべてが変わってしまいました。阿保機の皇后述律《じゅつりつ》氏（月里朶《ゲリーダ》）が実権を握り、皇太子の突欲《とつよく》を押しのけ、次男堯骨《ぎょうこつ》を契丹皇帝に即位させ、自らの思うままに政治を左右しました。東丹国についても、渤海国の後身として育成する方針を変更し、その人民と資材を根こそぎ略奪して、契丹本国へ移すことにしたのです。中でも人狩りは強烈でした。何故か？　遊牧民族である契丹には、土地を耕す農民はおろか、職人や商人も絶対的に不足していたからです。帝国を建設し、運営するためには致命的な欠陥でした。それに気がついた月里朶《ゲリーダ》は阿保機の方針を変更し、渤海人を根こそぎ略奪しようとしたのです」

「うむ……」

「しかし、東丹王にとっては堪ったものではありません。皇太子として次ぐべき契丹皇帝の地位を奪われ、挙句の果てに自分が支配する東丹国が食い物にされたわけですからね。契丹の所業は、文字通り親が子を食い殺す行為でした。このまま放っておけば、渤海人はすべて本国へ連れ去られ、東丹国は名前だけの存在になってしまう。東丹王は自分を守るだけではなく、国民である渤海人の為にも立ち上がることを決心しました。大宿祢と手を結ぶことを考えたのもそのためです。しかし、契丹帝国と戦うにしても、単なる内乱として片づけられれば、東丹王の誇りが許しません。彼は対等の立場で契丹皇帝と対決することを望みました。それが、日本国に国交を求める理由です」

「なるほど……」

「ですから……、東丹国と渤海人の反乱軍は完全に利害が一致しております。二つの勢力はまだ戦っておりますが、近い将来手を握ることになるでしょう。従って、日本国が渤海人の反乱軍に手を貸すのも、また東丹国へ手を貸すのも全く同じことなのです。左大臣には、何卒この間の事情をお汲み頂き、帝《みかど》共々、我々の願いを聞き届けて頂きたく……」

「うむ……、しかし難儀じゃのう……。渤海国の旧領は今、渤海人の反乱軍と東丹国、それに契丹帝国の三つの勢力に分かれているが、遠からず二つになるというわけか。渤海人の反乱軍と東丹国が協力して……」

「はい」

「よし！　そなたの言いたいことは大体わかった。なるほど、これは火急のことじゃ。明日、こんなことから話せば纏まるものも纏まるまい。裴璆どのも、実に厄介な使命を帯びて参られたものだ。おそらく余人にはできまいて……」

「恐れ入ります」

「しかし、明日は茉莉花どのが主役になる……。契丹入寇の情報も、渤海国の滅亡のありさまを聞けばますます身近なものになるだろう。帝《みかど》もきっと、力を入れて聞かれるに違いない。茉莉花どのにはこの辺を……な、そなたの口から伝えて頂きたい」

「はっ、わかりました」

長い会見を終えて裴璆はほっと息をついた。忠平もおおよそのことは理解してくれたようだ。それに感触も悪くはない。雅量の労を煩わし事前に忠平に面会した甲斐があった。この面会が実現しなければ、東丹国使としての自分の使命はもちろん、茉莉花の立場も忠平に理解させることはできなかったのではないか。また、これだけ根回しがあれば、明日の会見でも不毛なやり取りが避けられるはずだ。彼は別件を抱えた雅量を後に残し、忠平に別れを告げて小一条第《こいちじょうだい》を後にした。

裴璆を見送った雅量が忠平の居室へ戻ると、考え込んでいた忠平が待ち構えていたように声をかけて来た。

「帰ったか？」

「はい……」

「足取りはどうか？」

「はい、極めて軽いやに……」

「ふん！　ところで雅量」

「はっ」

「契丹は本当に来ると思うか？」

「彼らの説明を聞けば、おそらく……」

「うむ、契丹皇帝と太后はそのつもりのようだ。しかし……だ、渤海国の旧領中でさえ、契丹軍と東丹国、そして渤海反乱軍の三者が、三つ巴になって戦っているのだぞ。そんな、内輪もめする輩《やから》がのう……、良いか、あの荒海の中をだぞ。あの荒海を横切って大軍を送って来られると思うか？」

「なるほど……」

「冷静に、渤海国使が我が国へ到着した場所を考えるがよい。出羽から長門まで、我が国のほぼすべての海岸線に及ぶ。裴璆個人にしても……だ。彼は最初、渤海国使として伯耆国《ほうきのくに》に来着した。次は若狭国《わかさのくに》の松原だったか。そして今回、彼は東丹国使として丹後国《たんごのくに》の大津浜に到着したのだ。彼といえども、同じ場所に到着したわけではない。伯耆国から若狭国まで何千里……、いや、何万里も離れているかもしれない。雅量、わしが何を言いたいかわかるか？」

「は……」

「ということは……だ。たとえ契丹軍が大軍を送ってきても、全軍揃って一ヵ所に着くとは限るまい。四分五裂……、散り散りになる可能性が高い。嵐でも来ればなおさらだ。それでも……だ。軍団を維持し海を渡って攻めて来るか？　どうだ、雅量？」

「…………」

「わからぬか？」

「は……」

「良い！　まあ、良いわ、無理もない……」

忠平があっさり言い捨てた。なおも殊勝に考え込む雅量を見ながら、忠平は欠伸《あくび》をかみ殺して言った。

「明日は早い。去ね！　もう良いから、行くが良い。わしも眠い……」

「はっ」

雅量は忠平を丁寧に拝した後、小一条第《こいちじょうだい》を促々と後にした。忠平は最後に一体、何を言いたかったのだろうか？　契丹軍の来寇の意思は認めるが、軍団を整えて我が国へ上陸する可能性は少ないということか。

しかし、それはあまりにも希望的な観測である。契丹が軍団を整え、我が国へ上陸する可能性も皆無ではない。しかも……だ、忠平が本当に契丹来寇が不可能だと言うなら、裴璆や茉莉花に会う必要はないはずだ。それにもかかわらず、彼らを謁見する意図は何か？　忠平は一体、裴璆や茉莉花をどうするつもりだろうか？　わからない！　私にはどうしてもわからない。考え込む雅量の瞼に、何故か茉莉花の笑顔が浮かぶ。もしかして……？　そこまで考え、雅量は慌てて頭を強く振った。

（二十四）

涸池《かれいけ》に今夜も桜が散っている。花びらが音もなく茉莉花と小次郎に降りかかる。月の光が煌々と注ぎ、涸池の岩を浮島のように浮き立たせていた。昨夜菅帥《かんのそち》があの岩の上で、帝《みかど》をしきりに呪っていた。茉莉花の目に凄まじい祖父の姿がよみがえる。あの時、祖父は私に何を言いたかったのか？

茉莉花の耳に、大宿祢《だいしゅくでい》の声が聞こえるような気がする。私はお前のお祖父さまが嫌いだった。尊敬していたが好きではない……。吐号浦《とごうほ》の酒楼で茉莉花が聞いた言葉だ。遣唐使の廃止後、異国の情報が途絶えることを怖れた祖父は、まだ幼い父を死んだと偽り、秘かに厳しく鍛え上げて出国させた。

父の憮然とした声が聞こえる。お祖父さまは恐ろしい方だ。私の墓を作り、哀悼の詩まで詠んでくれた……。父は苦そうに酒を飲みながら、目的のためには我が子を犠牲にして顧みない祖父の無情な仕打ちを嘆いていた。その時の淋しそうな父の顔を、今でも茉莉花は忘れることができない。

お祖父さまはね、おとなしく成仏される方ではない。多分……、あの方の霊魂は今もこの世に残っているのではないか？　もしかしたら、私がお前を日本へ送ることをご存じかもしれない。考えてみれば妙な因縁だ。お祖父さまが私を異国へ送り出し、今度は逆に、私がお前を日本国へ送り込もうとしている。考えてみれば、私はお祖父さまの掌《てのひら》の中で踊らさているかもしれない……と。

果たしてそうなら、私も祖父に見えない糸で操られている可能性もある。祖父は私を、父の代わりに呼び戻したのではないか？　だから……、祖父は私を嵯峨野で待ち構え、昨夜は私におどろおどろしい姿を見せつけたのだ。

しかし、私はもう怖くない！　と、茉莉花は心の中で強く反駁する。何があろうと怖れるものか。私の側には小次郎がいるのだ。彼が私を怨霊から守ってくれるだろう。彼女は小次郎に身体を寄せながら、大きな温かい手をしっかりと握りしめた。

昨夜……、二人は何度愛を確かめ合っただろうか？　今朝まで熱く愛し合っただけではない。寝物語で小次郎は坂東の領地を弟に任せ、渤海国へ行くと約束してくれた。茉莉花が語った渤海人の悲惨な状況と、契丹皇帝が渤海王に加えた残酷な仕打ちが、彼の義侠《ぎきょう》心を激しく掻き立てたのではないか？

茉莉花は思う。小次郎が大宿祢に力を貸せば、鬼に金棒だ。契丹人を祖国から追い出し、渤海国を再建することもさして困難ではないかもしれない。それにはまず、明日を乗り切ることが大切だ。私も明日の会見で、父から託された使命を確実に果たさなければならない。

ねぇ、小次郎さま……と、茉莉花は切り出した。

「明日、いよいよ帝《みかど》にお目にかかれますのね」

「ああ、やっとここまで来た。でも、それまでが大変だったね」

小次郎が短く答えて彼女の苦労をねぎらう。短くても心が温まる言葉だ。茉莉花は小次郎の手を改めて強く握った。

「それもあなたのお陰よ。私がここまで辿り着けたのも……。でもね、私不安なの。不安で仕方ないのよ」

「どうして？」

「明日、私は父の名代として帝《みかど》や忠平公にお目にかかる。そして、契丹来寇の情報をお伝えし、渤海反乱軍への援助をお願いするわ。そのとき、私はどうしても渤海国滅亡の顚末を語らなければならない。契丹軍の強さと残忍さを……、そして渤海人が受けた苦痛と屈辱を！　でもね、不安なのよ。幾ら私がそれを懸命に話したとしても、帝《みかど》や忠平公にどの程度理解していただけるかしら？」

「…………」

「だって、そうでしょ？　この国はあまりに平和だもの。異国に侵略されたこともなければ、大した内乱もなかったようね。そのため、都は丸裸……。城壁も無ければ、都を守る兵士の数も驚くほど少ないわ。それでも皆安心しきっている。こんな国があるなんて、私は想像もできなかった」

「うむ……」

「平和を当たり前に思う人々に、戦争の残酷さがわかるはずがないわ！　まして、征服された人々の悲しみや惨めさが……。しかし、私は理解させなければならない。でも、どうやって？一体どのように話せば、帝《みかど》や忠平公がわかってくださるか？　その方法がわからないのよ。でもね、私は渤海人の使節なの。どうしても小一条第へ行かなければならないわ。私の不安……、わかるでしょう？」

「ああ、よくわかる……。あなたの言う通りかもしれない。この国の人々は皆、平和呆けしているのさ。しかしね、だからこそあなたの話が貴重なのだ。契丹人に侵略されるとどんな目に遭うか？　それを理解させるためにも、被害者である渤海人の口から契丹軍の残虐行為を話す必要がある。そのときあなたは、渤海王が契丹皇帝から受けた残酷な仕打ちを重点的に語りなさい。そうすれば、少なくとも帝《みかど》は耳を傾けるはずだ。勿論、忠平公も放っては置けない。帝《みかど》を守るため、動かざるを得なくなるだろう。あなた方の要請も真剣に聞くのではないか？」

なるほど……、と茉莉花は思った。渤海王の受難は、帝《みかど》にとって他人事ではない。明日にも我が身に降りかかるかもしれないのだ。帝《みかど》は私の話を等閑《なおざり》にできないのではないか？　小次郎が更に続ける。

「それに、あなたは契丹来寇の情報を持ってきた。この国の存亡にかかわる大変な情報をね。勿論、左大臣としても一存で処理できる問題ではない。どうしても帝《みかど》のご叡慮を仰ぐ必要がある。帝《みかど》のご臨席が実現したのはそのためではないか？　そうでもなければ、東丹国使はともかく、あなたが帝《みかど》にお目見えできるはずがない。あなたの情報には価値があるのだ。だからね、茉莉花どの。お二方は熱心に耳を傾けるはずだよ。あなたの心配は、全く杞憂に過ぎないと思う」

そうかもしれない……と、茉莉花の顔に赤みがさした。確かに、契丹来寇はこの国の一大事である。それに、渤海滅亡の事情を知り、現実に契丹軍と戦った者は私の外にはいないのだ。私の情報には価値がある！　茉莉花の身体に、新しい力が湧いて来る。小次郎に感謝しながら彼女は元気よく言った。

「ありがとう、小次郎さま。あなたのおっしゃる通りだわ。私……、何時の間にか弱気になっていたのですね」

「そのようだね。でも、考え過ぎることはない。茉莉花どの。明日は堂々と、小一条第へ乗り込みなさい。契丹来寇の情報を正確に伝え、あなたが見たこと、聞いたこと……、それをそのまま話せば良い。技巧を弄することはないですよ」

「そうね、よく分かった。私、もう迷わないわ」

茉莉花は気丈に言い切り、小次郎も頼もしそうに見上げた。豪放磊落に見える小次郎が、緻密な考え方をすることにも驚いたが、何より自分の身になって考え、励ましてくれるのが嬉しかった。わだかまりが取れた茉莉花が、小次郎の腕の中へ身を任せようとした時である。突然、嘲るような笑い声が起こった。

誰だ！　思わず身体を震わせ、茉莉花が小次郎の胸にすがりつく。泗池の岩の上に、黒い姿がゆっくりと現れた。背後から月光を浴び、男が左右に大きく頭を振った。腰まで垂れた長い髪が音を立ててひるがえる。菅帥《かんのそち》か……？　小次郎の腕の中で茉莉花の身体が硬くなる。岩の上に坐り込んだ黒い影が長い足を前へ突き出し、二人に向かって聞き慣れた声で叫んだ。

「甘いぞ！　小次郎……」

小次郎が思わず歯を食いしばる。茉莉花を抱く手に力を込め、彼は吠えるように叫び返した。

「何だと！　鬼藤太……。一体、俺の何処が甘いというのだ？」

月を背中に純友が笑う。

「ははは……。お主、わかっていないようだ。明日、帝《みかど》がお出ましになる意図が……」

「何だと！」

「考えてもみろ！　契丹来寇が如何に国家存亡の重要な情報とは言え、まだ真偽はわからぬとするのが朝廷の立場だ。信憑性を確かめるのが順序ではないか。そうだとすれば帝《みかど》がお出ましになる必要はない。左大臣に任せれば済む……」

「…………」

「それにお主、先帝のご遺戒《いかい》を何と心得る？　それを破ってまで、帝《みかど》はお出ましになろうというのだ。そこには何か、特別な意図があるのではないか？　え、小次郎！　お主はそれを深く考えたのか？」

「む！」

純友の言う先帝のご遺戒とは、宇多上皇が醍醐天皇に譲位した時に与えた戒《いましめ》のことである。外《がい》蕃《ばん》の人、必ずしも召し見るべきものは簾中《れんちゅう》にありて見よ……、との条項だ。要は外交に当たり、帝《みかど》は軽々しく外国人に会ってはならない。事務方に折衝を任せ表面には出るなという戒めで、以来、帝《みかど》は直接謁見されることは勿論、簾中《れんちゅう》にても、外国人と会われることはなかったのである。

小次郎が言葉に詰まり、腕を組んで考え込んだ時、茉莉花が彼の傍から立ち上がり、二人の話に割り込んだ。

「おっしゃる通りですわ……。私にも帝《みかど》の叡慮はわかりません。でも、鬼藤太さまはご存じですよね？　どうか教えてくださいませ」

茉莉花に正面から頼まれた純友は思わず苦笑を洩らす。彼はゆっくり岩の上に坐り直して言った。

「ふふふ……。素直に出られましたね。よろしい、教えて差し上げよう。帝《みかど》が明日小一条《こいちじょう》第《だい》へお出ましになる目的は何か？　それは、契丹情報の真否を糺すことでもなければ、渤海滅亡の事情を聞くためでもない。私が思うには……ね、茉莉花どのが持つ情報や知識ではなく、茉莉花どのという人……、つまり茉莉花どのそのものに関心を持たれているからではないだろうか？」

「何だと！」

思わず身体を乗り出す小次郎に、純友が鋭い視線を投げ下ろす。

「落ち着け、小次郎！　そうだとしか考えられないのだ。裴璆どのはともかく、国使でもない茉莉花どのまで謁見されるのは、おそらく帝《みかど》や忠平公が、茉莉花どのに特別な関心を持たれているからに違いない」

「特別な関心……？　何だ、それは？」

「それはわからぬ」

「わからぬ……だと？」

「当たり前だ！　そこまでわかるはずがない。しかし、中身はわからぬが、何故お二人が関心を持たれるのかはわかる」

「ふむ……、それでは改めて聞く。関心を待たれる理由は何だ？」

急き込む小次郎を軽く往《い》なし、純友がゆっくりと答える。

「おそらく……、茉莉花どのが菅帥《かんのそち》の孫娘だからではないか？」

「む……、それで？」

小次郎の顔が不安にゆがむ。

「今、都では菅帥《かんのそち》が暴れまわっている。天変地異を引き起こし、多くの人々を殺してきた。それに……だ、咳病が猛威を振るっている。都ではそれが、専ら菅帥《かんのそち》が引き起こしたものだと考えられている。咳病のため、何万人、何十万人が死んだ。それだけではない。皇太子が今、咳病で苦しんでいるではないか。お二人が茉莉花どのを謁見されるのは、契丹来寇の情報だけが目的ではない。帝《みかど》の謁見の目的に限れば、むしろ茉莉花どのに会うことに比重が高いのではないか？」

「なるほど……、その通りかもしれぬ。鬼藤太、それでお二人は茉莉花どのをどうするつもりなのか？」

だから……、と純友は声を荒らげた。

「それはわからぬ、と言っておる。お二人の意図が同じかどうか……、それも含めて、俺にもわからぬ」

「何だと？　お二人は一枚岩ではなかったのか？」

「当たり前だ！　そんなこともわからないのか？　だから、お前は甘いのよ」

「余計なお世話だ」

「しかしな、小次郎。菅帥《かんのそち》が絡むとすれば剣呑な話だ。少なくとも良いことではない。そこで……だ、茉莉花どの。あなたも是非真剣に考えて頂きたい。明日の謁見だが……、辞退することができないだろうか？」

「え……？」

驚いた茉莉花が純友を見つめる。純友が真剣な口調で続ける。

「良いですか、茉莉花どの。私にも正確なことはわからない。しかし、私の勘だ！　私の永年鍛えた勘によれば何かが臭って仕方ない。明日の謁見には必ず裏がある。と、いうのは……ですね」

「はい」

「良いか、小次郎もよく聞け！　私はつい先刻《さつき》まで忠平公と会っていた。おっと、何を話していたかは聞くな。私の言うことだけ考えろ。その忠平公が……だ、茉莉花どののことを、あの娘はわしにはまだ必要だ……、と言った」

「何だと！」

小次郎が驚いて叫んだ。純友は小次郎を見つめ返して繰り返す。

「良いか、まだ必要だ……、と言ったのだ。ということは、何れ必要でなくなるという意味かもしれない。そう考えるのが妥当だろう。おそらく、彼は茉莉花どのに何か企んでいるはずだが、確かめる時間はない。だから……ですね、茉莉花どの。病気でも何でもよい。都合の良い口実を作り、小一条第《こいちじょうだい》へ行くのは止めた方が良い。私はそれを申し上げるために、今夜ここまで出向いて来たのだ」

茉莉花が大きく頷いた。純友の話を信じたのだ。果たして彼女は何と答えるだろうか？　小次郎が秘かに固唾をのんで見守る。

「ありがとうございます、心配して頂いて……。でもね、鬼藤太さま、私は帝《みかど》や忠平公にお目にかからなければなりません。お二方に拝謁し、契丹来寇の情報を伝え、渤海反乱軍の立場を理解して頂き、なにがしかの援助をお願いしなければならないのです。ですから、私はどうしても小《こ》一条第《いちじょうだい》へ行かなければなりません」

「…………」

「渤海国の人々は、今でも……、ええ、今、この瞬間も、契丹人と血みどろになって戦っております。私はこれでも、大宿祢《だいしゅくでい》の娘です。たとえ、どんな危険が待ち受けているにせよ、我が身の安全を考え、怯むわけには参りません。使命を果たすために役立つ限り、私は小一条第《こいちじょうだい》へ参ります」

茉莉花が迷うことなく言い切った。純友が未練がましく訴える。

「なるほど、よくわかります。しかし、忠平公は底の知れない方だ。小一条第《こいちじょうだい》へ参上すれば、命がなくなるかもしれない」

「はい。承知しております。でも、それが私の任務ですから……」

「そうですか、それでは仕方ない」

「申し訳ございません」

茉莉花が頭を軽く下げた。それを見て純友がにっこりと笑った。

「いや、私の方こそ余計なことを申し上げたようだ。しかし、あなたにしてみれば、当然かもしれないですね。うむ、気に入った！　私はますますあなたを好きになりそうだ。ところで、小次郎……」

「何だ？」

「明日、小一条第《こいちじょうだい》の警備の指揮は私が取る。できるだけのことはしよう。しかし、そこには自ずから限度がある。おぬしは茉莉花どのの傍に付き添うのだ。どんな些細なことでも、見逃すなよ」

「勿論だ。お主に言われるまでもない」

良し……と頷きながら、純友は茉莉花に向かって優しく言った。

「それでは明日、小一条第《こいちじょうだい》でお目にかかりましょう。私の杞憂かもしれないが、くれぐれも気をつけられよ」

風と共に純友の声が消えて行く。茉莉花と小次郎が再び岩を見上げたとき、既に人影は消えていた。

同じ頃……。大内裏《だいだいり》の朝堂院《ちょうどういん》の西、豊楽院《ぶらくいん》の一室で、でっぷり太った僧侶が一心不乱に祈禱していた。香の匂いが馥郁《ふくいく》と香り、僧の念誦《ねんじゅ》が怨念を込めて力強く風に乗って行く。僧の名は、天台座手の尊意《そんい》……。そして、彼の誦《とな》える経文は、怨霊調伏に霊験あらたかな金剛般若経の行《くだり》であった。

（二十五）

御簾《みす》の中に帝《みかど》が本当におわしますだろうか？　小一条第《こいちじょうだい》の大広間で裴璆の陳述が始まると、茉莉花はやっと落ち着きを取り戻した。さりげなく御簾の方へ眼をやり、広間の配置を目配りする。御簾の左に雅量を従えた忠平が坐り、右にはきらびやかな袈裟を纏った尊意が控えている。今日は勿論非公式の接見である。より正確に表現すれば、公式には在り得ない幻の会見というべきか。

しかし……、と茉莉花は首をひねる。それにしては警護が厳しい。広間の中から廊下の外まで、忠平の家人が物々しく詰めていた。純友が指図しているようだが、家人の中には刀剣のほか弓矢を背負う者までいる。帝《みかど》のご臨席を仰いでいるとはいえ、ここは今を煌《きらめ》く左大臣忠平の邸の小一《こいち》条第《じょうだい》の中なのだ。不測の事態が起こる可能性はあり得ない。

しかも、相手は裴璆と茉莉花の二人だけだ。なるほど、確かに茉莉花は都の闇を支配する菅帥《かんのそち》の孫娘だが、だからと言って彼女が霊力を持つわけでもない。それなのに……、と茉莉花は思う。忠平は何故こんなに厳しい警戒を布くのだろうか？　漠然とした不安を感じた茉莉花は居心地の悪さに苛立っていた。

だけど……、と茉莉花は改めて心を奮い立たせる。私は自ら望んでここへ来た。たとえどんな目に遭わされても、自分の使命を粛々と果たすまではないか。私の傍には小次郎がいる。彼が私を必ず守ってくれるだろう。

裴璆の説明が続く。重々しい雰囲気の中でも、裴璆は渤海国が滅亡した過程と、その権益を正当に承継した東丹国の使節として国交を開くべく来日した経緯を、理路整然と説明して行く。いかにも百戦錬磨の外交官らしく要領よく事実だけを簡単に述べる。立場上、渤海征服の際の状況や契丹来寇の情報には一言も触れない。茉莉花の口から直接説明させるつもりなのだ。

意外なことに、忠平は裴璆の説明に一言も口を挟まない。時々、申し訳程度に頷くだけだ。雅量を通じて提出された国書を熟読しているにせよ、あまりにも不自然ではないか。おそらく……、と茉莉花は疑う。裴璆は予め忠平と密会し、国使として来航した背景と目的を既に説明しているのではないか？

裴璆の説明が終わると、待ち構えていたように忠平が口を開いた。茉莉花に向かって、渤海王が降伏した時の状況を詳しく語るよう求めたのである。茉莉花の身体が微かに震える。遂に、私の出番がやってきた。私は契丹人の残虐な侵略行為をこの国の施政者に詳細に伝えなければならない。特に、契丹皇帝と皇后が渤海王夫妻に加えた残酷な仕打ちを、帝《みかど》の胸にしっかり刻み付ける必要がある。茉莉花は高まる想いを懸命に押さえ、覚悟を決めて御簾《みす》の中をにらんだ。

期せずしてあの時の悲劇が甦る。渤海国の王族として契丹皇帝の前へ引きずり出された、あの時の光景がまざまざと甦ってくるのだ。茉莉花は御簾《みす》の中をじっと見つめ、落ち着いた声で語りはじめた。


今から四年前……、この国の暦で申し上げますと、延長四年の正月十二日のことでございます。渤海国の都の忽汗城《こつかんじょう》は契丹軍の激しい攻撃を受けて落城し、国を挙げて降伏致しました。それを受けて二日後の十四日、皇帝耶律阿保機《やりつあぼき》以下十万の契丹軍が宮城前の広場に意気揚々と乗り込んできたのでございます。私は今でもあの時の情景を忘れることはできません。黒い甲冑で身を固めた契丹軍の兵士たちが、頭頂部を剃り上げた辮髪《べんぱつ》を風になびかせながら、凍てついた大地に足を叩きつけて行進する姿は、悪魔の軍団にふさわしく実《まこと》に力強いものでございました。

軍団が皇帝の背後に整列し終わると、時を置くことなく宮城の門が開かれ、素服の渤海王を先頭に王族たちが契丹皇帝の床几の前に引き立てられました。契丹兵の凄まじい歓声と罵声を浴びながら、まるで家畜の群れのように追われたのでございます。私はその時の屈辱を一生忘れることはできません。

その時、渤海王は誠に異様な格好をしておられました。片袖を脱いで上半身を晒した格好で、後ろ手に縛り上げられていたのです。それだけではございません。背中に長い杖を負わされ、手首を縛られた左手の指で羊を一頭牽いておられました。ええ、これが肉袒面縛《にくたんめんばく》して牽羊《けんよう》する、古来亡国の君主に強いられる古式でございました。渤海王を先頭に、我々王族貴族たちは契丹軍の嘲笑を浴びながら、皇帝が坐る床几までの長い道のりを、延々と歩き続けたのでございます。

ここまで述べたとき、御簾の中から声が漏れた。御簾が微かに揺れている。もしかすると、渤海王の悲惨な姿にご自身を重ねられたのか？　私の言葉が少しは帝《みかど》の胸に届いたかもしれない。気をよくした茉莉花が声を励まして続ける。

渤海王が受けた屈辱はそれだけではございません。土下座した渤海王に契丹皇帝が居丈高《いたけだか》に叫びました。大諲譔《だいいんせん》！　命だけは助けてやる。しかし、忘れるな。今、この瞬間から汝は朕の下僕だ。良いかしっかり肝に銘じておけ！……と。

許されないのはその後です。契丹皇后が刑具の杖で渤海王の頭を叩きながら居丈高に申しました。私がお前たちに下僕にふさわしい名を付けてやる。大諲譔《だいいんせん》、お前はこれから烏魯古《うろこ》と名乗れ！　それから女！　そこの女、お前は阿里只《ありし》と名乗るのだ……と。悔しいではございませんか、烏魯古は皇帝の、そして阿里只は皇后の馬の名でございました。いやしくも渤海王ともあろう方から神聖な諱《いみな》を奪い、馬の名を付けて貶めたばかりか、王妃さまを「女」呼ばわりしたのでございます。それだけではありません。お二人の首に首枷のような名札をかけ、契丹軍の兵士どもに、烏魯古！　烏魯古！　阿里只！　阿里只！と、大声で連呼させたのでございます。

亡国の君主の宿命だとはいえ、あまりにも惨《むご》い仕打ちでした。ええ、私たちは泣きました。声を限りに泣きましたとも……。私ども渤海人は胸をかきむしり、凍てついた大地に顔を打ち付け、泣き伏したのでございます。

御簾の中が再び揺れた。忠平は黙然と腕を組んで考え込んでいる。手ごたえを感じた茉莉花は、一息ついてなおも語った。

悲劇は渤海王にとどまりませんでした。人民はそれにも増した苦痛を受けることになったのです。渤海王の降伏後、忽汗城内に進駐した契丹皇帝が、配下の兵士に三日間の略奪を許したからでございます。

喜んだ契丹兵は鬼畜の本性を現しました。我が物顔で民家へ押し入り、あらゆるものを略奪しました。男と見れば斬り殺し、女と見れば見境なく、その場に押さえつけて犯したのでございます。それだけではございません、彼らは幼い子供を捕らえて無造作に空中に放り上げ、落ちてくるところを槍で串刺しにして楽しんだのでございます。まるで、地獄絵のような出来事が三日の間延々と続きました。狼藉が続いた三日間……、その僅か三日間を如何に長く感じたか、どうかお察しくださいませ……。

ここまで話すと、茉莉花は悔しさが募り震える唇を止めることができなくなった。しかし、まだ話すことが残っている。彼女は気力を振り絞って続けた。

私たちが忽汗城から脱出し、各地で遊撃戦を展開していた時のことです。風の便りに渤海王の悲報を知りました。大諲譔《だいいんせん》さまは契丹の都から更に北方の荒れ地に流され、契丹兵の監視の下、自ら鍬を取って耕されたそうです。辺鄙《へんぴ》な荒れ地に穀物が十分実るはずがございません。おそらく飢えが原因ではなかったでしょうか？　幾ばくもなく身罷《みまか》られたそうでございます。監視していた兵士が役人に報告すると、数人の将校がやってきて、渤海王の遺骸を木槍で串刺しにして甍去を確認したと言われております。事実とすれば、あまりにもいたわしいことではございませんか？

茉莉花は顔を伏せて涙をこらえた。しかし、これで私は言うべきことは言い切った。渤海王夫妻が受けた残酷な仕打ちは、おそらく帝《みかど》や左大臣の心の中に深く刻まれたのではなかろうか？そうだとすれば、役目の一端は果たせたかもしれない。帝や忠平も渤海国の轍を踏まないよう、契丹侵略の対策を真剣に検討するに違いない。うまくいけば、渤海人との連携を視野に入れ、渤海反乱軍を援助する可能性もあるのではないか。気丈に顔をあげた茉莉花は、いよいよ話を締めくくることにした。

これで一通り、渤海国滅亡の一部始終を申し上げました。最後に一言お断りしておきますが、私が今述べさせて頂いたことは、すべて私自身が目撃し、聞き、かつ体験した事実ばかりでございます。この中に、幾分なりとも参考になることがございましたら実《まこと》に幸せに存じます。契丹人が非道かつ残虐であること、今私が申し上げた通りでございます。私たち渤海人は彼らを相手に、今もなお懸命に戦っております。長々と要領のないことを申し上げ、まことにご無礼仕りました。どうかお許しくださいませ。

（二十六）

茉莉花が語り終えると静まり返っていた広間が一斉にざわついた。衝撃的な話に引き込まれていた人々がやっと一息入れることができたのだ。中でも特に熱心に耳を傾けられ、最も強く危機感を抱かれたのが帝《みかど》だった。おそらく、渤海王の受けた仕打ちを自分の身に重ねて聞き取られたのではないか。

君主が国を失うとかくも悲惨な目に遭うものか？　帝《みかど》は心の中で自問する。いやしくも王として推戴された者が、神聖であるべき諱《いみな》を奪われて良いものか！　あまつさえ馬の名を付けるなど、およそ許されることではない。渤海王は死後も遺骸を凌辱され、槍で串刺しにされたというではないか。おそろしいことを……、と帝は震えた。もしもこの国が契丹人に征服されれば、私もまた肉袒面縛《にくたんめんばく》して牽羊《けんよう》し、穏子《やすこ》と共に契丹皇帝の前に引き出されるかもしれないのだ。

心を閉じ自問を繰り返す帝《みかど》を忠平の声が呼び起こす。如何にも好々爺然として、忠平が茉莉花をねぎらったのである。

「茉莉花どの、ご苦労だった。あなたの説明のお陰で、海東の盛国と謳《うた》われた渤海国が、いかに悲惨な末路を遂げたか手に取るようにわかった。契丹帝国の侵略行為は聞きしに勝る凄まじいものだ。我が国も渤海国の轍を踏むことなく、万全な対策を早急に立てる必要がある。それにしても恐るべきは契丹皇帝……、よくもあんな残酷なことを平気でできるものだ。まさに悪魔の所業ではないか。おそらく、天罰が下るだろう。多分彼は寿命を全うすることができないのではないだろうか？」

「仰せの通りでございます。渤海国滅亡の僅か半年後、契丹皇帝耶律阿保機は本国に辿り着くことなく崩御しました。今は次子尭骨《ぎょうこつ》が、皇太后の後見の下二代皇帝に即位しております」

「さもあろう。彼は当然の報いを受けたにすぎぬ。ところで茉莉花どの、あなたの陳述書によれば……だな、その獰猛な契丹人共が、今度は我が国を狙っているとか？　事実とすれば容易ならぬ話だ。そこで率直に問う。それは真実《まこと》の話か？　もちろん、確かな根拠がある情報だろうな？」

忠平の細い目が鋭く光る。茉莉花は臆せず見つめ返した。いよいよ私の正念場が来た……。膝を前へにじり出し、茉莉花はしっかりした口調で答えた。

「はい、契丹帝国は究極的には中国を滅ぼし、世界帝国を建設しようと考えております。しかしそれを実現するためには、更に国力を充実させなければなりません。もともと遊牧民族である彼らは少数精鋭を好み、富を蓄積する習慣もなかったのです。取るに足らない少数民族が、唐《とう》の滅亡と同時に急速に勃興して国家を建設できたのは、中国の混乱に乗じて大量の中国人を吸収し、牧畜のほか農業を生産基盤にしたほか、優秀な人材を登用して官僚体制を整えることができたからでございます」

「なるほど……」

「しかし、世界帝国の建設という彼らの野望を達成するには、まだまだ十分とは言えません。国家の基盤を為す人民の数も少なければ、富の蓄積も足りません。そこでまず渤海国を滅ぼし、大勢の人民を略奪しました。契丹本土へ送られた渤海人の数は、我々の試算によれば四十万人を超えると考えております。そして今度は豊富な富に狙いを付け、日本国を侵略しようとしているのでございます」

「なに、我が国の富……とな？」

「はい、日本国は黄金の国でございます。少なくとも、大陸ではそのように噂されております」

「うむ、砂金か……」

「黄金は少量で価値があるため、輸送に手間がかからず略奪するには最も適しております。彼らが地続きの高麗ではなくこの国に目を付けたのは、黄金が豊富に産出されるからでございましょう」

「根拠はあるのか？」

「私の父大宿祢《だいしゅくでい》が契丹軍に抑留された時、契丹皇后……、今の太后の口から直接その旨を聞き及んでおります。父は契丹侵略の際、渤海人を率いて果敢に戦いました。何度か手痛い打撃を与えたと聞いております。それを契丹皇后が承知しており、父を将軍の一人に起用しようと致しました」

「なるほど……」

「ご存じかもしれませんが、父大宿祢は日本人でございます。日本侵略に当たり、先導させるつもりだったようです。契丹皇后が父に、日本侵略の情報を隠すことなく伝えたのもそのためではないでしょうか。なお、日本侵略の方針が今もなお維持されているか否か……、それについては、ここにおられる裴璆さまがよくご存じでございましょう」

うむ……、と頷いた忠平は別に裴璆に確かめようともしない。最初から茉莉花の話を疑っていなかったのかもしれない。しかし、そんなことはどうでも良い。自分の言いたいことはこれからなのだ。構わず茉莉花は続けた。

「されば、日本国は渤海国の轍を踏んではなりません。渤海王の悲劇を、この国で繰り返してはならないのでございます。それではこれより、渤海人の統領大宿祢《だいしゅくでい》の口上を申し上げます」

「待て！」

尊意《そんい》が厳しい声で遮る。

「誰の許しを得て勝手なことを申すか？　控えろ！」

「良い！」

忠平が尊意《そんい》を厳しく制し、穏やかな声で茉莉花を促す。

「この国の大事にかかわることだ。構わぬ！　続けて頂こうか……」

茉莉花は軽く忠平に一礼し、御簾へ向き直ってはっきりと言った。

「契丹人の武力を侮ることはできません。日本国は一刻も早く、契丹入寇の備えを固めることが肝要かと存じます。例えば都の防備でございます。渤海国の都の忽汗城《こつかんじょう》は、周囲に空堀が深く掘られ、空堀の中は三重の城壁で囲まれておりました。その中でも国王の住む宮城《きゅうじょう》の城壁は、高さ五丈（約十五メートル）の玄武岩で築かれており、まさに難攻不落の城壁だったのでございます」

「うむ……」

「しかし、それでも十分ではなかったのです。その高い城壁に雲梯《うんてい》という長い梯子をたてかけ、契丹兵は易々とよじ登って来たのでございます。忽汗城は契丹軍の攻撃を、僅か三日しか支えることができませんでした。案ずるに日本国の都は、それよりも更に防御を強化することが必要か……と」

「よくわかった。心得ておこう。確かに、我が国の都の防御はいかにも薄い。契丹の攻撃を防ぐことは、並大抵のことではできないようだ。しかし、帝《みかど》を何としてもお守りしなければならない。衆知を集めて、至急対策を取ることにしたい。それからのう、茉莉花どの。もう一つ、あなたの意見を伺いたい。我が国の海岸線は広い。契丹軍は一体どこに上陸するだろうか？　我が国の防衛線を何処に巡らせばよいものか？」

「さて、確かなことはわかりかねますが、父大宿祢《だいしゅくでい》の推測を申し上げましょう。契丹軍は日本国の都と最短距離の湊を選ぶはずです。されば加賀から但馬の間……、広めに考えても北陸路一帯を警戒すれば十分か……と」

「なるほど」

「但し……」

「む？」

「冬の季節風に乗って、契丹の軍船が間違いなく北陸路に着くためには、渤海国沿岸の唯一の不凍港である吐号浦《とごうほ》（現在の北青《ほくせい》近辺の湊）から出航しなければなりません。その他に適当な港はないはずです」

茉莉花はここで一旦区切り、力を込めて更に続けた。

「そして現在……、この吐号浦を支配している者こそ、渤海反乱軍の統領である大宿祢《だいしゅくでい》なのでございます。従って、彼が吐号浦を支配し続ける限り……、つまり、渤海反乱軍が契丹軍と戦い

らせられても、多分、ご同様ではなかったか。それにしても茉莉花どの、今日は種々有益な話を伺った。いや、ご苦労であったのう。私からもほれ、この通り……、厚くお礼を申し上げる」

あの左大臣の忠平が、両手を律義について茉莉花を拝したのである。茉莉花も慌てて答礼して言った。

「有難うございます。渤海のこと、何分にもよろしくお願い致します」

「うむ……。ほかに、何か付け加えることはあるか？」

「敢えて申し上げれば、亡国の君主を作ってはならない、ということでございましょうか？縷々《るる》申し上げました通り、契丹人は礼を弁えない蛮人です。彼らの侵略を許し、渤海王の悲劇を再現させてはなりません。現在の私たちの戦いも、諲譔《いんせん》王の恥を注ぐことこそが目的だと言っても良いでしょう」

「…………」

「君主の恩は普《あまね》くして重いものだと申します。父大宿祢《だいしゅくでい》は、祖父道真から分け与えられた恩賜の墨を、異国の地で毎日拝し奉っておりました。君恩を忘れることはできないと、常に申しておりました。聞くところによりますと、祖父道真も大宰府で恩賜の衣の遺香を聞くのを日課と致したとか……。異国にはおりますが、君主の恩はありがたく重いものだと心得ております。重ねて申し上げます。渤海王の悲劇を繰り返してはなりません。私の申し上げたいのはそれだけでございます」

茉莉花の言葉に御簾が揺れた。それを見届けた茉莉花は微かに安堵のため息を漏らした。おそらく、帝《みかど》は私の本意を理解してくださったのではないか。もしもそうなら、私もこれで父から託された任務を果たすことができたのかもしれない。

しかし、茉莉花は知らなかった。彼女をじっと見つめる忠平の目に、いつの間にか冷酷な影が浮かんでいたことを。

（二十七）

御簾《みす》の中から微かに声が聞こえて来た。膝行《しっこう》して御簾に近づいた忠平が帝《みかど》と声をかわしている。帝《みかど》は果たして、何とおっしゃっているのだろうか？　茉莉花の熱い視線を受け、忠平がもっともらしく何度か頷く。彼は邪気のない笑顔を満面に浮かべ、部屋中に聞こえるように大声を張り上げた。

「お上も、殊のほかにお喜びである。御簾を上げよ！」

慌てて一同が平伏する。御簾の上がる気配がして、忠平が茉莉花に向かって厳かに言った。

「茉莉花どの、帝《みかど》が盃をくださると申されておる」

盃を……？　意外な言葉に茉莉花は驚く。お言葉があることは予想していたが、盃を賜ることなど考えてもいなかったからだ。しかし、帝《みかど》の意向に背くことはできない。茉莉花は緊張しながら膝行し改めて平伏した。それを待ち構えていたように、静かな声が聞こえた。

「面を上げよ！」

「はい」

茉莉花が恐る恐る顔を上げると、初老の男の物憂げな顔があった。何か思い悩んでいるのか、年相応な落ち着きがない。切れ長の目も虚ろな感じが漂う。違和感を確かめる暇もなく、意外にも凛とした声が聞こえて来た。

「茉莉花とやら大儀であった。盃を取らせる」

「お言葉である。お側へ……」

忠平の声に押され茉莉花が更に膝行し、再びゆっくりと顔をあげた。おやっ！　帝《みかど》が微かに驚く。美しい娘だ。まだあどけなさを残している……。それに、実に綺麗な目をしているではないか。これが本当に怨霊の手先だろうか？　あの、耳にするのも忌まわしい菅帥《かんのそち》の孫娘だというのか？　私を呪い、疫病をもたらし、今もなお東宮《とうぐう》を取り殺そうとしている元凶なのだろうか？

確かに……、と帝《みかど》は心の中で頷く。彼女が私を脅したのは間違いない。彼女の話が私を恐怖の坩堝に落とし鳥肌立たせたのは確かである。

もしも本当に契丹人が日本国へ侵入すればどうなるか？　私はやはり、渤海王のようになるに違いない。恐ろしい……、考えるだけでも実におそろしい。しかし、ここは秋津洲《あきつしま》なのだ。天照大神が知らし召す神国ではないか。異国が侵入することはあり得ない。この娘はやはり、私をわざと脅かそうとしているのではないか？

しかし……、と帝《みかど》の考えは千々に乱れる。

この娘の話した言葉には、真実だけが持つ説得力があった。契丹人の残虐さと渤海国の悲劇を説きながら、契丹来寇に備えることの重要性を繰り返し主張していた。私の目には、彼女が我が国の行く末をひたすら心配しているように見えたのだ。そして、これはまたどうしたことか？彼女は私に祟るどころか、私の身の上を心配してくれた。渤海王の悲劇を繰り返してはならない。私を亡国の君主とし、肉袒牽羊《にくたんけんよう》させてはならないのだ……と。今までこれほど熱心に、私の先行きを心配してくれた者がいただろうか？　考えてみれば実にいじらしい娘だ。この娘の言うことを、私は虚心坦懐に信じるべきではないのか？

そうは言っても……と帝《みかど》は再び迷う。この娘が我が国へ到着して以来、咳病がひときわ激しく燃え盛り、都は一段と悲惨な状態に陥ってしまった。因果をただせば、それがこの娘の仕業であることは間違いない。この娘のいじらしさに騙されてはならぬ。あどけなさに目を奪われてはならないのだ。そうだ、東宮を思い出せ！　東宮は今重い咳病のために、明日をも知れない命ではないか。私はしっかりしなければならない。この娘の話や外見に惑わされてはならないのだ。忠平や尊意《そんい》と打ち合わせた通り、私は穏子《やすこ》との約束を守るために、この菅帥《かんのそち》の孫娘を退治しなければならないのだ。

あれこれと散々迷った挙句、帝《みかど》はやっと心を決めて茉莉花を見つめた。茉莉花に盃を取らせ、酒を飲む時の隙をついて首を打ち落とす……。忠平と打ち合わせた手筈を、改めて心の中でなぞって見る。しかし……と、帝《みかど》はそれでもなおも迷った。娘の目の色が綺麗に澄み切っている。何のわだかまりもなく、私を信頼して見つめているではないか。違う！　この娘が怨霊であるはずがない！

いや……、と辛うじて帝《みかど》は立ち直る。この娘は菅帥《かんのそち》の孫娘だ。弱気になってはならぬ。誑《たぶら》かされてはならないのだ。病に臥す東宮の姿を思い浮かべながら、帝《みかど》は自分の重い心を励ました。やはり、私はやらなければならない。忠平を見ると、盛んに目配せを送ってくる。奴は何もしないつもりか！　私に人殺しを押しつけ、奴は手を汚さぬつもりだ。今更ながらこの男のずる賢さに腹が立つ。しかし、何事も東宮の為だ。酒を娘に酌むことだけはするか。それから後は……？

ええい、成り行きにまかせろ！

帝《みかど》がやっと心を決め忠平に頷いた。それを待ち構えていたのか、忠平の背後から艶やかな女房《にょうぼう》が膝行して御簾の前に行き、帝《みかど》の前に大きな盃を捧げ差し出した。盃の中には、透明な酒がほんの少しだけ入っている。受け取った帝《みかど》が厳かに盃を茉莉花に授けたとき、忠平が穏やかな声で言った。

「茉莉花どの、我が国の仕来りでござる。一気に飲み干されよ」

大盃に驚きながらも茉莉花は盃の中を見た。酒の量は思いのほか少ないようだ。心を決めて、茉莉花はゆっくりと盃を小さな口へ近づけた。もちろん彼女の姿は隙だらけだ。身に降りかかる災難に気がついた気配はない。

ここだ！　ここで私は剣を抜く。一気に襲って斬りつければ、事は簡単に片が付く。しかし、これはどうしたことだ。腰が……上がらぬ。身体を起こすことができない。帝《みかど》は剣を握ったまま心の中で密かに呟いた。

（駄目だ、できぬ！　この娘は怨霊ではない。酒を飲ませて首を討つなどできぬ、私にはとてもできない……)

帝《みかど》の弱気を挫くように穏子《やすこ》の悲しそうな顔が浮かんできた。帝《みかど》は気力を振るって、菅帥《かんのそち》の数々の仕業を思い浮かべた。帝《みかど》の顔が一瞬蒼白になった。眦《まなじり》を吊り上げ、腰の佩剣《はいけん》をしっかりと握る。

(菅帥《かんのそち》、何者ぞ! やはり私は、やらなければならない)

帝の腰がやっと上がる。剣を握る手が今更ながらに震えた。せっぱつまった気配を感じたのか、茉莉花が盃を持ったまま不思議そうに帝《みかど》を見つめた。しかし、彼女はすぐに思い直し、盃に口をつけると一気に酒を飲み干した。ここぞ! 心の中で叫んだ。しかし、何故か一歩が踏み出せない。

(駄目だ……。やっぱりできない)

力なく帝《みかど》が再び腰を下ろしたとき、凄まじい悲鳴が静寂を破った。ひざまずいていた茉莉花がいきなり立ち上がって、身体を弓なりに反らせたのだ。顔が引き攣れ、眼が血を吹いたように燃えている。二、三歩前へにじり寄り、荒々しく息を弾ませて帝《みかど》を睨んだ。怯えきった帝《みかど》は蒼白になって叫んだ。

「違う、私ではない! 私ではない……」

帝《みかど》はわなわなと震えながらも考えた。

(誰だ? 誰の仕業だ! 彼女に毒を盛ったのは誰なのだ……)

苦悶に歪んだ茉莉花の顔がゆっくりと上を向き、弾みをつけるように顎を前へ引いた。真っ赤な血しぶきが茉莉花の口から滝のように迸り、帝《みかど》の顔へまともに降り注いだ。血まみれになった帝《みかど》が思わず悲鳴をあげて、やっと抜いた剣を落す。それと同時に、茉莉花の身体がゆっくりと反転し、大きな音を立てて床へ倒れた。部屋の中が一瞬のうちに静まり返った。凍りついた空気を破り、尊意《そんい》が叫んだ。

「お上、止めを！」

「おう！」

声は反応するが、何故か帝《みかど》の身体が動かない。血しぶきを浴びて腰を抜かされたようだ。ちっ！　鋭い舌打ちした尊意《そんい》が素早く剣を拾うと茉莉花を襲った。それを見た小次郎が初めてうめいた。

「よせ、止めろ！　止めてくれ！　ああ、茉莉花どの……」

驚きの余り呆然としていた小次郎は、尊意《そんい》が茉莉花の身体に襲い掛かったとき、やっと事態を飲み込んだ。茉莉花を救おうと、いつの間にかできた人垣を蹴散らし、夜叉の如く荒れ狂い玉座の側へ駆け寄って行く。

「痴れ者！　寄るな！」

尊意《そんい》のしゃがれた声が飛ぶ。警護の武士が更に増え、小次郎をめがけて殺到した。騒然とした中で鋭い声が響いた。

「待て！」

武士たちが思わず動きを止めた時、誰かが後ろから小次郎の身体に飛びついた。どうっとばかり小次郎が倒れる。

「放せ！」

小次郎が悶える。小次郎の耳に聞き馴れた純友の声が聞こえた。純友は小次郎の身体を抑え込みながら叫んだ。

「よせ、小次郎！　相手はお上だ。それに、茉莉花どのは疾っくに死んでいる……。もう遅い、手遅れだ！」

「なに！」

腹ばいになった小次郎の前で、尊意《そんい》が茉莉花の襟を摑んで胸をえぐっている。

「何ということを！」

小次郎は吠えるように叫んだ。彼は身体を反転させ純友の胸を突き放そうとする。純友もそうはさせじ……と、渾身の力を込めて抑え込んだ。二人の若者が死力を尽くして争っていたとき裴璆の悲鳴が聞こえた。

「帝《みかど》が！」

帝《みかど》が……、尊意《そんい》が打ち落とした茉莉花の首を横抱きにし、部屋の外へ走り去ろうとしている。長い黒髪が小次郎を呼びながら空しく遠ざかって行った。純友に抑えられたまま小次郎は大粒の涙を流しながら叫んだ。

「何故だ？　何故なんだ！　返せ！　茉莉花どのを返してくれ！」

小次郎が泣く……。腹ばいになって小次郎が泣く。床を叩き、足をばたばたさせながら、小次郎が泣いた。

やがて、小次郎の身体を放した純友が複雑な顔をして立ち上がった。騒然とした広間から、忠平の姿が何時の間にか消えていた。

（二十八）

六月を迎え丹後国でも青葉が萌えはじめた。小一条第の惨劇後、慌ただしく都を追われた裴璆は、丹後国の住み慣れた客観で謹慎させられていた。早いもので、悪夢のようなあの日から、既に三ヵ月が過ぎている。この間、彼は自室で首のない茉莉花の遺体と共に暮らしていた。勿論、部屋には誰も近づけない。夜更けになれば灯りもつけず香を焚く。一心不乱に呪文を唱え、茉莉花の遺体に怪しげな液体を注ぐ。どうやらそれは、裴家に伝わる中国渡来の防腐処置のようであった。

一方、東丹国使船の修理は、裴璆の帰還と同時に着々と進められた。修理が終われば、直ちにこの国から追放されるだろう。昨夜遅く、雅量が再び存問使として到着したようだ。忠平の命を受け裴璆の処分を執行するためだろう。翌朝早く、裴璆は国衙に出頭するよう命じられたのである。

広間に参上して待つほどもなく、国司以下数人を引き連れ雅量が姿を現した。どっかと中央に坐り、如何にも硬い表情で裴璆を見つめる。鬢には白いものが目立ち、幾らか窶《やつ》れているようにも見えた。

「裴璆どの暫くであった。ご息災か？」

「お陰さまで……。あなたさまは？」

「うむ……」

裴璆の挨拶に雅量はあいまいに言葉を濁す。今や雅量は裴璆と完全に敵対する立場だ。今更懇ろな挨拶を交わす気にはなれない。旧情を思えば忍びがたいが、ここは余計なやり取りを斥け、一気に問題を片付けることにしたのだ。顔を厳しく歪めた雅量は、裴璆を睨んで突き放すように言った。

「東丹国文籍大夫《ぶんせきたいふ》裴璆……、それでは沙汰を言い渡す」

「はっ！」

「去る十二月二十七日、その方、東丹国の入朝使《にゅうちょうし》と称し丹後国の竹野郡へ来着す。しからば、東丹国とは何ものぞ？　その方提出の国書によれば、東丹国は明らかに契丹国の属国なり。しかるに、人臣に外交なし……。これが、我が国不変不易の恒規《こうき》なり。よって、東丹国の朝貢を認めること能わず。翻ってその方、陪臣《ばいしん》たる東丹王の命を奉じ、許可なくして我が国へ来航したること、まことに不届き至極。思うに……、我が国外交の恒久なる秩序を乱さんとするものか」

「…………」

「のみならず喚問《かんもん》の間、契丹王の罪悪をしきりに説く。剰《あまつさ》え妄説《もうせつ》を称《とな》え、我が国を欺惑《ぎわく》せんと欲す。試みに、その方の出自《しゅつじ》を問うに、今は東丹の臣なるも本《もと》は渤海人なり。思うに、渤海の為に利せんとするに非ざるや。契丹は親にして東丹国は子なり。一日、東丹の臣たる者、豈斯《あにか》くの如くあるべきか？　不忠不義！　既に罪過を招くといえども未だ弁明せず。よって、過状《かじょう》（詫び状）を提出すべし」

なるほど……、と裴璆は思う。雅量が一気に片付けようとしたはずだ。日本側は茉莉花の存在を抹殺し、裴璆一人に合体させたのである。それにより、茉莉花が契丹王の罪悪を弾劾した行為も、すべて裴璆の行為だとされ、契丹の陪臣としての取るべき態度ではないと、裴璆個人の不忠不義が激しく指弾されている。それだけではない。東丹国の契丹帝国への反逆計画の伝達と、日本国への救援要請という事実が全く無視されているではないか。

しかも……である。雅量の決裁の中には、裴璆と茉莉花が契丹来寇の情報をもたらしたことが明言されていない。この国にとって、最も重要な情報が「妄説」の一言で片づけられているのだ。おそらく、忠平は契丹来寇の情報を根拠なく否定し、握りつぶすつもりではないか？　征服された歴史のないこの国は、被征服民の苦痛や損失を理解することができなかったのである。茉莉花が小一条第で、あれだけ心を込めて説明したにもかかわらず……だ。この国は、今に必ず臍《ほぞ》を噛むことになる。しかし、自らそれを望んだのだから仕方があるまい。すべては終わったのである。

彼はさばさばとした表情で雅量に言った。

「仰せのこと、承知いたした……。如何ようにも過状を認《したた》めましょう。さすれば、国書の返書は戴けましょうか？」

「いや、渤海国の旧臣を国使とせしこと、東丹国の我が国へ対する失礼と心得る。返書を授けること能わず！」

雅量は硬い表情のまま、書状を読むように言い切った。さすがにむっとした裴璆が、険しい目つきで雅量を見つめ返したとき、雅量はふっと一息ついて表情を和らげ、如何にも申し訳なそうに付け加えた。

「但し、過状《かじょう》を提出されれば帰国の便宜を図る……、とのことでした」

雅量は言葉の語尾に、自分の意志に反した措置であることを匂わせた。それに気がついた裴璆は心の中で苦笑する。今更何が帰国の便宜だ。既に東丹国使の追放を決め、船の修理をはじめているではないか……。しかし、それを言えば雅量が立場を失う。裴璆は穏やかな態度を崩さず頷いた。

「左様か……。さらば存問使には、過状《かじょう》の原案をお持ちであろうか？」

「如何にも」

「拝見致そう」

雅量の差し出す書状を受け取った裴璆は、さらっと一瞥すると、改めて険しい顔をして腕を組んだ。書状には、「謬《あざむ》きて臣下使を奉《ほう》じ、上国《じょうこく》（日本国）へ入朝《にゅうちょう》せし怠状《たいじょう》（詫び状）」とある。

「臣下使」とは属国の使節という意味である。契丹の属国である東丹国使ということだ。それは良い……、それは良いが「謬《あざむ》きて」とは何事か？　裴璆は険しい顔を崩さず雅量に問う。

「謬《あざむ》きて臣下使《しんかし》を奉《ほう》じ……とある。これは如何なる意味であろうか？」

「既に申し述べた通り、使節は契丹王の罪悪をしきりに説かれた。子の親を謗《そし》ること、あるべきことではない故、使節を真の東丹国使として認めることはできぬ。偽りの東丹国使というべきか。

謬《あざむ》きて臣下使《しんかし》を奉《ほう》じ……とは、斯様《かよう》に心得られよ。以後、使節を渤海国の旧臣として看做す」

そうか……と裴璆は納得する。この国は契丹来寇の情報だけではなく、東丹国使の来航の事実さえ、公式には抹殺しようとしているのだ。裴璆は承知……と口の中で呟き、再び書面に目を走らせた。

裴璆等《はいきゅうとう》、真《しん》に背《そむ》き偽《ぎ》に向《む》かい、善《ぜん》に争《あらそ》い悪《あく》に従《したが》う。先主《せんしゅ》（渤海王）を塗炭《とたん》の間《かん》に救《すく》わず、みだりに新王《しんおう》（契丹王）の兵戈《へいか》の際《さい》に諂《へつら》う。況《いわん》や陪臣《ばいしん》（東丹王）の小使《しょうし》を奉《ほう》じ、上国《じょうこく》（日本国）の恒規《こうき》を紊《みだ》すにおいてをや。振鷺《しんろ》を望《のぞ》みて面慙《めんざん》し、相鼠《そうそ》を詠《えい》じて股戦《こせん》す。不忠不義《ふちゅうふぎ》、さきに罪過《ざいか》を招《まね》くも、勘責《かんせき》の旨《むね》、かつて避陳《ひちん》するなし。よりて過状《かじょう》を進《すす》む。裴璆等《はいきゅうとう》、誠惶誠恐謹言《せいこうせいきょうきんげん》す。

（右、裴璆らは、「真」に背き「偽」に向かい、「善」に逆らい「悪」に従った。契丹の渤海侵略の戦で、先主である渤海王の難儀を救わず、節操もなく契丹王に諂《へつら》い仕えたばかりか、契丹王の臣下（即ち陪臣）である東丹王の命を奉じ、人臣に外交なしとする日本国の秩序を乱してしまった。振鷺《しんろ》（忠義な人）でありたいと望みながら渤海王を裏切り、また倫理の根本である「義」や「礼」を守ることの大切さを説く「相鼠《そうそ》の詩」詠じながら、無礼にも貴国の恒規《こうき》を乱してしまった。我が身の行為を恥じ入ると共に、罪の重さに震え慄く次第である。私の不忠不義な行為は、罪過として既にお咎めを蒙っているわけだが、未だに弁明を済ませていなかった。そこで一切の非を認め、詫び状を進上する。裴璆らは、誠に恐れ入って謹んで言上する）

ざっと一覧した裴璆は思わず首をひねった。「怠状《たいじょう》」の文面に、契丹来寇の情報をもたらした事実が無視されているのはともかく、雅量が口頭であれほど裴璆を責めた「契丹王の罪悪を称え」の文言がないのだ。それどころか、「契丹」や「東丹」とか「渤海」という国名が全く抹消され、「先主」、「新王」、「陪臣」という、人格を表す漠然とした名称が使用されている。その結果、裴璆の罪は「先主を救わず新王に諂い、陪臣《ばいしん》の小使《しょうし》を奉《ほう》じて来航」したことに限定されていた。要するに、「契丹」や「東丹」を臭わす語句は、この「怠状」からは完全に削除されているのである。

姑息な手段を使ったものだと裴璆は思う。おそらく、忠平は契丹来寇の情報がもたらされたという事実を抹殺したいのではないか。彼の魂胆は二つある。契丹来寇の情報が洩れれば国内は大混乱に陥るだろう。それを防ぐことが一つだ。そしてもう一つは、現実に契丹軍が侵入した時に備え、情報を抹殺した忠平の責任を回避することにある。契丹来寇の情報は前以て存在しなかった。少なくとも公式文書の中には、それを臭わす語句さえ残っていないから明らかだと主張するためである。

その結果、裴璆の罪は「先主を救わず新王に諂《へつら》った」ことと、「陪臣《ばいしん》の小使《しょうし》を奉《ほう》じて来航」したことに限られることになった。後者は外交政策の問題だからひとまず置くとして、前者は裴璆の個人的な行為であり、渤海国の滅亡後東丹国へ仕えたことが咎められている。滅亡した国家の臣が征服者に仕えることは問題だ……と。

しかし待てよ……、と裴璆は更に首をひねる。ここに、「振鷺《しんろ》を望《のぞ》みて面慙《めんざん》し、相鼠《そうそ》を詠《えい》じて股戦《こせん》す」、とあるではないか。先にはこれを「不忠・不義」にかかる枕詞と単純に読み取ったが、果たしてそうだろうか？　もともと「振鷺《しんろ》」と「相鼠《そうそ》」は、中国古典の「詩経《しきょう》」に収められた詩である。

「振鷺《しんろ》」の詩は、周《しゅう》に滅ぼされた殷《いん》と夏《か》の子孫が征服した周《しゅう》の諸侯に封じられ、忠誠を示すために詠った詩だ。契丹に滅ぼされた渤海の臣である自分が、東丹国に仕えた立場とまったく同じだ。殷《いん》と夏《か》の子孫が周《しゅう》に忠誠を尽くしたことは称揚されるのだから、東丹王に忠誠を尽くし、契丹王を弾劾した自分は責められるべきではない。しかも、東丹王の意思は渤海反乱軍の意思と通じる。自分は渤海国に対しても忠誠をつくしたのである。それを……、日本国が不忠だと罵った。私は、「振鷺《しんろ》」を望《のぞ》んで……、つまり忠誠をつくしながらも却って面慙《めんざん》させられてしまった。日本国の為に恥をかかされたのだと、この「怠状」の語句は物語っているではないか。

同様に「相鼠《そうそ》」の詩は、人間として「義」を尽くし、「礼」を弁え、「恥」を知ることの大切さを説く。自分は東丹王の使命を守ることにより「義」を尽くした。しかし、日本国はそれを受け入れるかの如く装い、欺いたばかりか茉莉花まで殺してしまった。不義を働き、恥を知るべきは日本国なのだ。自分は「相鼠《そうそ》」の詩を詠じながら……、「義」を守り「礼」を尽くしたのに却ってここに喚問され、股戦《こせん》して……、即ち、震え慄いているのだ。これもまた、私の心情を見事に表現しているではないか。

よく読めば、この「怠状」は私の一方的な謝罪文ではない。却って、日本国の施政者の不義と非礼……、恥知らずの行為を告発したものだと言える。

果たして雅量は、この原案を意図して作成したのであろうか？　確かめてみたいものだ、と裴璆は切実に思った。しかし、この場で直接尋ねるわけにはいかない。何とかして、雅量と二人だけで会いたいものだ。考えあぐんだ裴璆は書状を丸めると、如何にも不愛想な表情で雅量に告げた。

「なるほど、立派な文案でございますな。しかし私の名で差し出す限り、更に文言を推敲してみたいと存じる。暫時、お預かりして宜しいか？」

裴璆の言葉に、丹後の国司が色を変えた。おそらく、これは忠平が了解した文面である。変更することなどが許されるはずはない。無礼な……と、彼が裴璆を叱責しようとしたとき、それを抑えて雅量が言った。

「よろしい。差出人はあなただ。納得がゆくまで考えられるがよかろう」

言葉と共に雅量が立ち上がる。色を成した国司が、その場を蹴るようにして立ち上がり、数人の官僚が後に続く。初夏の陽が燦々と射し込む客観の大広間に、気まずく重い雰囲気だけが残された。

（二十九）

その日の深更、裴璆の思惑通り雅量が部屋を訪れてきた。彼は裴璆の前に坐ると、いきなり両手をついて深々と頭を下げた。

「役目柄とはいえ、先ほどは大変失礼を致しました。これ、この通りだ……。裴璆どの、許されよ」

「いや、無礼を詫びるのは私の方だ。雅量どの、どうかお手をあげてください。年齢のせいか、最近とみに堪え性がなくなりましてな。存問使どのに対し、まことに無礼な振る舞いをしてしまいました。実はですね、先ほどあのように申し上げたのも、あなたにもう一度お目にかかりたかったからなのです」

「それは同様です。私もあなたと二人だけで会いたかったのですよ。あなたの言葉は、私にとって渡りに船でした。怠状を預かって頂ければ、あなたに会う口実ができるではありませんか。まさに願ったり叶ったり……でした」

「左様か……、それは良かった」

「さて、文言のことですが……な、あなたのことです。さぞかしご不満な表現が多々あることだろうと思います。しかし、これは外交文書ですぞ」

裴璆の顔を窺いながら雅量の目が光る。妥協はできぬということか？　しかし、裴璆はあっさりそれを引き取った。

「そうですな、優位に立つ方が好きなように書く」

雅量がほっとしたように呟く。

「左様に心得て頂くと、私の方はありがたい」

「勿論、心得ております。実はね、文言については一切不服はありません。この通り、既に浄書を済ませ、捺印もしました」

「それはありがたい。過状の文言は、ほとんど忠平公の御意の通りです。しかし、ただ一か所だけ……、私が付け加えさせて頂いた個所があるのですがね。裴璆どの、何処かおわかりでしょうか？」

「さて、改めてそう言われると……。しかし、憶測を働かせてみますか？　振鷺《しんろ》を望《のぞ》みて面慙《めんざん》し、相鼠《そうそ》を詠《えい》じて股戦《こせん》す……。これですかな？　読みようによってはすらすらと読めるが、引っかかれば引っかかる」

「さすがですね。その通りです」

「この語句を加えただけで、通常の外交文書にはない、非常に洗練されたものになりましたね。また、差出人……、つまり私の、不忠不義なる行為に対する悔恨の情を、故事を引きながら見事に表現して頂きました。しかも……」

裴璆はそこで一旦言葉を区切った。ここからが自分が言いたいことになる。目を光らせた雅量が裴璆に先を促す。唇を舐めた後裴璆が言った。

「しかもこの語句は、場合によっては次のように読める。日本国の施政者が、東丹国使が日本国の為にした行為を……、即ち渤海反乱軍の使節を伴い、契丹来寇の情報をもたらした行為を評価することなく、これを一方的に断罪した非情な措置を告発し、東丹国や渤海人の要請を、さしたる検討も加えず容れなかった大国としての非礼と不寛容さを、暗に謗《そし》っているとも解釈できるようですかな」

「さすがですな、裴璆どの。私の意図をよく読み取ってくださった。苦労した甲斐があったというものです」

「やはり、それでよかったのですね……。雅量どの改めて御礼申し上げる。私もこれで、日本国に一矢を報いることができるようだ」

「何の、これしき……。過日、折角あなたを都にお連れしながら不本意なことになった。帝《みかど》や忠平公の真意に気付かず、あなたには辛い目を見せてしまいました。特に、茉莉花どのを死なせてしまったこと……、これだけは悔やんでも悔やみきれません。実に、申し訳のないことを致しました。どうか、私を許して頂きたい。今夜私が参上したのは、怠状のことよりもむしろ、お詫びを申し上げるためでした」

雅量が両手をついて深々と頭を下げた。言葉の中に彼の苦しい気持ちが滲み出ている。裴璆がそれを遮って言った。

「いや、あなたはにはできるかぎりのことをして頂いた。謝る必要は全くありません。むしろ、責められるのは私です。大宿祢どのから茉莉花どのを預かりながらみすみす殺してしまった。私は彼に合わせる顔がない。でも、あなたをはじめ小次郎どのや純友どののお陰で、首のない遺体を取り返すことができた。それだけが、せめてもの慰めだと言えましょうか。ところで雅量どの、その後の都の状況は如何ですか。小次郎どのは達者かな？」

「小次郎はね、小一条第での振る舞い宜しからず……とのことで、忠平公により謹慎を仰せつかってしまいました。そうでなければ、今回の下向にも供をして来たことでしょうがね。彼はすっかり落ち込んでいますよ。気の毒なほど痩せてしまいました。しかし、迂闊でしたなあ……、私は彼が茉莉花どのをあんなに愛していたなんて、気がつきもしなかったのですからね。唐変木というか、面目ない限りです。それよりもですね、裴璆どの。今、朝廷では大変なことになっているのですよ」

「ほう、一体何が起こったのですか？」

「内裏《だいり》に清涼殿《せいりょうでん》があります。帝《みかど》が御座《おわ》します所ですがね。その清涼殿の裏鬼門《うらきもん》に、即ち坤《ひつじさる》（南西）の一隅に、鬼の間と名付けられた部屋があります。天皇《すめらみこと》ご自身が、世に仇を為す鬼を押し込め、退治する場所だと言われていますがね……。あの日、茉莉花どのの首は、この鬼の間に安置され、夜遅くまで尊意《そんい》の折伏《しゃくぶく》を受けました」

「あの糞坊主……ですな？」

「ええ、ところが翌朝、尊意が再び折伏しようと鬼の間を訪れた時のことです。彼はあまりのことに腰を抜かしてしまいました。二階棚の上に白布を布き、安置しておいたはずの茉莉花どのの首が……」

「ええ……」

「どこにもないのです。消え去ったのですね。蒼くなった尊意が女房どもを動員して清涼殿の隅から隅まで改めました。しかし、幾ら手を尽くし、詮議をしても見つかりません。最後には侍どもまで召し寄せた上、床の下まで探したが見つからない。ええ、首が飛び去ったとしか、考えようがありませんね。それからというもの、内裏は上へ下への大騒動になりました。勿論、帝《みかど》の耳にも入ります」

「ふん！　驚かれたでしょうな？」

「驚かれたの、何の……。お気の毒に、恐怖のあまり寝込まれたと聞いております。しかも、清涼殿を忌まれること甚だしく、中宮のおられる弘徽殿《こきでん》へお移りになり、塗籠《ぬりごめ》の戸を降ろし、閉じこもってしまわれたとか……」

「なるほどね、少しは堪えられたということか？」

「少しどころか、寝込まれたと聞いております。しかし、けしからぬのは尊意《そんい》です。彼は予定された三日三晩の折伏を中断し、延暦寺に舞い戻ってしまいました。怨霊を追い払うどころか、しっぽを巻いて逃げたのですよ。事実とすれば実に情けない話だ。そうではありませんか？」

「坊主は……ね、そんなものです。渤海国の坊主もそんな輩ばかりだった」

「しかし、茉莉花どのの首は未だに見つかりません。噂のように、清涼殿から飛び去ったとしても、はて一体どこへ行ったのか？　また、こんなことが現実にあり得るのか、私はね、幾ら考えてもわからないのですよ」

「雅量どの、思い出してください。茉莉花どのはね、理不尽な仕打ちに遭ったのですよ。この国が渤海国の轍を踏まぬよう、あの荒波を命懸けで乗り越えて、契丹来寇の情報を伝えに来たのではないですか。それを信用しないだけならともかく、理不尽にも怨霊にでっち上げられ、挙句の果てに殺されてしまったのです。この世に恨みが残らぬはずがない。首が消えたとしても、怪しむことではないでしょう」

「なるほど……」

「私とて思いは同じだ。忠平公は勿論のこと、尊意《そんい》も帝《みかど》も捨て置くことはできません。なれるものなら怨霊になり、一矢を報いたいと思わないでもないぐらいだ。しかし残念ながら、私は人であって怨霊ではない。同様に、茉莉花どのも人間です。雅量どの、あまり心配なさらないことですな」

「なるほど、確かにそうですね。あの茉莉花どのが怨霊になるはずがない。これはとんだ勘違いをしたようだ。しかし……」

「どうなされた？」

「いやね、やはり茉莉花どのの首が気になるのですよ。彼女の首は一体何処へ飛び去ったのだろうか……とね」

「おやおや、意外にしつこい方だ。茉莉花どのの首が飛び去ったのであれば、そのうち天から戻って来るでしょうよ。それよりも雅量どの、これがあなたとの最後の夜になりそうだ。昔話もしたい。あなたに聞いて頂きたいこともある。うまい具合に、渤海の酒がまだ残っております。心行くまで飲みましょう」

「ありがたい、飲めば私も余計なことを考えないで済む。裴璆どの、お互いに詩を賦すことに致しましょう。二人の気持ちを存分にぶっつけ合うのですよ。よろしいか？　私は今夜とことん飲みますぞ」

その夜、裴璆の部屋は夜遅くまで灯りが灯っていた。彼らはその夜、一体何を話しただろうか？　おそらく渤海滅亡の時に、裴璆が味わった悲惨な経験も話題になったに違いない。彼の四散した家族のこと、東丹国に仕えた経緯や、東丹王の密命を受けたことなどが酒の肴になったのではないか？

しかし、雅量は裴璆の東丹国使としての任務を全うさせてやることができなかった。「怠状」に「欺きて臣下使を奉じ……」と記載したように、日本国は結局、裴璆を正当な東丹国使として認めなかった。渤海国使として帰さざるを得なかったのである。雅量の気持ちの中には忸怩たるものがあったのではないか？「扶桑集」の中には、雅量の次のような裴璆の詩に唱和する詩が残されている。

凌雲《りょううん》の逸韻《いついん》は　義《ぎ》　精微《せいび》なり
一詠《いちえい》すれば任《た》え難《がた》く　万感《ばんかん》依《よ》る
奈《いかん》ともせず　東丹《とうたん》の新使《しんし》として到《いた》れるを
唯憐《ただお》しむのみ　渤海《ぼっかい》の旧臣《きゅうしん》として帰《かえ》すことを
江亭《こうてい》日落ちて孤煙《こえん》薄く
山館《さんかん》　人《ひと》稀にして暮《ぼ》雨《う》の飛ぶ
見説《きくならく》　妻児《さいじ》皆散去すと
何れの郷《くに》にか　なお買臣《ばいしん》の衣を曳かんや

（三十）

穏やかな季節風に乗り、船は順調に走っていた。ここ数か月の間雨はほとんど降っていない。航海には絶好の好天が続いており、この分では東丹国へも順調に帰り着けるのではないだろうか。延長八年六月二十六日、およそ二十日前に大津浜を出航した東丹国使船は、既に大海原の真っただ中を進んでいた。

船の後部の船室を囲み、先ほどから五、六人の水夫がざわめいていた。大使が酔狂にも、船室の屋根の上に茉莉花の柩を安置させ、自ら登って経を読むというのだ。報告を受けた副使の耶律《やりつ》質哥《しっか》は苦笑しながら頷いた。彼は裴璆が日夜懸命に茉莉花の遺体を供養していることを知っていた。娘のように可愛がっていたのだから無理はない。ここも、好きなようにさせるほか仕方がないのだ。

それにしても……と質哥《しっか》は思う。裴璆は既に立派な成果を成し遂げた。日本国と国交を開くことはできなかったが、契丹太后月里朶《ゲリーダ》から託された密命を見事に果たしているからだ。太后の密命とは何か？　言わずと知れた日本侵略である。彼女は東丹王の謀反の企み……、即ち日本渡航の企てを秘かに知ると敢えてそれを実行させた。しかし、大使である裴璆に、腹心の東丹国右次相《うじしょう》の耶律羽之《やりつうし》を派遣して注文を付けた。東丹王の使命と並行し、契丹の日本侵略のために手を貸すよう命じたのである。断れば勿論、罪は裴璆に止まらない。東丹王が逮捕されることは目に見えていた。

太后の密命の一つは、東丹王の使命を失敗させることだ。これは既に完璧に為されたといえようか。

二つ目は日本上陸のための最も適切な湊（吐号浦《とごうほ》と日本の都……、両者からの最短距離にある湊）の探索である。裴璆は松原（敦賀）を避けて丹後の竹野浜を目指し、課題を一つ果たしていた。丹後は松原よりも日本の都からは遠いが吐号浦から近く、海難の恐れがそれだけ低いといえる。都までの道を既に往復しており、途中の道路事情も裴璆が詳しく手に入れている。これも完璧だ。

そして三つ目は、船で馬を運ぶことである。日本の前に横たわる大海を、船で馬を運べないか？　それこそ今回の密命の難問である。馬を運ぶことができれば、漢人主体の遠征軍に契丹の騎馬軍団を多少なりとも加えることができ、攻撃軍の戦力が飛躍的に高まることになろう。裴璆は甲板に厩を設け見事にこの難問を解決した。五頭のうち一頭だけだが、少なくとも海を渡ったのである。その龍《ロン》は今も甲板の後ろの厩の中で、元気にまぐさを食っているはずだ。

契丹太后の密命を見事に果たした裴璆には、太后のねぎらいの言葉と破格の出世が約束されている。そして自分も……、耶律羽之《やりつうし》の命により、裴璆のお目付け役を仰せつかったこの耶律質哥《やりつしつか》にも、莫大な恩賞と出世が待っている。もはや吐号浦は近い。後、二、三日もすれば着くのではないか？

目を輝かせた耶律質哥が、茉莉花の遺体を乗せた船室に目を向けた。丁度、水夫たちに助けられた裴璆が屋根の上に坐ったところである。大使は好きなように娘を供養すればよい。質哥は寛大な気持ちで見守った。裴璆は茉莉花の遺体の前に坐り、首のない遺体をじっと見つめている。特段、変わった供養をするつもりもないようだ。安心した質哥は、欄干により縋ったまま再び海を見つめた。

暫くして巳《み》の刻《こく》になった。それを待ち構えていたのか、屋根の上の裴璆が、やおら両足を組み直し、背筋を伸ばして印を結んだ。唇が微かに震え低い声が漏れた。おそらく読経しているのではないか。不思議な抑揚をつけた低い声が次第に大きくなり、風に逆らって質哥の耳まではっきりと聞こえる。木っ端のように痩せ細った老人の身体から、よくもこんな大音声が出るものだ。

裴璆の声がおどろおどろしく響く。その声に不吉なものを感じ取った耶律質哥《やりつしつか》は、思わず欄干から離れて船室の屋根を仰ぐ。屋根の上で結跏趺坐《けっかふざ》し、印を結んだ裴璆の顔は別人のように厳しい。読経を称え、宙を真っすぐ見つめた裴璆は、一体何を訴え、何を祈っているのだろうか？もしかしたら、これは読経ではないのかもしれない。聞き慣れた坊主の読経とは明らかに違う。耶律質哥《やりつしつか》の耳には、裴璆が何かを懸命に呼んでいるように聞こえた。これはただ事ではない。何か悪いことが起こるのではないか？

その時、水夫の一人が叫んだ。

「副使、雲が出たようです」

なるほど……、はるか東北の空高く、黒い雲の塊が何時の間にか現れていた。気がつくと、風向きが変わり北風が激しく吹き付けて来た。逆巻く波にあおられて船が揺れる。何人かの水夫が甲板の上に吹き飛ばされた。おや、これは何としたことだ。風に揉まれて大きくなった黒い雲が、凄まじい勢いで船に向かって押し寄せてくるではないか。屋根の上の裴璆が一段と声を張り上げた。

これは供養ではない。呪詛だ！　大使は誰かを呪っている……。

耶律質哥《やりつしっか》は正確に裴璆の行為を読み取った。それと同時に、冷たいものが背筋に滝のように流れ落ちて行く。

傍にいた水夫がけたたましく叫んだ。

「火事だ！　副使、屋根に火がついているぞ！」

我に返った質哥《しっか》が屋根の上を見上げると、茉莉花の柩から青い炎がめらめらと燃え上がっていた。炎はすぐに強くなり柩を焼き尽くして赤くなった。風にあおられた炎の隙間から、純白な小袖を身に付けた茉莉花の身体が現れた。長い黒髪に蔽われた美しい茉莉花の顔が見える。切り取られたはずの茉莉花の顔が炎の中で甦ったのだ！　思わず水夫の肩を掴み、耶律質哥《やりつしっか》は震えながら叫んだ。

「化け物だ！　あれは人間ではない。引き摺り下ろせ」

彼の怒声を嘲笑うように炎が燃える。火勢がますます強くなって茉莉花の身体を呑み込んで行く。火が……、茉莉花を呑み込んだ火が音を立てて爆ぜた。船室が燃え落ち、瞬く間に船全体へ広がって行く。恐怖にかられた水夫たちが、甲板の上を逃げ惑った。一筋の黒い煙が立ち上る。竜巻のように渦を巻いた煙は、上空に飛んできた黒い雲を目指すかのようにますます高く昇って行った。耶律質哥《やりつしつか》は黒い煙の中に、白い衣が巻き込まれているのを見たような気がした。昇りきった煙が雲と一体になった瞬間、一発！　そして二発……、凄まじい音が海上に響いた。

火を噴いた船がゆっくりと沈んで行く。阿鼻叫喚……。人々の泣きわめく声に混じって、馬の悲しそうななき声が聞こえてきた。すべてが清算され、海の中へ沈んだのである。薄れ行く意識の中で耶律質哥《やりつしつか》は覚った。裴璆の正体は道士《どうし》ではなかったか。彼は呪力で雲を呼び寄せ、娘の屍を放り込んだのだ……と。

茉莉花を呑み込んだ黒い雲は、次第に大きくなって空を蔽って行く。幾つもの大きな塊となって黒い雲は陸を目指す。

都へ！　都へ！　激しい北風に吹き付けられた雲の塊は互いに押し合いながら、都を目指して全速力で飛んで行く。時折、稲妻が走る。篠突《しのつ》く雨が降りしきる。凄まじい嵐が都へ向かって襲い掛かった。

（三十二）

同じ日、延長八年六月二十六日の午《うま》の刻《こく》を過ぎた頃である。宮中の清涼殿では昼御座《ひるのおまし》に帝《みかど》のご出座を賜り、左大臣以下の諸卿が弘庇《ひろひさし》に坐って熱心に議論していた。議題は言わずと知れた雨乞いである。都ではこの二ヵ月、全く雨が降らない。畿内の村々は田植えもできず、このまま放置すれば間違いなく飢饉になる。重臣だけでは埒が明かず、終に帝《みかど》のご出座を仰いだのだ。

「天台座主の尊意《そんい》を召して、祈禱させるべし」

「いや、尊意の法力は未熟と見た。まずは御霊会《ごりょうえ》こそ参らすべし」

諸卿の議論が熱心に繰り広げられても、帝《みかど》の耳には届かない。虚ろな眼差しを宙に向け、心ここに在らずの状態である。小一条第の惨劇以来、帝《みかど》は精神を病んでおられた。瞼を閉じるとすぐ、血しぶきを吐く茉莉花の顔が浮かんで来るのだ。菅帥《かんのそち》の孫娘を殺したのは私ではない……、と帝は心の中で呟く。毒を盛ったのは忠平で、首を斬り落としたのは尊意《そんい》なのだ。然るに、私が何故娘の首を持ち去ったのか？　尊意の言葉を信じたからだ。奴は私を唆した。咳病を鎮め、東宮の命を救うためには、斬り落とした娘の首を清涼殿の鬼の間に安置し、折伏しなければならないと。

なるほど……、尊意《そんい》は一晩中折伏した。しかし、尊意の法力は全く効き目がなかったではないか。その証拠に、翌朝には早くも娘の首は消えてしまった。尊意《そんい》の指図に従っただけだとはいえ、私は何故あんなことをしたのだろう？　あの娘は忠平や尊意《そんい》に祟るだけではない。間違いなく私にも祟るだろう。

帝《みかど》は紛糾する会議に口を挟むでもなく、何を無駄なことをするのだと思っていた。我々は菅帥《かんのそち》だけではなく、その孫娘にも呪われてしまったのだ。この国に慈雨など降るはずがないではないか。しかし、帝《みかど》の胸の中と関わりなく、会議は次第に尊意《そんい》を召して雨乞いさせる方向に傾きつつあった。

忠平が穏やかな口調で、対立した意見を吸収し巧みに誘導して行く。娘を殺してその首を斬り落とす。この筋書きを書いたのも、尊意をけしかけたのもこの男だ。この小男は、罪がない娘を殺しても祟りが怖くないのだろうか？　怖がるどころか、ほくそ笑んでいるようだ。私が怨霊の祟りを受け、衰弱して行く姿を見て手を叩いているのではないか？　私が倒れ、東宮が即位する時を手薬煉《てぐすね》ひいて待っているのだ。

会議が休憩に入った時、庇の下から急に冷たい風が吹き込んできた。蒸し暑さが幾分和らいできたのではないか。庭の白砂に燦々と射し込んでいた陽射しが急に翳った。植え込みの呉竹が風に吹かれて激しく騒ぐ。

「おっ、暗くなりましたぞ。願うことなら雨でも降れば良いが……」

休憩に入っていたことでもあり、右中弁《うちゅうべん》の平希世《たいらのまれよ》が気軽に立ち上がると、廊下へ出て空を見上げた。どこまでも晴れ渡っていた空に、幾つかの黒い雲の塊が何時の間にか現れ、次第に大きくなってくる。

「皆様方、よい雲が出て来ましたよ。うまく行けば、うまく行く……」

希世《まれよ》が持って回った言い方をしたのは、これまで何度か行われた雨乞いでは、たとえ小さな雲が現れても、雨が降ることはなかったからだ。うまくいくはずがない。彼の言葉の裏にそれがはっきり透けて見えた。堂上の諸卿がどっと笑う。何だ！　その言い方は……と、口々に冷やかす。しかし、信じられないことが起こった。彼らのざわめきが収まりきらないうちに、いきなり周囲が夜のように暗くなったのである。異様な雰囲気に呑み込まれ、殿内が一瞬のうちに静まりかえった。

その時である。突然！　闇の中を稲妻が走った！　何だ、これは……。人々の怯えきった目が稲妻を追いかける。稲妻が消え、闇が覆うと同時に轟音が響いた。人々は、思わず首をすくめ、眼を閉じて耳を覆う。凄まじい雷鳴と共に、大粒の雨が音をたてて降って来る。すぐに庭が、盥《たらい》を引っくり返したように水浸しになった。待ちわびていたはずの雨だが、皆、一様に怯えきっている。

「近い……。近いですな？」

誰かが不安そうに雷の位置を確認する。それに釣られて周りが微かにざわついた時、闇の中を再び閃光が煌き、つんざくような轟音が轟いた。人々は、そこかしこで悲鳴をあげながら、争って床に身を投げる。紫宸殿《ししんでん》か、仁寿殿《にんじゅでん》か……、そうではない。ここだ。清涼殿だ！　清涼殿に雷が落ちた。板戸が小刻みに震え、衝撃が部屋の中へ広がって行く。暗闇の中で、弘庇《ひろひさし》の板戸が音を立てて揺れた。

「菅帥《かんのそち》じゃ！　天神じゃ……」

「南無参！　お助けを」

うろたえた人々が、口々に悲痛な呻き声を洩らす。床へ這いつくばい、両手で耳を塞いで恐怖に震え慄いている。浅ましくも身体を蓑虫のように縮め、台盤の下へ潜り込んだ者もいる。庭が僅かに明るくなったが雨の勢いは増した。このままで終わるはずがない。何しろ相手は菅帥《かんのそち》だ。

来るぞ……と、諸卿が何故か一様に身構えた。来る……、必ず来る！　今度はもっと近いはずだ！　彼らは本能的に、雷が襲って来る場所を正確に予測した。清涼殿の南の下侍《しもさむらい》に面した庭が異様に明るくなった。雨が激しく篠突いているのに、こんな馬鹿なことがあり得るのだろうか？

異様な妖気に諸卿が思わず息をのんだとき、帝《みかど》がよろめきながら庭先の廊下へ出て、虚ろな目で空を見上げた。帝《みかど》の目には、黒雲の上の白い長袍を纏った男が見える。髪を逆立てて目を爛々と輝かせ、耳まで裂けた口から長く鋭い牙を剝きだしている。天神だ！　これが天神だ……と帝《みかど》が恐れ戦いたとき、天神は帝《みかど》をはったと睨みつけると、手に持つ錫杖を威嚇するように振りまわした。

「許せ！　許してくれ」

帝《みかど》は声を振り絞って叫んだ。後は声にならず、心の中で続ける。私はそなたを追放し、心ならずも、そなたの孫娘を見殺しにしてしまった。私を許せ！　許してくれ。もう、この辺で勘弁してくれ……。

天神と対峙し、力を使い果たした帝《みかど》が廊下に崩れ落ちたとき、部屋の中から一人の小男が現れて、いきなり剣を抜いて叫んだ。

「推参なり、菅帥《かんのそち》！　汝、儒林《じゅりん》の生まれにして、我を超えること能わず。生きて我を凌げざる身が、死して、我に仇を為すことやあらん！」

剣を抜いて立ちはだかったのは、意外にも左大臣の忠平であった。彼は彼で天神と闘わざるを得ない理由があったのである。考えてみれば、彼は天神の力をあまりにも見くびっていたのかもしれない。渤海国の滅亡を茉莉花に語らせ、帝《みかど》を恐怖に陥れる。恐怖におののく帝《みかど》に茉莉花を始末させ、天神の祟りを振り向ける……。そこまでの筋書きは良かった。しかし、茉莉花の話があれほど帝《みかど》の心を動かし、彼女を殺すことを躊躇うとは予想もしなかったのである。慌てた忠平はそれと察し、酒に毒を仕込ませた。しかし、これは却ってまずかったようだ。天神が忠平の陰謀を見破り襲って来たではないか。逃げ切れない……。彼は正確に判断し、闘うことを選んだのだ。忠平は、気力を奮い起こして雲の上を睨みつけた。一歩も引かないという意気を示したのである。目を瞋《いか》らせた天神は牙を剥き出し、天に向かって荒々しく吼えた。両手で大きく錫杖を振り回し、凄まじい顔で忠平を威嚇する。忠平も、得たりやおうと剣を構え、しっかりと両足を踏ん張ろうとしたが、濡れた床に足を取られ思わずよろめく。

「危ない！」

部屋の中にいた民部卿《みんぶきょう》の藤原清貫《ふじわらのきよつら》と右中弁《うちゅうべん》の平希世《たいらのまれよ》が、忠平を支えようとして部屋の中から飛び出したとき、天神は再び割れるような大声で吼え上げ、手に持った錫杖をいきなり忠平へ向けて投げつけた。錫杖が雲の上から唸り声を挙げて飛んで来る。忠平の目に、飛んできた錫杖の先端が、次第に膨れ上がって来たように見えた。円く大きく膨れ上がり、人間の顔に変わって行く。

「茉莉花！」

忠平の傍でうずくまっていた帝《みかど》が呻くように叫んだ。茉莉花の首が髪を振り乱し、血しぶきを吐きながら飛んで来る。茉莉花の吐く血しぶきが、何時の間にか鋭い稲妻に変わっていた。帝《みかど》が、そして忠平が……、茉莉花が吐く稲妻をまともに受け、弾けるように派手に吹き飛ばされてしまった。

続いて凄まじい音が響く。激しい衝撃が清涼殿を揺るがす。耳をつんざく雷鳴に、複数の人々の悲鳴が重なった。雷の衝撃をまともに受け、床へ叩きつけられた人々の呻き声が次々と上がり、部屋の中は再び闇に覆われて行く。肉が焦げる臭いが立ち込めるなか、殿上間《てんじょうのま》の坤《ひつじさる》（西南）の柱が、炎を立てて勢いよく燃えていた。あちこちで、怪我を負った者のうめき声や泣き声が聞こえてくる。阿鼻叫喚の修羅場が延々と続くように思われた。しかし、世の中には終わりのないものはない。やがて風雨が治まると共に、部屋は再び明るさを取り戻したのである。

やっと我に返った人々は、我勝ちにその場から逃げはじめた。逃げ惑った人々が、何かにぶつかり立て続けに倒れた。よく見れば、被爆した柱の根元に折り重なった三体の身体がある。着衣が焼け焦げ、仰向けに転がった二つの死骸の下に、更にもう一つ、焼け爛れた顔がのぞいていた。三人とも見事なまでに焼け焦げ、即死したことは間違いない。人々が力を合わせて三つの屍を取り除くと、更にその下から、小柄な男がむっくりと立ち上がった。左大臣の忠平である。彼は三つの死骸の下敷きになったお陰で、大した怪我もないようだ。しかし、さすがに身体が震えていた。悪運強く、雷の直撃を避けて生き延びた彼は、正気を取り戻した後も身体の震えを止めることはできなかったのである。彼は小さな声で呟いた。

「怖い目に遭った……。菅帥《かんのそち》の力が、まさかこれほどまでとは思わなかった。よくもまあ、命があったものだ」

忠平はひとしきり震え続けた後、やっと我を取戻して問いかけた。

「帝《みかど》は……？　何処におわす？　ご無事であろうか？」

人々が、ざわめきながら周りを探すと、すぐ傍の床の上に横たわっておられた。格別、お怪我を召された様子もない。喜んだ人々が帝《みかど》を助け起こしたとき、彼らはたちまち異変を感じとった。口からよだれを流され、目には光がなかったからである。帝《みかど》の口が僅かに震えた。帝《みかど》をおそるおそる抱き起こした者は、不気味な言葉を聞き取って思わず身体を激しく震わせた。

「取ってくれ、頼む……。頼むから誰か、私に嚙みついている娘の首を取ってくれ……」

帝《みかど》は虚ろな瞳で宙を睨みながら唇を震わせ、しきりに首のまわりをかきむしっておられたのである。

（三十二）

それから四ヵ月が過ぎた。契丹帝国の天顕《てんけん》五年十月十六日のことである。契丹の帝都西楼《せいろう》は、この日も朝から冷たい北風が吹き荒れていた。第二代皇帝耶律尭骨《やりつぎょうこつ》の即位以来、都は全く新しく生まれ変わり、皇城《こうじょう》の西端に位置する開興殿《かいこうでん》も増築されて、如何にも皇居にふさわしい威容を誇っていた。

その開興殿の一室に、太后に謁見するため参上した皇帝尭骨《ぎょうこつ》が、ほぼ一刻《いっこく》（約二時間）も前から待たされていた。本来なら彼が住むべき御殿の主は、彼の母の述律太后月里朶《じゅつりつたいごうげつりだ》である。皇帝は太后に遠慮し、すぐ側の五鸞殿《ごらんでん》に居を構えていた。何しろ皇帝は太后に全く頭が上がらないのだ。史書に「性《せい》、孝謹《こうきん》。母、病みて食らわざれば亦《また》食らわず。母前《ぼぜん》に侍《はべ》り応対するに、或いは旨《むね》を称えず。母、眉を揚げてこれを見るに、即ち懼れて趨り避く。また召すにあらざれば敢えて見《まみ》えず」と記されたほどである。母に孝行であり、慎み深い性格だとされているが、要するに太后が怖くて仕方がなかったのだ。

これには勿論理由があった。早い話が皇帝は太后に擁立されたのだ。本来なら長子で皇太子の突欲《とつよく》（東丹王）が即位するところを、権謀術策をめぐらせた太后が、次子の尭骨《ぎょうこつ》を即位させた経緯があったのである。当然、反対者は多かった。先帝の股肱の臣である耶律迭里《やりつてつり》は「帝位は嫡長を先にすべし」と正論を吐いたが、怒り狂った太后は直ちに彼を捕らえ、無惨にも炮烙《ほうらく》の刑に処してしまった。しかし、これはほんの一例に過ぎない。反対派への彼女の弾圧は凄まじいものがあったのである。史書は次のように記す。

先帝が死んだとき、皇后は自分に反対する将軍の妻を集め、「私は今未亡人となった。汝らだけに夫があることが許されようか」と言い放ち、彼女らの良人の将軍百余人をことごとく捕らえ、聖地木葉山《もくようざん》へ送って先帝の陵墓に生き埋めにした。

その頃、趙思温《ちょうしおん》という名の漢人の将軍が、木葉山へ行くことを拒んだ。太后が眉をそばだて、「汝は先帝が最も深く信頼した者ではないか。何故木葉山へ行かないのだ？　先帝に殉死するのが人の取るべき道ではないか」と詰問すると、趙思温は「先帝が最も信頼した者は太后ではないか。貴女こそ何故木葉山へ行かないのか？　先に貴女が行けば、私も木葉山へ参りましょう」と反論した。これに対し太后は「もとより自分は殉死したい。しかし子供が若く、心許ないので死ぬわけには行かぬ。よろしい。首の代わりにこれを断つ！」と、自ら自分の右腕を一気に斬り落とし、柩に入れて木葉山へ納めた……と。彼女が後世「断腕太后」と畏怖された所以である。

このようにして先帝の息のかかった皇太子派の将軍を一掃した後、残余の将軍を集めて帝位承継者を決める段取りをつけた。彼女は将軍たちの前に、長子の突欲《とつよく》と次子の尭骨《ぎょうこつ》を馬に跨らせて叫んだ。「私は我が子を皆同様に愛しているので、どちらを帝位につけるか決めることができない。よって、汝らが選べ。良いか、自らが皇帝に相応しいと思う者の轡《くつわ》を取るのだ！」と。将軍たちは太后の心の中を知っている。また彼女に反対すればどうなるかもわかっていた。彼らは争って尭骨の馬の轡を取り、尭骨《ぎょうこつ》はめでたく二代皇帝に即位することができたのである。

これだけでも皇帝が太后に刃向かえないことがわかるが、そのほかにも重大な理由があった。皇帝の弟の李胡《りこ》の存在である。もしも皇帝が太后に反抗すれば、皇帝の座はたちまち李胡《りこ》に取って代わられるだろう。皇帝の位を維持するためには、彼は太后に従順になるほか取るべき道はなかったのである。そんなわけで、皇帝は太后の意に沿うべく汲々とする。病気になった太后が食事を摂ることができなければ、自分もまた食を断った。太后が眉を揚げて怒りを示せば、あたふたと逃げ去ることにしていた。太后に謁見するため、一刻（約二時間）待たされることぐらい、皇帝には何でもなかったのである。

やがて、太后が共も連れず一人で現れた。既に五十を過ぎた年齢だが相変わらず美しい。燃えるような赤い髪を長く伸ばし、青い眼が冷たく澄み切っている。衣の右袖をぶらりと垂らし、敢えて片腕を見せつけているようにも見える。中央の椅子に悠然と坐り、円卓に左肘をついて皇帝に声をかけた。坐りなさい……と、前の椅子を顎で指す。皇帝は円卓を隔てて立ったまま、結構だと身振りで示した。当然だと思っているのか、太后は敢えて勧めることなく、重い口を大儀そうに開いた。

「何か用があるとか……」

「はい、少々お耳に入れたいことが……。まず、東丹王が南京《なんきよう》（東平《とうへい》、現在の遼陽《りようよう》）を出奔し、後唐《こうとう》へ亡命致しました。おそらく、明宗《めいそう》（後唐の皇帝）と示し合わせたものと思われます。愛妾の高美人《こうびじん》をはじめ側近数十人を従え、望海樓《ぼうかいろう》に蓄えた万巻の書物を船に載せ、海に泛《うか》んで去ったと聞きました」

「ふん！　如何にも突欲《とつよく》らしいわ。相変わらず心憎い振る舞いをしてくれる。しかし、それは既に耶律羽之《やりつうし》から聞いているよ」

やはりそうか……と、皇帝は唇をかむ。羽之《うし》は私よりも遥かに深く太后に心服している。しかし、仕方がないことだ。誰だって権力のある者に靡《なび》く。彼が太后に忠勤を励むのは当然かもしれない。しかし、私は皇帝だ。何れは私に権力が帰す。その時に臍《ほぞ》を噛まぬことだ。皇太后の顔を平然と見つめ、一歩深く踏み込むことにした。

「これで、何もかも片付きましたな。兄者の件も……」

「何もかも……だと？」

太后が眉を顰《ひそ》める。しかし、この日の皇帝は怯むどころか更に踏み込んだ。

「はい。これで、私の即位以来の懸案が一つ消えました。何かと対応が難しかった兄者に、これからは気を遣わずに済みます。それから、もう一つは兄者の陰謀。渤海反乱軍に働きかけ、同盟して我らに背こうとした陰謀も……」

「片付いたというのか？」

「はい。実は吐号浦《とごうほ》の海岸に裴璆の船の残骸が漂着したとの報告を密偵から受け取りました。おそらく、嵐の為に沈んだのではないでしょうか？　これで、兄者が裴璆を使って企んだ日本との交易計画は破綻しました。ところで、この交易計画の実体が日本国への援助要請であることは、既にご存じの通りです。たとえそれが成功し、裴璆が幾らかの黄金を手に入れていたとしても、すべてが海中に沈みました」

「うむ……」

「東丹王には手勢が少ない。傭兵を雇うにしても、渤海人と手を結ぶにしても、要るものは金です。船が沈み黄金が手に入らない以上、東丹王は叛くことはできません。それ故、後唐《こうとう》へ亡命したものと思います。しかし、亡命者に何ができるでしょうか？　東丹王は終わりです。これで、すべて片付きました。しかし、それよりも……ですね」

「何だ？」

「裴璆は東丹国使であると共に、我らの間諜でもあります。母上の指示で耶律羽之が裴璆に命じた件については、裴璆の死によりすべての答えが出たわけです。もはや、彼から日本の都に至る最適経路の報告を受けられないばかりか、馬の海上輸送が可能か否かも確かめるわけには参りません。船さえも遭難したのですから、馬の輸送はできないと判断するほかないでしょう。馬を船に載せ、あの荒海を渡ることはできない……と。それよりも何よりも、裴璆の死で大事な水先案内人を失いました。何度も日本へ渡航した経験を持つ彼に代わる案内人はおりません。従って、日本遠征は中止……」

「何だと！」

太后が蒼白になって皇帝をにらみつける。しかし、この日の皇帝は怯まなかった。落ち着いた声で続ける。

「母上、あの波の荒い東の海を渡るのですよ。聞けば、漢人ですらあの海は渡ったことがないというではありませんか。斐瑯無くして、どうして日本へ攻め込むことができましょうや？　それに……」

「何だ？」

思わず怯んだ太后を鋭く見つめた皇帝は、一息置いて体をかがめると、床に置いた丸い桶を円卓の上に載せて言った。

「これをご覧いただきたい」

無造作に蓋を開けた皇帝は、髪を摑んで一人の男の首を取り出した。しっかりと口を結んだ首を、太后の顔の前へ突き出す。あまりにも無礼な態度に一度は眉を顰《ひそ》めた太后が、男の顔を見た途端、椅子を蹴るようにして立ち上がった。蒼ざめた顔で左手を伸ばし、有無を言わさず皇帝の手から首を奪い取る。赤い髪が心持ちそばだっているように見えた。小さな口から悲鳴のようなものが漏れる。青い眼を潤ませ、男の首をひたすら見つめた。やがて、太后の美しい顔が崩れると、歪んだ口が微かに開いた。

「スクネ……」

声と同時に首を落とす。音を立てて円卓に転がった首を見やることもなく、太后は呆然と宙を見つめて突っ立っていた。予想外の反応に狼狽えながらも、太后の変化をしっかりと見極めた皇帝が低い声で言った。

「渤海反乱軍に内紛が起きたようです。首は渤海国の世子大光顕《せいしだいこうけん》が送ってきました。反乱軍の統領、義父の大宿祢《だいしゅくでい》を討ち取った故献上する……と。おそらく彼は、自分が権力を握ったことを知らせて来たのです。しかし私の見るところ、大光顕には反乱軍を纏める力はありません。これで、渤海反乱軍は分裂し、四分五裂の状態になるのではないでしょうか？　分立した反乱軍のすべてを叩くのは困難です。彼らは少数の集団となって戦い続けるでしょう。一つを叩けば、別の一つが立ち上がる。大宿祢の死により、渤海の完全な平定が却って難しくなりました」

「うむ……」

「こうなればもう、耶律羽之《やりつうし》が既に献策している通り、渤海旧領を放棄して、できるだけ多くの人民を東平郡《とうへい》へ移す。この事業を、より積極的に促進するほかないでしょう。しかし、渤海旧領を放棄すれば、たとえ吐号浦《とごうほ》を占領できたとしても、そこから出航するわけには行きません。周囲が反乱軍に抑えられ後顧の憂いが残るからです。もはや、日本遠征を中止するほかないのではございませんか？」

理路整然と主張する皇帝の顔を、太后はつくづくと見つめた。尭骨《ぎょうこつ》はこんなにも論理的な思考ができる男だったのか？　私が少しでも咎めればすぐに尻尾を巻いた男がこれほどまでに頼もしい男だったとは……。幾分顔を和らげた太后は、彼の判断の正しさを認めた。彼女は皇帝に向かってしっかりした声で言った。

「わかった。そなたの言う通りだ。日本征服の計画は諦めよう。残念だが、日本遠征は中止する！　それから、この首だが……。これをそなたに預けておく。大宿祢は敵とはいえ立派な男だ。私を相手によく戦った。良いか、この首を王侯の礼を以て葬れ。手厚く、そして敬意をこめて……な」

太后は最後の言葉に力を入れると円卓を離れ、後を振り向くことなく足早に部屋を去った。畏まったまま、皇帝は敢えて太后に声をかけない。彼は知っていたのだ。太后が東丹王を斥けたのは、彼が大宿祢の子であるからだ。しかし太后は東丹王を、私よりも遥かに深く愛していた。おそらく、東丹王はそれに気がついていないだろう。それにしても、母と大宿祢の間には、どのような経緯が秘められていたのだろうか？　皇帝は大宿祢の首を見つめ、何時までも考え込んでいた。

エピローグ

霜月を迎え、都も木枯らしが吹きすさぶ季節になったが、この日は日差しもあって暖かい小春日和になっていた。比叡山の山頂に、鬱蒼と茂る樹々の合間から大きな岩が幾つか顔を出している。その中の一番大きな岩は見かけよりも平坦で、数人の人が十分に坐れるほどの広さがあった。

多分、そのためだろう。天狗が集まって酒盛りする噂があり、天狗岩と呼ばれている。この日も天狗さながら二人の男が岩に腰掛け、夕焼けに佇む都を仲良く見下ろし酒を酌み交わしていた。一人は冠を被った直垂姿の男で、もう一人は狩衣を着た髪の長い男である。何事か思案に耽っていたかのように見えた狩衣姿の男が、酒を酌む手を休め、急に思い出したように言った。

「小次郎、お主は昨日、小一条第へ呼ばれたようだな?」

小次郎が相手の顔を横目で見て重い口を開いた。相手は言わずと知れた鬼藤太こと、藤原純友である。

「うむ。小一条第から使いが来て、裴璆どのが遭難されたと聞かされた。しかし、本当だろうか?」

「本当だ。残念だがほぼ間違いない。忠平公は……な、五台山へ参詣する僧侶どもを援助し、その見返りとして海外の情報を集めさせておられるのだ。彼らのうちの一人、先日帰国した坊主の口から聞かれたのだ。情報の精度は高いというわけさ。それでお主、摂政どのから直接聞いたのか?」

摂政とは忠平のことだが、彼が摂政に就任するには次のような経緯があった。既に触れた通り、六月の末に宮中の紫宸殿と清涼殿に相次いで落雷があり、大納言の藤原清貫《きよつら》をはじめ三人の高官が死亡する大事件が起きた。言わずとしれた菅帥《かんのそち》の仕業である。その時、清涼殿の昼御座《ひるのおまし》に親しく出座されていた醍醐天皇は、ご自身も落雷の被害を受けられ恐怖の余り重い病にかかられた。何しろ、事件は怨霊の仕業なのだ。三か月後の九月二十九日、薬石効なく終に崩御されたため、皇太子の寛明《ゆたあきら》親王が即位されることになった。しかし、御年僅か八歳の朱雀天皇が自ら政治を執れるはずがない。そこで、醍醐天皇の遺勅を受けた左大臣忠平が摂政に就任したというわけである。

「そうだ。親しく側に召されて……な。摂政どのは裴璆どのを追い払ったものの、いざ摂政に就任してみると、万が一にも契丹が攻め込む可能性がないか、改めて心配になられたようだ。茉莉花どのが俺に言ったことを、すべて話せと迫るのさ。しかし、すべてを話せと言われても……な」

苦虫を噛み潰したような顔で小次郎が一気に盃をあおる。それを見た純友が低く笑って吐き棄てた。

「仕方がないさ、小心者だから……な。ふん！　今更心配になって来たか？　いい気味だ。しかし、あれでよく摂政が勤まるものだぜ。摂政どのは端《はな》から契丹侵入はあり得ない事だと踏んでいたではないか。一隻や二隻ならともかく、大軍団を組織して、あの大海を渡って来るのは無理だとね。しかも自慢の諜報網を使って、契丹帝国には皇位継承争いをはじめ、内紛が多いこともよくご存じだった。だから、彼の考え方も一理ある。一理どころか、彼の考えが正しいかもしれない」

「うむ……」

「それが、今更疑心暗鬼に陥るとはなあ、面白いものだ。おそらく、清涼殿の落雷がよほど堪えたのではないか？　だから……さ、それと同時に、茉莉花どのの言動が、今更ながらに気になってきたというわけだ」

「ふん！　いい気なものだぜ。今更、東丹国とも、渤海人とも、手を結んで契丹と戦うわけには行くまい」

「うむ……。しかし、契丹は来るかな？」

「来るさ！　俺は茉莉花どのが言ったことを信じる。茉莉花どのの父上がどれだけの期間、契丹軍を阻止できるかという問題があるにはあるが、何しろ相手は名にし負う騎馬軍団ではないか。そんなに長く支えられるわけがなかろう。大宿祢どのが敗れれば、契丹は必ず来る。来るに違いない！」

「さて、それはどうか……な？」

「何故だ？」

「俺は、この件に限れば忠平公の判断を買う。あの大海を真冬に……だぞ、大軍が船団を組んで渡れるはずがない。軍船を海に出したとしても、おそらく散り散りになるだろう。日本へたどり着けた軍船があるとしても、もはや戦をはじめる力はないのではないか。もしも、裴璆どののように、三度も荒海を渡った経験があり、海の道を知り尽くしているような方が先導すれば別だろう……がね」

「なるほど……」

小次郎が唸りながらも言った。

「しかし、裴璆どのは海の藻屑に消えてしまった」

「そうだ。彼のような熟練した水先案内人がいなければ、船団を組んで航海することは無理な話だ。それに……、馬の輸送はもっと無理だ。龍《ロン》という例外があることはあるがね、あの馬は特別だ。茉莉花どのからあの馬のことを聞いた後、俺は裴璆どのに頼んでじっくりと見させて頂いた。あんな馬が他にいるはずがない。馬が運べないとすれば、騎馬軍団の強みが無くなる。そうだとすれば、我が国の戦力でも何とかなるかもしれない。契丹はね、それを知らないほど馬鹿ではなかろう。奴らは来ない。彼らがこの国へ攻めて来ることはないのではないかな」

純友がしたり顔で言い切る。小次郎が考え込んで言った。

「馬の輸送はともかく……、我が国にとっては、裴璆どのが遭難したのは幸いだったと言えるようだな。不謹慎な言い方だが、神のご加護があった……と言うべきか？」

純友が呆れたような顔をして小次郎を見た。

「何だと？　何が神のご加護なものか！　裴璆どのも自分の価値を知っていたさ。自分が帰国すれば、有無を言わさず契丹軍に組み込まれることはわかっていたはずだ。だから、彼は船を沈めたのよ！」

「なに！」

「そうだろう。裴璆どのは、茉莉花どのをみすみす殺してしまった。帝《みかど》や摂政どのを呪ったに違いない。だが……な、彼はあんなに茉莉花どのを可愛がっていたのだ。茉莉花どのを生き返らすことができないからには、せめて彼女の使命を果たさせたいと思うはずだ。それが、盟友の大宿祢どのに対する詫びにもなる。契丹軍をこの国へ侵入させてはならない。彼は船もろとも、自分の身体を沈めることを選んだのさ」

なるほど……、と小次郎は思った。裴璆ほどの人物だ。それぐらいのことはやってのけるかもしれない。しかし、今の俺には契丹が来ても来なくてもどうでもよい。何れにしても、茉莉花どのは死んでしまった。あの、健気で勇敢な渤海国の姫君は死んでしまったのだ。おそらく二度と、彼女のような女性に会うことはないだろう。彼は苦い思いを呑み込みながら、黙って盃を重ねた。

眼下に広がる都を見下ろしていた純友が独り言のよう言った。

「小次郎……、お主、やはり坂東へ帰るのか？」

小次郎が重い口を開いた。

「都には、もう何の未練もない。鬼藤太、俺は旬日《じゅんじつ》のうちに坂東へ帰る。あの時、忠平公にお許しを戴いた」

純友は、ふん！　というように頷いた。

「摂政どのは何か申されたか？」

小次郎が他人事のように答えた。

「うむ、餞別の代わりに、相馬御厨《みくりや》の下司《げじ》に任命するとおっしゃった」

「御厨の下司？　お主も馬鹿に安く見られたものだな」

純友は呆れたように小次郎を見た。

「お主も知っているはずだ。茉莉花どのを殺したのは帝《みかど》ではない。摂政どのが毒殺したのだ。それで下司とは……な、少し安すぎはしないか？」

「官位や役職はどうでも良い。しかし……だ、俺は茉莉花どののことを、そんなことで済ますつもりはない！」

都を見下ろして小次郎はきっぱりと言い切った。ここからは、大内裏の偉容が一望にして見える。

「ふーん？」

純友が軽く頷き次を促す。小次郎は力を込めて言った。

「俺は、忠平公を捨ててはおかぬ！　茉莉花どのを殺した張本人は摂政どのではないか。菅帥《かんのそち》の雷撃から悪運強く逃れたようだが、俺は断じてあの方を許すわけには行かない。必ず付けを払わしてやる！」

「ほう、面白い……。茉莉花どののために忠平公の寝首を掻こうというわけか？　及ばずながら力になるぞ」

純友がからかうように小次郎をけしかける。小次郎は相変わらず都を見下ろしながらゆっくりと言った。

「鬼藤太……、俺はこうやって都を見ていると、茉莉花どののことを思い出すのだ。あの人は……な、この都の姿に驚いていた」

「ほう……、何かおかしなところでもあるか？」

「うむ、あまりにも無防備だというのさ。この都には城壁が無い。海の向こうなら信じられない話だそうだ」

「なるほど……、そうかもしれない。もともと我々は都が攻められる事なんか考えたこともないからな。築地は作っても、城壁を作る発想がないわけだ」

「あの人は、都を攻めようとする者がいないことにも驚いていた」

「…………」

純友が訝しげに小次郎を見た。小次郎は茉莉花との会話を思い出しながらしんみりと続ける。

「こうも言っていた。この国の政治は乱れきっている。国中に怨嗟の声が溢れているのではないか。少なくとも都に来る途中で見た村々ではそうだった。天皇が国を治める力を既に失っているのに、どうして革命を起こし、天皇家に取って代わろうとするものが出ないのだろうか……と。唐土《もろこし》では朱全忠《しゅぜんちゅう》という者が唐《とう》国を滅ぼして梁《りょう》国を建設し、渤海国は契丹皇帝に征服されたではないか……とな」

「そう言えば、我が国は唐土《もろこし》とは事情が全く違う。この国も陰謀には事欠かないが、天皇家を攻め滅ぼそうとする大それた話は聞いたことがない。我が国では誰もそんなことは考えなかった」

「しかし……、俺は今、それを考えている」

「何！」

「忠平公を捨ててはおかぬ……、と言ったはずだ。いや、忠平公だけではない。帝《みかど》も、尊意《そんい》も、そして公卿どもも……だ。全てがすべて、俺は許すわけには行かない！　奴らは寄ってたかって、茉莉花どのを殺してしまった……。それだけではない。奴らは無能なくせに気位だけは高く、我々のように汗水たらして働く者を見下している。それだけではない。大勢の民を餓死させながら、平気で課税を重くし、ありとあらゆる贅沢を貪っているではないか。許されることではない！」

小次郎が憑かれたように喋る。それに応えて純友の目が輝く。

「俺は……」

大きく息を吸い込み、小次郎は更に続ける。

「この国をひっくり返してやる。たとえ何年掛かっても……だ。坂東から攻め上り、俺は必ずこの都を落として見せる！」

「大きく出たな」

純友がため息をついて言った。構わず小次郎は続けた。

「必ずできる！　この国は乱れきっている上、施政者は皆、反乱など起きるはずがないと高を括っているのだ。見ろ！　あの都を……、まるで備えがないではないか。それに付け込んで誰かが口火を切れば、事は意外に簡単に進むはずだ」

「うむ……」

「この国でも、革命は可能ではなかろうか？　帝《みかど》も、摂関家も国を治める力を失っている。何かあれば天を祈り、仏を拝むことしかできない。力を持つ者が革命を起こし、新しい王朝を開くべき時期が、すぐそこに来ているのではないか？　契丹皇帝にできたことが、この国でできないはずがなかろう。今から思えば、茉莉花どのは俺に、それを教えてくれていたのかもしれない……」

そこまで語った小次郎が眼下の大内裏の偉容をじっと見つめた。夕陽をあびた純友の端正な顔が引き締まってきた。

「そうだな。お主が坂東から都へ攻め上ったとき、私が西国の海賊を引き連れて上京すれば、或いは都を落とすことができるかもしれぬ……。いや、二人の力を合わせばできるのではないか。これは面白いことになったな」

純友の顔が不敵に笑う。小次郎は厳しい顔のままである。純友が委細構わず、底抜けに明るい声で言った。

「都を落したら、お主は天皇の子孫だから帝《みかど》になれ。私は藤原氏だから関白《かんぱく》になろう。二人で力を合わせようではないか」

それを聞いた小次郎がにっこりと笑った。純友の顔が夕陽をまともに浴びて美しく輝く。顔を崩した小次郎が悪戯っぽく笑った。

「うっふふふ……。危ない、危ない。お主を関白にすれば、俺の首が何時掻かれるかわかったものではないわ」

純友が思わずうろたえて小次郎を見つめた。図星だったのか、柄にもなく顔を染め、掠れた声で答えた。

「そうか……、やはりお主もそう思うか？」

「当たり前だ」

笑みを含めて小次郎が短く言った。すぐに立ち直った純友が再び明るい声で言った。

「よし、お主の寝首を掻く算段は何れつけることにする。しかし小次郎、そんな事よりも都を落すことが先決だぞ」

「それもそうだ」

大声で笑い合った二人は、夕陽に染まる都を飽きることなく眺め続けた。


（完）

断腕太后

（一）

乾いた風が砂を巻き上げる。天顕《てんけん》元年（西暦九二六年）十月末、契丹《きったん》帝国の都、西楼《せいろう》の冬は早い。街外れの丘の廃れた道観《どうかん》（道教の寺院）の縁側に、黒い軍服を着た二人の男が坐っていた。何れも一廉《ひとかど》の武将だが頭髪が長いので契丹人ではない。

年上の男は漢人の亡命将軍で、盧龍軍節度使《ろりゅうぐんせつどし》の盧文進《ろぶんしん》である。彼はしきりに声を励まし、三十前後の若い男を説得していた。若者の名は趙《ちょう》思温《しおん》。漢軍都団練使《かんぐんとだんれんし》という要職にあり、男らしい顔をしているが左目がない。

「なあ……思温、よく考えろ」

文進が思温の顔を覗き込んだ。

「ここらがもう潮時ではないか？　太后陛下の世の中では命が幾らあっても足らない。俺と一緒に中国へ帰ろう」

太后陛下とは、先帝耶律阿保機《やりつあぼき》の妻で、ウィグル王家の血を引く述律《じゅつりつ》氏のことである。髪が燃えるように赤く青い瞳をしている。

今年の一月、先帝は僅か半月で渤海《ぼっかい》国を滅ぼし東丹国《とうたんこく》を建国した。しかし、本国へ凱旋する途中あっけなく崩御したため、渤海人の反乱が続発し東丹国は深刻な混乱に陥った。これを逸早く鎮圧したのが述律太后である。軍事・国政の大権を握った彼女は、皇太子の突欲《とつよく》と次子大元帥尭骨《ぎょうこつ》を従え威風堂々と凱旋して来た。

ところで、帝位を継ぐのは皇太子のはずである。しかし、実母である太后がどうしても即位させない。却って大元帥の擁立を図り、皇太子の側近を大量に捕らえて処刑した。僅か一月の間で刑死した者は四百人を超え、都の人々は怯えきっていた。しかも、漢人の武将張希崇《ちょうきすう》が出奔して、漢人への風当たりが一段と強くなっている。危険を感じた盧文進が、帰国を企んだのも無理はない。

思温の右目がきらりと光った。

「何だと、中国へ帰る？　謀反を図るつもりか？」

「うむ、謀反と言えば謀反だが……。俺は、後唐《こうとう》へ帰参しようと思っている。明宗《めいそう》皇帝とも連絡が取れたからな」

「明宗皇帝と？」

「そうだ。このままでは命が危ない。正直に言おう。俺は逃げる！　国へ帰って妻子に会いたいのだ」

文進は五年前、中国の中原《ちゅうげん》王朝である後唐《こうとう》の荘宗《そうそう》皇帝に仕えていたが、皇帝の弟、李存矩《りそんく》を殺して契丹へ亡命して来た経緯がある。娘の一人を召し上げられて、妾にされた怨みを晴らしたのである。その復讐に手を貸したのが弟分の思温であった。

しかし今年の四月、その後唐《こうとう》で革命が起きた。皇帝の一族である明宗《めいそう》が、荘宗を殺して即位したのである。彼らが帰国できる条件が整っていた。

「俺はお前に借りがある。できれば連れて帰りたい。だから……、お前の正直な気持ちを聞かせてくれ」

文進が思温の顔をじっと見る。思温は年老いた父母の顔を瞼に浮かべ、ためらいがちに呟いた。

「それは、私も帰りたい……」

文進が、思温の迷いを断ち切るように言った。

「よし！　それで決まった。ところで、思温。明宗皇帝の狙いは武力の強化にあるのは明らかだ。だから……、俺たちは盧龍軍を率いて帰参する。しかし、そのためには太后陛下を油断させなければならない。それで今日、俺は韓延徽《かんえんき》と会って来たのだ」

「ほう？　左僕射《さぼくや》（行政副長官）の延徽とか？」

「そうだ。彼は漢人のくせに、この国の将来に命を賭けている。太后陛下のためなら際どいことも平気でやるさ」

「それで？」

「明日、皇太子側近の大物が開興殿《かいこうでん》へ参上する」

「皇太子側近の？　では、猫か……」

猫というのは、先帝の弟アクジル（漢名・耶律寅底石《やりついんていせき》）の渾名《あだな》である。彼は政事令《せいじれい》（宰相）の要職にあるが、時々見境なく暴れるので気違い猫とも呼ばれている。

「そうだ。猫は陛下に皇太子の即位を迫っている。勝負は決まっているのに、馬鹿なことを考えるものだ。延徽の話では、陛下は敢えて御前会議を開き、気違い猫を仕留めるつもりだ」

「なるほど、政事令は却って墓穴を掘るのか」

「その通りだ。それを我々が加勢する。お前にも発言の機会を与えるから、陛下のために熱弁を振るってくれ」

「皇太子を排斥するのか？」

「そうだ。我々の力で大元帥を盛り立てる。上手くやれば、陛下の許可を貰って盧龍軍を動かすこともできよう。軍を率いて契丹から逃げる途はこれしかない。良いか、延徽と話ができている。彼は黙って我らを見逃すはずだ」

「うむ。しかし、どうも気が進まない。なあ……文進。皇太子の器量は大元帥より遥かに大きい。陛下を諌めて皇太子を即位させるのが臣下の道ではないか。長い目で見れば、陛下のためにもなるはずだぞ」

太后の美しい顔を瞼に浮かべ、思温はなおもためらう。苛立った文進が大声をあげた。

「何だと？　ここは契丹だぞ！　道にこだわる必要がどこにある？　我々の目的は、陛下を誑かして盧龍軍出陣のお許しを頂くことだ」

「うむ」

「それともお前、やはり……」

文進の目がきらりと光る。

「済まぬ、馬鹿な事を言った」

思温が慌てて文進を遮った。文進は俺の気持ちを知っているのか？　こうなれば仕方がない。俺も張希崇《ちょうきすう》のように、太后を裏切ることになりそうだ。思温は秘かにため息をついた。

（二）

開興殿《かいこうでん》の広間に重苦しい雰囲気が漂っている。大きな燭台が壁際に置いてあるが、部屋の中は薄暗く空気も濁りきっていた。

二人が相対してから、もう半刻余りたっている。太后と正面から向かい合っているのは、先帝の弟で、政事令の重職にあるアクジルである。二人ともほとんど黙ったまま、頑なに相手の出方を待っている。二人を挟むようにして、太后の左には韓延徽《かんえんき》や蕭阿古只《しょうあこし》、そして盧文進《ろぶんしん》などの重臣が控え、右側には華沙《かさ》や脊博里《せきはくり》など、太后腹心の侍従たちが油断なく目を光らせていた。

アクジルは、先帝の弟のなかでも変わり者で通っていた。彼は元々寡黙な男である。正確に言えば、要領よくしゃべれないのだ。しかしそれが、時々狂ったように自己主張をする。先帝の弟たちが結束して叛いたとき、こんなことがあった。ほかの兄弟たちは大人しく捕まったのに、アクジルだけが自決を図り、首を短刀で突き刺したのである。一途で、妥協しない性格なのだろう。自決の後遺症で、彼の右半身は不自由である。それからというものは、ほとんど人前で喋ったことがない。

太后の冷たい目がアクジルをじっと見つめる。赤い髪をゆったりと流し、成熟した女の香りを漂わせながら、彼の顔を覗くように見つめる。しかし、その深く青い眼に、生理的な嫌悪の色を露骨に浮かべていた。

今日も、一人は確実に死ぬ……。廷臣の末席に坐っていた趙思温は、粛清された人々の顔に、アクジルの顔を重ねながら心の中で呟いた。

半刻あまりも睨みあいながら、太后には怯んだ様子が少しもない。彼女の平然とした態度に業を煮やしたアクジルが、やっと低い声で呟いた。

「俺は、兄貴に頼まれたのだ……」

彼の口から出た三度目の言葉である。しかし、口にするのはそれだけで、ほかは一切しゃべらない。

「だから……、何を頼まれたのかと聞いている」

太后も律義に応えているが、返事を全く当てにしていない。思温の耳には、二人の声にならない応酬が聞こえる。

(何を頼まれたか、お解《わか》りのはずだぞ……)

(解《わか》っているとも！　でも金輪際、私の口から喋るものか)

張りつめていた緊張がさすがに緩みはじめる。すると、アクジルの左の唇が、やっと僅かに歪んだ。しゃがれた纏わりつくような声で言う。

「兄貴が俺を政事令にしたのは、皇太子を輔佐するためだ……」

濁った目は、死人のように精気が無い。太后が素っ気無く、吐き捨てるように促した。

「ほう、しゃべれるではないか。続けなさい……」

「兄貴は言った……。俺の後は、チュルクを継がせる。輔佐《ほさ》できる者はお前しかいない。頼む……とな」

皇太子の名前である突欲《とつよく》を、契丹語で発音するとチュルクとなる。気さくな性格が愛されていた皇太子は、チュルクと呼ばれていたのである。アクジルは、先帝が皇太子に位を譲ると遺言したというのである。しかし、太后は冷笑しながら反問した。

「チュルクを帝位に……？　そうか、不具で愚鈍なそなたを後見にして、二人でこの国をかき乱すつもりか？」

アクジルの口が再び歪む。

「相変わらずだな、お前は……。しかし、俺を怒らそうとしても無駄だ。俺は長い間、踏みつけられて生きて来た。侮辱されるのは慣れている」

「ほほほ……、解《わか》ってはいるの？　でもね、そなたの話は私の全く知らないことだわ」

太后は鼻先で笑った後、きっとした目付きで睨みつけた。

「お聞き、アクジル！　先帝が私と相談もしないで、世継ぎを決めることはありません。それは、そなたも承知のはずだわ」

「そうとも太后陛下、承知している。しかし、お前は嘘を言っている。兄貴はお前と相談した。その上でチュルクを、皇太子に立てたではないか」

普段しゃべらないアクジルが、意外に理屈を述べてくる。太后の青い眼が微かに苛立つ。彼女は高飛車に出て叫んだ。

「たとえそうだとしても、皇太子が帝位を継ぐとは限らない！　そなたは、そんなことも解《わか》らないのか？」

太后の意外な出方に僅かにうろたえたアクジルが、太后の傍に控える韓延徽《かんえんき》に目を移しながら懸命に反撃する。

「な、何だと……？　何を言っているのだ！　皇帝の位は皇太子が継ぐ……。そ、それが道理ではないか？　道をまげると国は立たない。無理をすればしっぺ返しを食うぞ。ところで韓延徽……、お前は漢人だ。帝位の承継について、十分心得ておろう。お前から、太后陛下に説明してくれないか？」

韓延徽が、思わず軽く空咳をした。思いがけない指名に意表をつかれたのである。太后はアクジルを睨んだまま、延徽に向かってそっけなく言った。

「韓延徽、お前の意見を聞きたいそうだ。気が済むように話しておやり……」

そうか、筋書きを変えられるつもりだな……。延徽は太后の心を素早く読み取って、身体を乗り出してしっかりと答えた。

「政事令どのが仰せの通り、中国では、長子が帝位を承継することが多いように見受けられます」

しかし、それは結果論である……と、彼は主張した。そして、その結果が必ずしも適切でなかったことを、蜀《しょく》主劉禅《りゅうぜん》や晋《しん》の恵帝《けいてい》などの例を挙げて説明する。それにひきかえ、唐の太宗など、世に名君と謳われた皇帝でも長子でない者が非常に多い。要は長幼ではなく、本人が持つ徳なのだと力説したのである。

延徽が、徳が備わり天意に順《そ》う者が初めて帝位を継ぐことができる……と締めくくったとき、太后は我が意を得たり……と大きく頷いた。彼の落ち着いた声と涼やかな眼差しは、彼の主張が公正なことを十分に証明しているように思えた。

末席で聞いていた趙思温は、感心しながらも考え込んだ。彼は思う……。さすがは韓延徽、見事なものだ。でも、本当にこれでよいのか？　確かに今、この国に太后の指導力が必要なのは間違いない。しかし、そうかと言って、皇太子を退け、大元帥を即位させて良いだろうか？　一時の利害のために道理をまげると碌《ろく》なことにはならない。この国の将来に、禍根を残すことにならないだろうか……と。

考え込んだ思温の耳に、突然、アクジルのしわがれた声が響いて来た。

「漢児め！　悪魔に魂を売ったな。したり顔をして何のことはない。こいつめ、獅子身中の虫だったか！」

アクジルの顔が怒りに歪む。彼の罵声をうけても延徽は少しも動じない。アクジルに蔑むような目を向けた後、再び太后を見上げて続けた。

「陛下、そこに控える盧文進は、博識においても天下に名を轟かせております。御下問頂ければ幸いでございます」

太后は、大きく頷きながら盧文進を見た。文進を見つめる彼女の目に、深い畏敬の念が浮かんでいる。

「アクジルは延徽の答えに不満のようだ。文進、お前の思うところを述べて見よ」

「ははっ！」

拝礼した盧文進が、真っすぐ頭を起こして涼やかに言った。確信に満ちた彼の声は、上ずったところが少しもない。

「皇位承継の考え方は、延徽が申し上げた通りだと思います。もし、敢えてつけ加えることがあれば、ただ一つ……。長子相続は元々、多くの農民を抱える中国人の考え方だということです。契丹帝国は、自由で勇敢な馬を操る民の国です。その我が国の帝位を、中国人の理屈で論ずることができるでしょうか？」

文進の指摘に多くの者が頷いた。なるほど……、我が国の帝位を中国人の考え方で決められてはたまらない。太后の仰せの通り、長子にこだわることはないかもしれない。

アクジルの顔がますます渋くなる。発言の効果に満足した文進は、末席に控える思温に目を移して言った。

「趙思温、そなたも陛下のお許しを受けて、意見を披露させて頂いたらどうか？」

うまくやれ！　友の目が、思温を暖かく励ましている。来たな……。俺もこれで、やっと太后の役に立てる。思温は勢い込んで太后の顔を仰いだ。しかし……、彼を見つめる太后の瞳には、訝しげな陰が浮かんでいた。

（趙思温？　都団練使《とだんれんし》とは名だけの、一介の武辺者ではないか。この程度の男に、何を語ること

がで きるというのか？）

不思議なことに趙思温は、太后の心を正確に読取っていた。読み取った瞬間……、彼の頭に一気に血が上って来た。こめかみを血が音を立てて上り、若い思温の身体が震える。太后との格の差を思い知らされた思温は、屈辱の余り我を失っていた。

「うむ……。ならば、簡単に申せ」

太后の、如何にも素っ気ない言葉が追い討ちをかけた。込みあげてくる悔しさが怒りに変わり、思温は思わず我を忘れて叫んだ。

「然らば、臣の存念を申しあげる……」

掠れた声が遠くの方から聞こえてくる。まるで他人の声のようだ。俺は一体、何をしゃべろうというのだろうか？　舌が勝手にしゃべってしまった。まずい……と思いながら、どうすることもできない。その場の雰囲気に飲まれ、思温は完全に、準備していた口上を忘れていた。

しかし、既に口を開いてしまった！　首尾一貫した発言をするためには、自分の信念を語るほかなかろう。蒼白になった思温は、声を震わせ懸命に叫んだ。

「中国では古来、帝位は宜しく嫡長を先にすべし……と、申しております。これは、契丹とて同じこと……、順逆誤れば家が乱れるもとではございませんか。家が治まらずして、果たして国が治まりましょうか？」

驚いた盧文進が思わず立ち上がって慌てて遮る。

「何を言う、思温！　そんなことを軽々しく申してはならぬ……。のう、延徽？」

韓延徽は文進を見向きもせず、じっと前を向いて爪を噛む。太后は、まるで不思議なものを見るように、思温の顔をまじまじと見つめた。趙思温は今にも泣き出しそうになりながら、それでも言葉を区切ってはっきりと言い切った。

「皇太子、今、まさに朝廷に在り。宜しくこれを立てるべし！」

不気味な沈黙が広間を飲み込んだ。重く凍りついた空気を突き破るように、しわがれた笑い声が聞こえてくる。

「あっははは！　何ということだ！　思温、でかした。よく言ったぞ！　あっはっは……」

アクジルが笑った……。品のない笑い声が段々と高くなって広間の壁に谺《こだま》したとき、おのれ！という気合と共に、鋭い鞭の音が響き渡る。つんざくような悲鳴があがった！　人々が思わず身を振るわせたとき、音を立ててアクジルが倒れた。間髪を入れず、アクジルに躍りかかった太后は、襟を摑んで引き起こし、激しい平当て打ちを顔に加えた。

「無礼者め！　私を誰だと思っている？　礼を尽くせばつけあがって……。幾ら先帝の弟でも、私を侮辱すると許さぬぞ」

形相を変えた太后が彼の顔を足蹴にし、何度も唾を吐きつける。太后の足元でアクジルが蠢く。床に這いつくばって蠢く醜い姿を見て武将たちが嘲笑った。今度こそ、勝負がはっきりとついた。

暫くして、太后は顔を上げ厳しい声で華沙《かさ》を呼ぶ。

「華沙！　お前に任せる」

「はっ」

短く答えたのは、太后の侍従で最も信任の厚い華沙である。彼は待ち構えていたようにアクジルに飛びかかると、襟を摑んで引き起こした。そして、抵抗力を全く失ったアクジルの身体を引き摺りながら、扉を勢いよく蹴って出て行った。

（三）

華沙が出て行った後、広間は静まり返っている。武将たちの注目を一身に浴びて、太后は再び玉座に腰を掛け、趙思温を見つめて静かに言った。

「漢軍都団練使《かんぐんとだんれんし》趙思温！　お前は帝位に口を挟んだ挙句、私に向かって逆らう気だな？」

静かな声が思温を捕らえる。思温は心の底から震えあがって太后を見上げた。彼女の青い瞳が怒りのために燃えている。彼は魅入られたように口を開いた。

「滅相もございませぬ。臣は仰せによって、存念を申しあげただけのことでございます。ですが……」

思温は思わず口を滑らせた。

「何だ？」

太后の鋭い視線が思温を捕らえる。湧きあがる恐怖に慄きながら、思温は懸命に声をふりしぼった。

「皇太子が帝位を継ぐのに、何の不都合がございましょうか？」

太后の口元が僅かに歪んだ。

「さすれば……、先帝の遺志に背くからだ！」

「先帝のご遺志に？」

嘘だ……と、思温は奥歯をかみしめながら唸った。先帝は皇太子を可愛がっていた。皇太子を斥ける動きが、太后の周囲から出たことは誰でも知っている。太后は何故、見えすいた嘘をいうのか？　同じお子でありながら、何故皇太子を疎むようになったのだろうか？

太后の激しい気迫に追いつめられながら、思温は懸命に抵抗を試みる。青く輝く冷たい瞳が、思温の動きを封じ込める。彼は太后の凄まじい力に抵抗できない自分に対し、深い絶望感を覚えた。青い瞳が陽炎のように揺れている。陽炎の向こうに何があるのか？　懸命に覗き込んだ思温の目に、理不尽な影がよぎるのが見えた。もしかしたら、皇太子は太后が生んだ子ではないのではないか？

太后の瞳の中に、恐ろしい疑惑を読み取った思温は、思わず口に出して呟く。

「そうか、そうだったのか……、それなら解《わか》る。皇太子が即位すれば権力を失うおそれがあるわけか？　要するに陛下が称制（執政）して権力を握られたのも、この国のためではなく、己の野心のためなのだ。先帝のご遺志など、言い逃れではないか！」

広間が一瞬静まり返り、やがて、大きなどよめきが起こった。思温が洩らしたうめき声を、武将たちは皆、正確に聞き取ったのである。太后の白い肌が怒りのために真っ赤になった。しかし、彼女はそれでも声を殺して静かに言った。

「言ったな、思温……。下司《げす》の分際で、そこまで言うなら覚悟があろう。近う寄れ、そこに控えろ！」

太后は思温に、アクジルが坐っていた場所を指差した。声が静かなだけに却って凄みがある。

思温は素直に立ち上がった。立ってしまうと、何故か足が勝手に動く。おかしい……。どうしたのだろう？　まるで、自分の足ではないようだ。周囲の刺すような視線に混じって、文進の瞳が気遣わしげに追ってくる。思温は武将たちの間をかき分けて太后の前へ進み、震えながらひざまずいた。

「不敵な奴め！　私が嘘を言っていると申したな？　良かろう、木葉山へ行け！　行って地下で先帝に見え、自分の耳で確かめるが良い」

木葉山へ？　そうか、殉死せよと仰せなのか……。思温はとうとう、崖っ淵へ追いつめられたことを悟った。

「臣に死ねと？」

「そうだ」

太后の目が残忍に光る。

「臣は陛下の仰せに従い、理《ことわり》を述べ存念を申し上げました。国のため、正直に天下の大法を申しました。それで死を賜るなら、この国の正義が立ちませぬ」

思温が、時々痞《つか》えながら辛うじて言葉を続ける。見守っていた盧文進が、たまらなくなって叫んだ。

「思温、無礼だぞ！　言葉を慎め。陛下にお詫びを申し上げるのだ」

なおも言葉を続けようとする文進を、太后が鋭い目つきで制した。

「そうか、正義が立たぬか……」

太后は思温の言葉を繰り返した後、声を和らげて諭すように言った。

「ならば、聞こう……。お前の左目は、渤海遠征した時に流れ矢が当たって潰れたそうだな？しかし、お前はそれでも戦い続けた。それをお喜びになった先帝が、自ら秘蔵の膏薬を塗って介抱されたと聞く。間違いないか？」

「はい……」

その通りだ。あの時、矢が目に当たった俺は、ただ闇雲に敵の中へ飛び込んだ。皮肉なことに、破れかぶれでやったことが、先帝の目に留まって都団《とだん》練使《れんし》に抜擢されたのだ。太后の冷たい声が、思温を現実に引き戻す。

「先帝の恩を思うか？」

「はい。親しくご介抱を受けたばかりか都団練使を拝命し、片時も先帝の恩を忘れたことはありませぬ」

「さもあろう。先帝はお前に特に目をかけておられた。先帝崩御から三月の間に、陛下を慕って木葉山で殉死した者は百人を超える。その中には、お前よりも遥かに縁が薄いのに殉死した者もいる。お前が受けた恩を思えば、殉死して地下でお仕えするのが当然ではないか？　それこそ、正義に適うというものだ。お前は何故、木葉山へ行かなかった。漢人は、忘恩の徒が多いと聞く。

命欲しさに先帝の恩を忘れたのか！」

太后は玉座から身を乗り出し、思温の顔を睨みすえる。

「いえ、決して……」

思温は辛うじて答えたが、後の言葉が続かない。

「臆したか、趙思温！　木葉山へ行くまでもない。私がお前を先帝の許へ送り届けてやる」

太后はいきなり立ちあがると、腰の剣を引き抜いて前にかざした。諸刃の剣が冷たく光っている。よく切れそうな剣だ……。思温は剣を見ながら、他人事のように考えた。刃先が彼の喉元に、ぴったりと当る。

「怖いか、思温？　すぐに済むぞ」

小さな唇がほころび、微かな笑い声が漏れた。細く反りあがった眉の下で、青い瞳が美しく燃えている。思温は、はっきりと見た。細く高い鼻の下で、心持ち突き出した唇が、彼の血を求めて濡れているのを……。

激しい恐怖が思温を襲い、心の中に封じ込んでいる男の記憶を呼び起こした。太后の様子が、こともあろうにあの劉仁恭《りゅうじんきょう》に似ている！　陰謀と虐殺の限りを尽くし、燕《えん》国の僭主に上りつめた旧主の姿を、まざまざと思い出させたのである。絶対的な権力に対する激しい憎悪が、どうしようもない勢いで広がって行く。彼は我を忘れて叫んだ。

「先帝の寵愛を受けたること、臣は、陛下に及ばず！　陛下こそ何故……、木葉山へ行かれざるや？」

思温が必死の形相で一気にまくしたてた。見守っていた武将たちの間から一斉に大きなどよめきが起こった。怒りを帯びた罵声があちこちで上がる。

「無礼者め！　陛下に申し上げる言葉か……」

「若造のくせに、生意気な！」

しかし、騒ぎは一向に収まらない。思温を叱る声の合間に、時々不穏な声が飛んで来る。

「思温の言や良し！　一理あり」

「その通りだ。太后は真っ先に木葉山へ行け……」

先帝が崩御してから日がまだ浅い。おまけに後継の皇帝が、まだ決まっていないのである。アクジルのほかにも、太后を引き摺り下ろそうとする武将も多い。彼らは、思温が作ってくれたこの機会を利用しようと、大きな揺さぶりをかけたのである。やがて、太后を弾劾する声が増え、思温を非難する声を上回ってきた。太后は思わぬ窮地に追いこまれた。隙を見せれば、一気に襲いかかってくる。太后が歯を食いしばって思温を睨んだ。思温の右目がきらりと光り、挑むように見つめ返して来た。太后が、剣を持ったまま大声で叫んだ。

「黙れ、思温！　私が死んだら、この国はどうなる？　この、横着者めが……。たわけたことを申すな！」

太后の気迫を込めた一喝が、この場の不穏な空気を辛うじて押さえた。彼女は、深い憎しみを込めた目で思温を睨みつけ、喉にあてた剣に力を入れた。喉の薄い皮膚が少しずつ刻まれ、真っ赤な血が一筋、こぼれるように落ちて行く。思温が苦痛に耐えながら、訴えるように太后を見つめた。青い瞳が冷酷に燃える。覚悟を決めた思温が心の中で叫んだ。太后の手にかかるなら本望だ！　若い思温の激しい想いが、熱い流れとなって太后の身体に降り注ぐ。太后が思わずうろたえて身体を引いた時……、思温のつぶれた左目から、涙が微かに流れ落ちた。太后の胸に思わず、熱いものが込みあげて来る。潰れてしまった目が、どうして涙を流すのだろうか？

太后の顔が一瞬歪む。歪んだ顔がすぐに締まり、剣を頭上に振り上げた。激しい気迫が思温を襲う。

「えい！」

鋭い気合とともに、太后が全身を使って剣を振り下ろした。鈍い音が広間に響き、血しぶきが撥ねあがる。飛び散った血しぶきが、雨となって思温の上に降りかかった。

「うわっ」

頭から血を被った思温が、思わず大きな悲鳴をあげた。おびただしい血を噴き出した太后の右腕が、目の前に転がっている！　断ち切られた白い手が、空《くう》をつかんで蠢いていた。太后は自分で、自分の右腕を断ち切ったのだ。

騒然とした騒ぎの中で、太后の弟の蕭《しょう》阿古只《あこし》が慌てて駆け寄った。彼は袂から布を引き出し、太后の腕の付根を縛って止血する。数人の武将が喚きながら傍へ駆けつける。

「よい！」

阿古只が慌てて諸将を制した。

「俺は傷の手当てに馴れている。俺に任せろ！」

阿古只の介抱を受けながら、苦痛に身を捩《よじ》らせて太后が叫んだ。

「聞け！　私はもとより、地下へ行って先帝に従いたい！　後継決まらず、国事多難なために殉死できなかった。命を捨てることは容易いが、国を思えばそうは行かない……。今、こうして一臂《いっぴ》を断ち切った。私の代わりに、これを先帝の柩に入れるべし！」

武将たちのざわめきが次第に収まり、畏怖のこもった眼差しが太后のまわりを取り囲む。今まで、自分の四肢を断ち切った権力者がいただろうか？　首を切って死ぬよりも、遥かに苦痛が大きいはずだ。歴戦のつわもの揃いだけに、武将たちは太后の行為を正当に評価し、勇気と潔さに素直に感動した。

武将たちの畏敬の念がいやが上にも高まると、彼らは太后を弾劾したことを忘れ、逆に思温を、許せないと思うようになった。怒りのこもった声があちこちから上がる。

「思温を殺せ！」

「構うことは無い。八つ裂きにしろ！」

数人の武将たちが、血潮を浴びて床にうずくまっていた思温の側へ駆け寄り、今にも襲い掛かろうと剣を引き抜いた。盧文進が腰の剣の柄を握り、思温を後ろにかばって仁王立つ。騒然としたなかで、阿古只に抱きかかえられていた太后が、血の気を失った顔を向けて、懸命に声を振り絞った。

「待て！　思温に手をだしてはならぬ。彼の命は、私が預かる……」

「太后の仰せだ。構えて相違あるまいぞ！」

阿古只が後を引き取って大声で叫び、太后を軽々と担ぎあげると、急ぎ足で大広間から出て行った。

（四）

道観《どうかん》の軒下から西楼《せいろう》の街を見下ろしながら、軍袍《ぐんぽう》を着た盧文進が趙思温の顔を覗き込んで言った。

「今朝、延徽から連絡があった。盧龍軍に出陣の許可が下りたそうだ」

「ほう、それは良かった」

「俺は明日、軍を率いて幽州へ向かう。勿論、そのままずらかるつもりだ。それから……、お前も盧龍軍に加わることが認められたぞ」

文進が、一緒に行くかと思温を見る。

「ありがとう」

思温が居住まいを正して、文進と向かい合いながら穏やかに答えた。

「できれば一緒に帰りたい。しかし、私は契丹から離れることができない。陛下を裏切って国へ帰れば、それこそ人でなしになってしまう。わかってくれ文進。あの方は私に片腕をくれたのだ」

「そうか、やはり行かぬか……」

文進はあっさり頷いた後、改めて顔を引き締めて言った。

「ところで思温……、お前が契丹に残るなら教えておこう。太后陛下が、何故皇太子を即位させないか……」

「知っている。皇太子は陛下の子ではないのだな？」

したり顔で遮る思温に、文進が強い口調で否定した。

「いや、違う！　皇太子は間違いなく陛下の子だ。しかし、先帝の子ではない。陛下が先帝に嫁いだ時には身ごもっておられたようだ」

驚いた思温が文進の顔を見つめ返した。文進は好い加減なことを言う男ではない。多分、裏を取って言っているのだ。思温は思わず声を潜めて聞いた。

「ほう、すると……、皇太子は誰の子だ？」

「そんなことがわかるものか！　陛下のほかには……な」

文進が呆れたように思温を見つめた。それでも口調を緩めて付け加える。

「何れにしても、陛下は先帝の血を引かない皇太子を皇帝にすることはできなかったのさ。まして、理由を公表するわけにも行かない」

「そうか、私は何も知らないで陛下を追いつめていたのか……」

思温は顔を背けて自分に向かって呟いた。文進が思温の肩を優しく叩きながら慰めるように言った。

「しかし、それで良かった。お前が追いつめたからこそ、陛下は自分の腕を斬ることができたのではないか？　武将たちの不満は、お前を殺したところで消えるわけがない。奴らは太后の血を求めていたのだからな。陛下はお前のお陰で、彼らを心服させることができたのさ。お前の評価は高いようだぞ……」

「そうだろうか？」

「間違いない。延徽の話だと、盧龍軍に出陣の許可が下りたのもお前のお陰のようだ。陛下は、お前が同行すると思っておられる」

「なるほど……」

思温は複雑な表情で頷くと、改めて文進に問いかけた。

「それはともかく、陛下のご容態は如何だろうか？」

文進がにっこり笑った。

「心配ない。延徽の話では順調なようだぞ。だが、あの男、転んでも只では起きぬ。太后断腕を美談に仕立てることを思いついた。奴め、どうすると思う？」

文進が機嫌の良い時に見せる悪戯っぽい目つきをして思温を見た。

「私にわかるはずがない」

律儀に顔を崩し思温も微笑む。

「延徽は城内に寺を建てるつもりだ。その名も義節寺と名付け、その中に断腕楼という楼閣を築く。そして、殉死に代えて自らの腕を断ち切った陛下の忠節を、末代まで世に残すため石碑を建てる。さすがは延徽ではないか。知恵者だけに抜かりはない。これでこの国も一本化され、帝位は文句なく大元帥が継ぐことになる。それを太后が背後から指導されるわけだ。思温、契丹は間違いなく強国になるぞ！　しかし、中国にとっては恐ろしいことではないか」

思温は文進の言葉に頷きながら、あの日の出来事にこだわった。太后は確かに俺を斬らなかった。しかし、自分の腕を断ち斬って俺の未来を決められた。俺はどんなことがあっても、太后を助けなければならない。彼女の失った右腕にならなければならないのだ。趙思温は文進を見上げ、片眼を光らせ挑むように言った。

「そうとも、文進。契丹は太后の下で必ず強国になる。戦で見《まみ》えれば容赦しないぞ」

盧文進は思温の激しい言葉に驚きながらも、彼を見つめ返して大声で叫んだ。

「望むところだ！　待っているぞ、思温」


この時から、趙思温と盧文進は袂を分かつことになった。契丹を出奔した盧文進は、中国後唐《こうとう》の明宗に迎えられ、滑州《かっしゅう》節度使・検《けん》校《ぎょう》大尉《たいい》に任命されたが、後に契丹が後唐を滅ぼすと、更に追われて南唐《なんとう》へ奔った。

一方、契丹に残った趙思温は着実に出世を重ね、終には太師《たいし》・魏《ぎ》国公《こくこう》にまで昇りつめるが、これはまた別の物語になる。


（完）

千角鹿伝説

（一）

ええ、あれは天顕《てんけん》二年（西暦九二七年）の冬の日でございました。十一月にもなりますと、契丹《きったん》の都の西樓《せいろう》は興安嶺《こうあんれい》から吹く北風に曝され、寒さが一段と強まります。その日も開皇殿《かいこうでん》は朝から非常に冷え込んでいましたが、あの方が絵を描かれることになりましたので、窓はすっかり開け放たれておりました。あの方には顔料の臭いを気にする繊細なところがあったのです。

画布に向かわれた時のあの方はほとんど口を利かれません。私のことなど、見ようともなさいません。次々と湧き上がる想いをそのまま形にしようと、絵筆を画布に何度も叩きつけられるのです。でも、その日は何故かほとんど絵筆が進みません。苛立ったご様子で絵筆を持ち、画布を睨みつけておられました。

そのようなお姿を見ますと、私はあの方が怖くて堪らなくなります。芯の底から凍り付いてしまうのです。いつもは穏やかで物静かな方ですが、端正なお顔に底知れぬ暗さが漂い、青みがかった瞳が狂ったように燃えるのです。多分、私の国を攻め滅ぼされた時も、このような恐ろしい形相で暴れまわり、多くの人々を虫けらのように叩き斬り、突き刺されたのではないでしょうか？

その方の名はチュルク……。これは契丹風の発音で、正しくは契丹帝国の先帝陛下、耶律《やりつ》阿保機《あぼき》さまの御長子で突欲《とつよく》さまと申されます。チュルクさまは契丹帝国の皇太子のまま、東丹国《とうたん》王として君臨されていましたので、皆さまからは単に東丹王《とうたんおう》とか、人皇王《じんこうおう》と呼ばれておりました。人皇王《じんこうおう》と呼ばれましたのは、父上の契丹皇帝が天皇王《てんこうおう》、母上の述律《じゅつりつ》皇后が地皇后《ちこうごう》と名乗っておられたからでございます。

私はメイリン……。高美玲《グォメイリン》という名の渤海《ぼっかい》国の貴族の娘で、今年十八歳になりました。今ではチュルクさまのお世話係に抜擢されてはいますが、左の頬から顎にかけ、長さ二寸の傷がある醜い娘でございます。

ご存じのように一年前の正月、渤海国は契丹帝国の騎馬軍団に首都忽汗城《こつかんじょう》を攻略され、あっという間に滅ぼされてしまいました。私は、その時の悲惨な出来事を片時も忘れることができません。勝ち誇った契丹兵が道行く人々を薙ぎ倒し、狼藉の限りを尽くしたのです。男を見れば罵声を浴びせて斬り殺し、女を見れば抑え込んで笑いながら犯しました。それだけではございません。幼児を捕らえては放り上げ、落ちてくる所を槍に突き刺して楽しんだのでございます。

渤海人の災難は戦が終わっても続きました。何十万、何百万人の人々が雪の荒野を、家畜のように鞭で追われ契丹本国へ連行されたのです。ええ、それはもう本当に悲惨な行進でございました。行列に遅れた老人や子供は容赦なく殺され、まるで襤褸《ぼろ》のように道端に棄てられたのでございます。はい、そうです……。私も家族を皆殺しにされた上、この西楼《せいろう》へ運ばれて参りました。その時受けた鞭の痕が、私をこんなに醜い顔に変えたのです。でも、それが却って幸いしました。私の顔を見た契丹兵は例外なく身の毛をよだたせ、犯そうとする者などいなかったからでございます。

さて、契丹皇帝の耶律阿保機《やりつあぼき》さまは、渤海国を東丹国と改め、長子のチュルクさまを国王に立てられましたが、本国へ凱旋する途中、実にあっけなくお亡くなりになりました。それを知った渤海人たちが各地で一斉に蜂起し、一時は大変な混乱になりました。その混乱を見事に収め、軍事国政の大権を握られましたのが、先帝陛下の皇后である月里朶《ゲリーダ》さま……。はい、今の太后陛下でございます。

やがて、太后さまは軍を率いて西楼《せいろう》へ凱旋され、暫くの間、ご自分で政治をとられることになりました。チュルクさまもまた、東丹国の政治を宰相たちに任せ、急いで西楼へ帰られました。おそらく、帝位を継ごうとされたのだと思います。でも、その思惑は叶いませんでした。太后さまは何故か、チュルクさまの即位を拒まれたのです。チュルクさまに不足があったのか、或いは弟御の大元帥尭骨《だいげんすいぎょうこつ》（契丹風の呼び名はヤオクーシ）さまを偏愛されたためなのか、私などにはわかることではございません。

それから一年余りというもの、帝位をめぐって血腥《ちなまぐさ》い争いが続きましたが、そのことについては思い出したくもありません。皇太子派の人々は根こそぎ粛清され、おびただしい血が流されました。その結果、太后さまのご意向に真っ向から背く者はおりません。難航した帝位継承問題も、大元帥のヤオクーシさまの即位で纏まり、明日の夷離菫《いりきん》集会で正式に決められるだけになったようでございます。

（二）

このような経緯がありましたので、ここ何日もチュルクさまのお顔の色も優れず、自室にお籠りになったのは仕方がないのではないでしょうか？　チュルクさまは一日中、部屋の中でほとんど絵筆を握っておられました。絵を描くことで、胸の中に溜まった鬱憤の数々を鎮めようとなさったのだと思います。そのため、描き上がった絵には胡画《こが》（漢人以外の胡人《こじん》が描いた絵）特有の逞しさの中にも、どことなく凄惨で危うい印象が見えるものになりました。ええ、これはある方の受け売りではございますが……。

もともとチュルクさまは、胡服《こふく》の武将や馬などの契丹の風俗を好んで描かれておりましたが、この国を訪れる漢人の画商の間でも評判が高く、彼らが争って買い込んで国へ持ち帰るほどの腕前でございました。聞くところによりますと中国では、東丹王の絵と言えば異国情緒豊かな画想が珍重され、雄勁《ゆうけい》で壮気溢れる画風の中に漂う典雅さが評価され、飛ぶように売れたということです。

でも、今お描きになっている絵は、およそ典雅な香りの欠片《かけら》もない、実に凄まじい絵でございました。ここ数日の鬱屈した心をそのまま、絵の中にまともに表現したいと思われたのか、その絵の中には異常なほどの緊迫感と凄まじさがあったのです。これでは、どんな目利きの画商が見ても、これが東丹王の絵だと見破ることはできますまい。

それはおよそこんな絵でございました。横が三尺、縦が五尺の画布の真ん中に、連山を背景に巨大な岩山が屹立しております。その険しい頂の上には、何かに追い詰められた親子と思われる二頭の牡鹿《おじか》が逃げ登っていますが、いよいよ進退窮まったのでしょうか？　若い鹿が足下の岩角を力強く踏みしめて身を屈め、今にも千仞《せんじん》の谷底へ跳び込もうとしているのを、すぐ背後に控えた巨大な鹿が、早く跳べ、ほかに道はないのだ！　と、眼を怒らせて叱咤激励しているという……、そんな構図の絵でございました。

この絵でひときわ目立つのは、何と言っても巨大な牡鹿でございます。胸を張って首を真っすぐ上げ、周囲を睥睨《へいげい》する姿は実に堂々としたものでした。特に、その二本の幹角《みきづの》を天へ向かって真っすぐ伸ばし、それぞれ七、八本に分かれた枝角《えだづの》を、左右に大きく広げた雄渾さは喩えようもありません。力強く群立する角全体の大きさは、鹿身《ろくしん》の三倍ほどもあるでしょうか？　興安嶺の深山に棲む群角森列《ぐんかくしんれつ》して闘立《とうりつ》する千角鹿《せんかくろく》とは、まさにこの鹿のことを申すのでございましょう。

それにしても、この絵の持つ凄まじさは何処から来るのでしょうか？　確かに、この絵の構図がもたらす緊迫感は並大抵ではございません。しかし、この絵を見た瞬間に感じる凄まじいおぞましさは、単に緊迫感だけでは説明できません。それはおそらく、この千角鹿の細く吊り上がった眼……、三白眼の中の冷酷で敵意に満ちた小さな瞳に、すべての源があるのではないでしょうか？

実は私も、初めてこの眼を見た時には思わず震えあがってしまったのです。邪悪でおぞましく、思わず目を背けたいほどの激しい敵意に射竦《いすく》められたようで、全く身動きができませんでした。

ええ、そうです、牡鹿の細くて鋭く醜悪な眼……。この敵意と怨恨に満ちた小さな瞳こそ、この絵の凄まじさの原因だったのでございます。

勿論、それはチュルクさまもご存じでした。千角鹿の眼に入れる瞳の大小に時間をかけてこだわられ、下絵を何枚も描き替えられたのでございます。鹿の身体に合わせて瞳を大きく入れますと、千角鹿には立派な王者の風格が表れますが、若鹿を見つめる眼差しが何故かよそよそしくなってしまい、これでは親子になりません。逆に、瞳を小さく入れますと、三白眼と化した眼には憎悪と敵意が強く表れ、千角鹿からは王者の風貌が消え去り、猛々しさと冷酷さが強調され憎悪と怨恨の権化に変わり果てるのです。

しかし、却ってそのことで二頭の間が繋がってきました。憎悪と敵意を剥き出しにした千角鹿の細く鋭い眼は、迫り来る敵を激しく威嚇しながらも、若鹿に早く跳べ、私もすぐ後に続く……と、我が子を叱咤、激励しているように見えます。千角鹿と若鹿の間からよそよそしさが消え去り、血の繋がった親子の持つ一蓮托生の気配が、この絵の中から明確に読み取れるようになるのです。

チュルクさまは千角鹿の風格を取るか、凄まじい印象を容認して親子の情愛を取るか、随分悩まれたようでございます。眼の表現に集中され、瞳を大きくしたり小さくしたり、微妙な調整を繰り返して、何度も下絵を描き替えられ、その結果、部屋の中は散乱した下絵で足の踏み場もなくなるほどでございました。

そして終には、瞳の大きさを変えた二枚の下絵を並べ、腕を組んでじっと比べられたのでございます。瞳の大きさが違うだけですが、私の眼にも二枚の下絵は全く別の違った絵に見えるのです。それは本当に不思議なことでした。暫くの間、チュルクさまは二枚の下絵を交互に取り上げてご覧になっていましたが、最後にやっと瞳が小さい方の下絵に決められました。千角鹿の風貌を立派に描くよりも、迫り来る何かに敵意を剝き出しにし、凄まじい形相になりながらも、我が子と一蓮托生……、谷底へ飛び込もうとする千角鹿の情愛を描こうと決められたのでございます。どうなることかと気をもんでいた私が、一安心したその時です。

チュルクさまが急に私の方へ振り向かれました。暗く沈んだ青い瞳が、私をじっと見つめていらっしゃいます。その眼差しをまともに受け、私は思わず身を竦め、その場に凍り付いてしまいました。初めてチュルクさまの褥に召し出された時のことが、何故かこの時、ありありと瞼に浮かんだのでございます。あの時も、あの方は暗く沈み切った眼を虚ろに開き、身体を斜《はす》に構えておられたのです。

（三）

私が初めてチュルクさまにお目にかかったのは、丁度一年前のこの頃でした。契丹兵の鞭に追われながら何とか西樓へたどり着いた私は、郊外の馬小屋の中に押し込められ、数人の女たちと腰縄で繫がれておりました。そうです。まるで屠所《としょ》に赴く豚か羊の群れのように括られていたのでございます。

そんなある日のことでした。そろそろ北風が強くなっておりましたが、私は急に縄から解かれ開皇殿《かいこうでん》へ連れて行かれました。私はそこで数人の娘たちの手で情け容赦なく裸にされ、頭の先から爪先まで束子《たわし》をかけて丁寧に洗い清められたうえ、何が何だかわからないまま入念な化粧を施され、薄い襦袢をだけのあられもない格好で、チュルクさまのお部屋の中へ送り込まれてしまったのです。

はい、その時でございました。あの方が薄暗い睡房《すいぼう》の上で横たわり、虚ろな眼を見開いているお姿を初めて見ましたのは……。ええ、それは本当に不気味な眼つきでございました。深く青みがかった眼には、どこにもとらえ所がありません。こんな眼をした男には、碌な者はいないはずです。怖さの余り、身体の震えは止まりません。そんな私に、チュルクさまはあっさりとおっしゃいました。

「何だ、寒いのか？　ここへおいで。すぐ暖めてやる」

初めて聞くチュルクさまのお声は、意外なほどに澄んでおりました。でも、その時の私は、この方が誰であるかしっかり承知していたのです。そうです。この男が、私の人生を台無しにした張本人です。忽汗城《こつかんじょう》が攻め落とされ私の国が滅んだのも、家族が殺され奴隷の身分に落ちたのも、そして私の顔がこんなになったのも、皆……、この男の所為《せい》なのでございます。そんな男に声を掛けられても、どうして傍へ行けるでしょうか？　私は頑なに下を向き、唇を固く嚙んでおりました。

そんな私に、多分苛立たれたのではないでしょうか？　チュルクさまが声を荒らげて叫ばれました。

「どうした、何故来ない？　聞こえないのか！」

怖い……。怯えきった私が思わず胸をかき抱いたとき、あの方は実にしなやかに跳び起きられ、私を抱えて睡房《すいぼう》の中へ運ばれました。ええ……、気がついた時にはもう、私はチュルクさまの腕に抱かれていたのでございます。勿論、殿方に抱かれたのは初めてです。私は両手で乳房を抱いて懸命に身体を閉じようとしました。でも、チュルクさまは、お許しになりません。強い力で私の手を捻りあげ、乳房から離そうとなさいます。幾ら力を振り絞っても、逆らえるはずがございません。

何故？　こんな醜い私を何故？　私の顔を見れば、契丹兵ですらたじろいだのに！　私を抱くなんて並の感覚ではありません。醜さ故にどんなことをされても喜ぶ、蓮っ葉な女だと思われたのかしら？　そう思うともう、情けなくてたまりません。私は無性に悔しくなり、涙が滲んで参りました。私はその時、自分が女奴隷であることを忘れていたのです。今まで豚か羊のように扱われ、すっかり感情を失って、鞭で打たれても泣けなかった私に、悔し涙が出たのです。

「おや、どうしたのだ？　え……？」

こんな男でも、涙に心が動かされるでしょうか？　覗き込むあの方の顔を見つめたとき、私は意外なことに気がつきました。チュルクさまの眼の中には、長い間忘れていた人の温もりがあったのでございます。

でも、嫌だ！　私を手籠めにする男など……。

不思議なことに私は、自分が女奴隷であることも、昔と違って醜い娘になっていたこともすっかり忘れておりました。この時何故か、私の中に人間らしい感情が甦り、あの方に刃向かうことができたのです。

「いや、離して！　私……、嫌なのです！」

契丹人だけには犯されたくない！　私は一生懸命首を横に振り子供のように泣き出しました。鞭で打たれても泣けなかった私が、声を出して泣いたのです……。今から思えば不思議な行為が、あの時の私には全く平気でできたのです。あの方は私の身体を離して起き上がり呆れたようにおっしゃいました。

「何だと……、嫌だって？　ふん！　面白い奴だ！　一体自分を何様だと思っているのか？　嫌なら嫌で良い。泣くな！　もう、何もせぬ……」

その時、私はチュルクさまのお口が歪んだことを覚えております。醜い奴隷のくせに生意気だと思われたのか？　それとも初心な女だ……、と呆れられたのでしょうか？　多分、どちらも当たっていたでしょう。

でも……、それからというものは、チュルクさまは契丹人の御正室をはじめ、大勢いた側室の方々を遠ざけられ、私を側から離されなくなりました。一体、私の何処がお気に召したのでしょうか？　それからほどなく、私は正式にチュルクさまの後宮に加えられ、美人《びじん》の位（側室の位）に叙せられたのでございます。

しかし結局は、ただそれだけのことでございました。私たちはそれからも、同じお部屋で休むことが何度もありましたが、チュルクさまは二度と私を抱こうとはなさいませんでした。あの時、私のような醜い女に手を出されたのは、多分……、気まぐれだったのでございましょう。

こんなことがあったため、私はチュルクさまのご寵愛を独占していると、多くの女性たちから妬まれております。でも、一度もお情けを受けたことはございません。勿論、こんなことは他人には言えませんので様々な嫌がらせを受けてはおります。しかし、それはそれで仕方がないことではないでしょうか？

(四)

「メイリン、筆を代えて見よう。代わりの筆を持って来てくれ」

下絵を参考に、画布に千角鹿図を描かれていたチュルクさまが、澄んだ声で私をお呼びになりました。あの方の声は暗い顔つきに似合わず、本当に綺麗で澄んでおります。私は返事もそこそこ、奥の物置へ向いました。

もう一年間もお側に仕えておりますので、あの方の心の動きが多少はわかって参りました。あの方はきっと、細めの狼筆《ろうひつ》を持参するよう申しつけられたのではないでしょうか？　チュルクさまは普段、羊と馬の毛を交ぜた柔らかい筆を使われますが、繊細で強い線を引かれる時は、狼の毛でできた硬い筆を使われます。

私が物置に入るのとほとんど同時に、大きな音がして部屋の扉が勢いよく開きました。どなたかお見えになったのですが、お顔は見えなくても私には、その方がどなたであるかすぐわかりました。チュルクさまの部屋へ、声もかけずにお入りになれる方は、太后さまの外にはいらっしゃいません。私は慌てて物置の扉の陰に身を隠すと、それとなく部屋の中を窺うことにいたしました。

太后さまはチュルクさまより背も高く大柄な方でございました。先帝陛下も身の丈九尺の偉丈夫でございましたのに、何故チュルクさまだけが小柄なのか、私は何時も不思議に思っておりました。太后さまは今年四十九歳とのことでしたが、そんなお歳にはとても見えませんでした。契丹人にしては珍しく、髪が燃えるように赤い上、瞳は青く澄んでいらっしゃいます。その上肌は抜けるように白く、女の私でも思わず引きつけられるほどの美しさでございました。おそらくそれは、太后さまがウイグル王家の血を引かれているからではないでしょうか？

ウイグル王家には遥か西の民族の血が色濃く流れており、時々赤髪青眼の方が生まれることもあったようです。チュルクさまの青みがかった眼も、太后さまから受け継がれたのではないでしょうか？

太后さまは美しいだけのお方ではございません。大層気性が激しく、女傑と呼ばれるにふさわしい方でございました。一年前のことです。太后さまは武将たちの目の前で、自ら右腕を断ち切ったことがございます。

それは先帝の死後、開興殿《かいこうでん》の御前会議で帝位承継問題が議論された時のことです。趙思温《ちょうしおん》という名の若い武将が正論を説き、太后さまの意に逆らい、大胆にも皇太子の即位を建言したのでございます。怒りにかられた太后さまは、思温が先帝から受けた数々のご恩をあげつらい、先帝の陵墓のある木葉山《もくようざん》で殉死するよう迫られました。

しかし、その若い武将は臆することなく反論したそうでございます。先帝に恩を蒙ること太后に如かず、太后木葉山へ行かれし後、臣もまたこれに続かん……と。先帝から誰よりも恩を受けたのは太后ではないか。太后さまこそ、皆に率先して殉死すべきだと申し上げたのです。思温の発言は、それまで太后さまの専制下に沈黙を強いられていた皇太子派や、中立派の武将たちの心を一挙に動かしました。思温の発言を機に彼らは一斉に牙を剝き、室内は一時騒然としたそうでございます。

窮地に陥られた太后さまは思い切った手を打たれました。豪胆にも武将たちの前で、いきなりご自分の右腕を断ち切って叫ばれたのでございます。殉死するのは容易いが、国家のためにはそうは行かぬ。私の代わりにこの腕を先帝の柩に入れるべし……と。腕から噴き出す血にまみれ、苦痛に悶えながら叫ばれるお姿は、それはもう大変な迫力があったそうでございます。その結果、太后さまは武将たちの心を一気につかまれ、ヤオクーシさまの帝位承継が事実上決まったと言われております。

そして、明日は帝位継承を正式に決める夷離菫《いりきん》集会が開かれる日です。大変な日を明日に控えて、太后さまが何故チュルクさまの部屋にお見えになったのでしょうか？ 不吉な予感に慄いた私は、扉の陰に身を潜めたまま耳をそばだてたのでございます。ところで夷離菫《いりきん》とは何か？ 夷離菫《いりきん》とは契丹族の部族長のことです。契丹では古来、重要なことを決める時には、夷離菫たちの合意が必要不可欠でした。次の契丹皇帝を決めるためには、どうしてもこの集会を開かなければならなかったのです。

しかし……、皇太子派の夷離菫がほとんど粛清された今となっては、集会の帰趨は誰の目にも明らかでございます。私が心の中であれこれと振り返っていたとき、やがて太后さまの声が聞こえて参りました。

「また、絵を描いておいでか？」

太后さまの声もチュルクさまの声と同じく綺麗で艶がございます。でも、次の瞬間……、お声が急に乱れました。

「おや、これはまた凄まじい絵を！　それにしても何だ？　この鹿の眼は！　禍々しく敵意に満ちたおそろしい眼ではないか。一体、どうしたというのだ？　そなたは、何故こんな絵を描いたのか？」

画布には既に顔料も施され、千角鹿図はほとんど出来上がっておりました。チュルクさまは何故か太后さまにお答えになりません。私は息をのんで聞き耳を立てておりました。やがて太后さまの声が静寂を破りました。

「ああ、そうか……。そなたは先帝を描こうとされたのか？」

「ほう、さすがによくおわかりになった……。その通りです。私は父上を描くつもりだったのですがね……」

皆まで言わさず、太后さまが口を挟まれました。

「うむ、雄大な体軀《からだ》といい、素晴らしい角といい、確かに先帝陛下を彷彿とさせるものがある。

しかし、眼が違う！　眼が、全く違う……。アバーキの眼はこんなに細くもないし、瞳も遥かに大きい。激しさや残酷さは胸の中に納め、敵意や憎悪を眼に表すことなど一度もなかった。大らかで威厳のある眼……、それが彼の眼だ。それはそなたもよくご存じではないか？　これではアバーキの絵にはならぬ！」

太后さまは興奮されておりました。アバーキというのは先帝陛下のお名前の阿保機を、契丹風に発音したものでございます。チュルクさまは委細構わず、相変わらず低い落ち着いた声でおっしゃいました。

「そうです、眼が違います。でもね母上、私にもわからないのです。どうしてこのようになるのか……が」

「瞳を大きくすればどうか？　眼全体ももう少し大きく……」

「ええ、私も何度かそうした下絵を描いてはみたのですが……。しかし、不思議なことに、瞳を大きくすれば、この二頭の鹿が親子でなくなってしまう。実はね、母上。その若い鹿は私で牡鹿が父上……、そんなつもりで描いたのです。父上と私を鹿に託し、親子の情愛のようなものを表現したかったのですが」

「なるほど。そう言えばこの二頭の鹿の間には、確かに一体感があるようだ。彼らが親子に見えないことはない。しかし親子として見れば、更に酷いことにならないか？　小鹿までが……だ、ひねくれて見えてくるではないか。それはともかく、これはアバーキとそなたではない。やはり、瞳をかえないと……」

「そうかもしれません。だから私も、何度か瞳を大きくしてみた。しかし眼全体を大きくし大きな瞳を入れますとね、確かに鹿は立派になります。厳かな威厳に満ち、鹿は父上に似てくるのです。だけど、若鹿との間に何故か親子の繋がりがなくなる。牡鹿は子鹿を突き放し、子鹿は牡鹿を振り払う……、二頭の間に修復できない断裂が、絵の雰囲気から醸し出してくるのです。不思議です。全く理解できない……。どうしてそうなるのか、私にはどうしてもわからない」

「ふん！　断裂……ですか？　親子の間に断裂……ね。おかしなことがあるものだ。でも、一体何故そうなるのか？」

「わかりません」

「そう……」

「しかし母上。あの眼……、牡鹿の眼に限ればですが……ね、あれが誰の眼か、私に心当たりがないこともありません」

「何ですって！」

太后さまが大声で叫ばれました。チュルクさまは相変わらず落ち着いた口調で淡々と申されます。

「母上もよくご存じの渤海人……。あの渤海王の義弟大宿祢《だいしゅくでい》。今では渤海旧領の半分を占拠し、反乱軍を率いて暴れまわっている男……」

「何と！」

太后さまが思わず息を呑まれました。それに構わず、チュルクさまは相変わらず低い声で続けられました。

「去年、渤海国を征服した後、捕虜にした国王一族を忽汗城《こつかんじょう》内に押し込めていた時のことです。渤海王が成算もないはずなのに、反乱を起こしたことがございましたね。その時、忽汗城《こつかんじょう》の裏門を固めていた私の部下が、城から逃れようとしていた大宿祢と娘夫婦を捕らえました。その時、大宿祢は丁度この牡鹿のように、鋭く猛々しい眼をして私を睨みつけておりましたが、何故か私は、その眼に惹きつけられてしまいました」

「………」

「私に向けられた激しい憎悪の眼つきを見ても、どうしたことか腹も立たない。それどころか何となく心を打たれ、私は彼をそのまま逃がしてやりました。たかが敗軍の将の一人や二人……、見逃したところで何ほどのことがあろうかとね。勿論、後で臍《ほぞ》を嚙みました。やはり、逃がしたのはまずかった。私としたことが、不覚にも彼に誑かされたような気がする。それにしても、まさかあの男が渤海人を糾合し、反乱軍を組織して渤海旧領の半分を回復するまでになろうとは……」

チュルクさまは敵将を助けたのです。契丹にとっては明らかな反逆行為でございます。太后さまがチュルクさまを咎めるのが当然ですし、親子といえども不問に付すことはできないほどの重大事であるはずです。しかし何故か、太后さまは一言もおっしゃいません。相変わらず沈黙を守っておいでです。

それにしても、私の方は驚きました。大宿祢さまは渤海王の妹御、淑姫《しゅくき》さまの良人で、武勇の誉れ高い方なのです。私の生家とは深い因縁があり、よく存じ上げております。その娘御というのは茉莉花《まりか》さまでございましょう。お美しい方でございました。その宿祢さま親娘の脱出にチュルクさまが関わっていらっしゃったとは……。私は固唾をのんでチュルクさまの次の言葉を待ちました。

「それで、私は大宿祢に非常に興味を持ったわけです。まだ東丹国にいた頃、右大相《うだいしょう》の耶律羽之《やりつうし》に彼のことを徹底的に調べさせました。さすがは切れ者と評判の羽之《うし》、三日もたたずに彼の正体を突き止め、意外なことがわかりました。大宿祢は渤海人ではなかったのです。何でも海の東にある日本国の者だということです。若い頃は中国をはじめ、契丹や奚《けい》、更には沙陀《さだ》などの諸国を流浪して渤海国へ辿り着き、国王の妹の大淑姫《だいしゆくき》に取り入って婿になり、首尾よく渤海王族に列《つら》なりました。一介の流浪の男が、そこまで上り詰めたわけですから、相当な人物であることは違いない……」

さすがはチュルクさまです。よく調べておいでです。私が大宿祢さまの顔を懐かしく思い出しておりますと、そこで初めて太后さまが冷たい声で申されました。

「でもね、チュルク……。たとえそうだとしても、そなたが描いた鹿の眼が、何故大宿祢の眼に似て来るのだろうね？」

「それが私にもわからないのです。先ほどから、何度も何度も考えていたのですがね。もしかしたら、逃がした時の彼の眼つきが私の心に焼き付いているのかもしれません。激しい憎悪と敵意のこもった眼……、しかし、その中に何か温かさがないでもない。今、こうして思い出しても実に不思議な禍々しい眼だと思う。だが、そうだとしても……だ。何故私が描いた牡鹿の眼が彼の眼になるのだろうか？　わからぬ。私にはわからぬ！　だが、もう止める。へたな考えは止めた方がよさそうだ」

　太后さまは特に何もおっしゃいません。悩むチュルクさまを慰めようともなさいません。所詮、冷たいお方です。我が子の悩みも何ともないのでございましょう。

　しかし、チュルクさまもすぐに立ち直られました。千角鹿図の話を一方的に打ち切られると、ところで母上、今日はまた何の御用でお見えになられたのか……と、太后さまのご用件をお尋ねになったのでございます。長い沈黙が続いた後、太后さまの改まった声が聞こえて参りました。

(五)

「私がここに来たのは外でもない。明日のことです。よろしいか、単刀直入に聞きますよ。そなた、明日の集会に出席するおつもりか？」

「勿論です」

　むっとなさったチュルクさまに、太后さまは更に高飛車に出られました。

「なるほど……。しかし、出たところで何になります？　そなたが皇帝になれるわけでもないでしょう」

「わかっています！　私を支持する夷離菫《いりきん》は、皆あなたの手で粛清された。ヤオクーシが晴れて帝位を継ぐことになる」

チュルクさまが吐き出すようにおっしゃいました。そして、すぐに激しい口調で続けられました。

「しかし幸か不幸か……、私は今でも契丹帝国の皇太子です。皇太子である限り、集会に参加しないわけには参りません。後ろを見せれば、皇太子に立ててくれた先帝陛下に申し訳ない。え、そうではございませんか？」

太后さまは冷静でした。チュルクさまの質問を軽くいなし、努めてしっかりした口調で続けられました。

「よろしい。気が済むようになさい。それでは、これから明日の手順を教えよう。よろしいか？　明日、そなたとヤオクーシは、馬に乗って夷離菫《いりきん》たちの前に立つのです。そして、私が彼らに問う……」

「ふむ……」

「先帝と私との間には皇太子と大元帥の二子あり！　されど、何れを後継に立てるべきか知らず。汝ら、自ら信じるところにより、立てるべき者の馬の轡を取れ……」

「馬の轡を？」

「そうです。馬の轡を取らせるのです。そうすれば、誰が彼らに支持されたか一目瞭然となる。チュルク、そなたは一体どうなると思いますか？」

「勝負は見えていますね。彼らは争ってヤオクーシの轡を取るでしょう」

「その通りです。それで……、そなた自身はどうなりますか？」

太后さまも残酷なことを申されます。何故、そこまで念を押されるのでしょうか？　私にはわかりません。だってあの方も……、チュルクさまもやはり、ご自分のお腹を痛めたお子ではございませんか。

「私……ですか？」

一瞬、息を呑まれたようです。

「私は恥辱を受ける……。死ぬほどの！」

後は歯ぎしりの音でした。悔しくて仕方がなかったのでしょう。しかし、太后さまはそれでも冷静な口調を崩されません。

「よくおわかりだ。でも、そなたが恥辱から逃れられる方法が二つある。一つは、明日の集会に出ないこと……」

「なるほど……。で、もう一つは？」

「率先して、ヤオクーシの轡を取るのです」

「何と！」

「それだけでは足りません。大声で叫びなさい。大元帥の功徳、我が及ぶところにあらず。大元帥をして社稷《しゃしょく》を継がしむべし……と」

何ということを！　それでは、チュルクさまのお立場が全くないではございませんか。重苦しい沈黙が続きました。私が、息が詰まって仕方なくなった時です。あの方は短く母上を呼ばれました。

「母上……」

「うん……？」

「父上が亡くなった後、一体何があったのですか？　あれからあなたはすっかり変わってしまわれた」

「思い過ごしだよ、チュルク。何もあるわけがない」

「では何故……？　何故、私の帝位を奪われるのか？」

「先帝の死後、私は二人で苦労して作った国を守る責任がある。私には、それが託されたのだ。国の行く末を一手に預かる者として、一度《ひとたび》東丹国王に即位した者を契丹皇帝にするわけには行かない」

「それは嘘だ！　私は契丹皇太子の身分のまま東丹国王になった。契丹皇帝に即位する権利を放棄したこともなく、先帝から剝奪されたわけでもない。それはあなたも、よくご存じではないか？　そんな言い訳を捏造するより、何故正直に申されないのか？　私よりも従順なヤオクーシが可愛い。だから大元帥を立てるのだ……と。はっきり言われた方が、私もすっきりするというものだ」

「なるほど……。さらばはっきり申しましょう」

太后さまもいよいよ居直られたようでございます。厳しい声で続けられました。

「聞くがよい、チュルク。確かに私はヤオクーシが可愛い。お前よりも数倍も可愛い。しかし、それだけではない。残念ながら、そなたには皇帝としての器量が具わっていないようだ。中国の孔子とやらに傾倒し漢人共に付け込まれている。武勇に至ってはヤオクーシの足下にも及ばない」

「…………」

「その上何たることか？　父上と違って女色に耽ること甚だしい。そなたは一体、妃の他に何人側妾をお持ちなのか？　特に、渤海征服後の乱行は目に余る。卑しい女奴隷の色香に迷い、近頃はずっと二人で籠っていると聞く。それも美人ならまだしも、二目と見られない醜女《しこめ》ではないか。蓼《たで》食う虫も好き好きというが、そんな男を皇帝に立てられようか？　我が身をよく振り返ってみるがよい！」

卑しい女奴隷とは、私のことでございます。きっと、私の名を口にするのも忌まわしいと思われたのでございましょう。でも、私はともかく、これではチュルクさまがあまりにもお気の毒で堪りません。私……、よく存じております。チュルクさまは怖い方ですが、決してふしだらな方ではないのです。だってあの方は、あれから私に、指一本触れようとなさらないではございませんか。

チュルクさまも太后さまの言葉に唖然となされたようです。理不尽だと思われたに違いありません。要は、チュルクさまを退ける正当な理由はないのです。チュルクさまの心の中で、太后さまへの不信感がますます高まったに違いありません。暫くして、腹の底から振り絞るような声で申されました。

「私に皇帝の器量があるのかどうか、私にはわからない……。しかし、メイリンのことなどは些細なことだ。そんな理由では、私は理解もできないし納得もできない。そこで、改めて母上に聞きたい……」

「これ以上聞きたいことがあるのか？　良かろう、言ってみなさい」

太后さまが身構えられたようでございます。私も思わず息を呑みました。間髪を入れずチュルクさまが叫ばれました。

「私は誰だ？」

「………」

「ええ……？　私は、一体誰なのだ？　お答えください！　私の母親は一体、何処の誰なのですか？」

「何を言う！　気がふれたか、チュルク……」

狼狽えられたのか、太后さまの声が震えております。構うことなく、チュルクさまの激しい声が続きました。

「私は前から疑っていたのだ。あなたは私の母親ではない……と。しかし、今では疑惑が確信に変わった。それは良い。それは良いが、教えてください。太后陛下……、私は一体誰が生んだ子供なのですか？」

「落ち着きなさい！　落ち着くのだ、チュルク。そなたは、自分が言っていることがわかっているのか？　母の私に言う言葉ではなかろう！」

「落ち着いておりますとも！　この上もなく、落ち着いております。その上で、私は聞いているのだ。私は一体誰の子ですか？　ええ……？　父上が亡くなった今、私はあなたに聞くほかないのです。さあ、遠慮は要りません。はっきりおっしゃってください。あなたは、私の母親ではない……と」

「違う！　それは違います！　そなたは間違いなく私の子だ」

「嘘だ！」

「お聞き、嘘ではない……」

「真実を！　本当のことを言ってください。ここまで来たのだ。もう言い逃れはできませんぞ」

チュルクさまは何処までも追及なさるおつもりです。微かに、太后さまのため息が聞こえてきました。それから、どれほど時間がたったでしょうか？　やがて、太后さまがしっかりした口調でおっしゃいました。

「聞きなさい、チュルク……。そなたは間違いなく私の子だ。しかし、それを疑うのも無理はないかもしれない。それもこれも、すべてが私の所為《せい》だからね。でも、私がそなたを愛していようがいまいが、そなたを皇帝にできないのです。それだけは、そなたにもわかって欲しい……」

聞く者の心の底に響くとでも申しましょうか、太后さまには珍しくしみじみとした口調で申されました。でも、チュルクさまは頑なです。口を開かれようともなさいません。諦めたように太后さまが続けられました。

「よろしい！　それでは、すべてをそなたに言いましょう。真実は、そなたが描いたあの絵の中にあります」

「何ですって！　この千角鹿図の中に……？」

「そうです。牡鹿の眼に瞳を大きく入れると……、そう、先帝の瞳のようにすると、二頭の鹿はどうして親子でなくなるのでしょうね？」

部屋の中が一瞬凍り付きました。長い沈黙が続きます。もしかしたら、太后さまは、とんでもないことをおっしゃった……？　暫くして、チュルクさまの呻き声が私の耳にも届いてきました。

「そうか……、そうだったのか！　私は、父上の子ではなかったのか？　そんなこと、今まで考えてすら見なかった」

お可哀そうに……。あの方の声が震えております。あの方が……、チュルクさまが泣いておられるのでございます。でも、暫くすると再びしっかりとした声で、太后さまに尋ねられました。

「それなら、私は一体誰の子ですか？」

「…………」

「母上、あなたはご存じのはずだ。お答えください。私には聞く権利がある。私は一体誰だ？　誰の子ですか？」

「…………」

「でも、まさか？　まさか、あの男……、大宿祢《だいしゅくでい》！」

部屋いっぱいに悲痛な声が響き渡りました。私はあの方の悲鳴を初めて聞いたのです。それなのに……、ええ、それなのに……です。太后さまは如何にも憎々し気に、冷たい声でおっしゃるではございませんか。

「ご覧なさい、チュルク。よく目を開けて見るがよい！　その鹿の冷酷な眼を！　猛々しいその姿を。それが、そなたの父親だ。そなたを身籠っていた私を捨てた、それがそなたの父親です」

「…………」

「私は憎い……、大宿祢が憎い！　そしてそなたも……、やはり憎い！」

何ということを！　たとえ、そうだとしても、チュルクさまには全く責任がないことではございませんか。これが人の親の言葉でしょうか？　息を呑んだ私の耳に、チュルクさまの居直った声が聞こえて参りました。

「憎ければ憎まれればよい。それにしても、あなたはどうして大宿祢と……？　一体、どこで、どのように会われたのか？」

「そんなことは忘れた！　しかし、大宿祢は流浪の人……。私が先帝に嫁ぐ前に巡り合い、愛し合ったとしても不思議はなかろうが……。私は必ず彼を殺す！　彼の国を滅ぼしてやるのだ……」

あまりにも意外な言葉の連続に私はすっかり驚きました。何と！　チュルクさまの身体に日本人の血が流れている！　激しい衝撃を受けた私は思わず我を失い、よろけてしまいました。その瞬間……、大きな音が部屋中に響き渡りました。倒れ掛けた私が、棚の上の墨皿や絵筆を落としてしまったのでございます。

「誰だ！　そこにいるのは誰か……？　出てきなさい！」

太后さまの鋭い声に、目の前が真っ暗になりました。激しい恐怖に慄きながら、私は物置から出て行くほかなかったのでございます。青い瞳が燃え上がり、手には鞭がりゅうりゅうと撓《しな》っております。私は思わず胸を抱きながら、立ち尽くしてしまいました。私はもう駄目なのです。図らずも大事な秘密を知ってしまった私を、太后さまが放っておかれるはずがございません。

「この薄汚い泥棒猫め！　やはりお前か」

お側に近づいた私に、太后さまは吐き捨てるようにおっしゃると、余りの怖さに竦んでしまった私を睨みつけ、頬を力いっぱい打たれたのでございます。激しい衝撃を受けた私は、床の上に張り倒されてしまいました。今度は鞭だ……、鞭が飛んで来る！　私は撲り殺されてしまうのだ。身体をできるだけ縮め、目を瞑った私は覚悟を決めました。しかし……、いくら経っても鞭は飛んできません。一体、どうしたのでしょうか？　おそるおそる目を開けると、思いがけないことが起こっていました。チュルクさまが太后さまを、背後からしっかり抱き留めておられたのでございます。

「放せ……、ええい、放しなさい！　この女、打ち殺してくれる」

チュルクさまの腕の中で、激しくもだえながら太后さまが叫ばれました。

「お止めなさい」

「放せ！　私の秘密を知った女を生かしてはおけぬ」

「お止めなさい、母上」

「逆らうのですか、この私に？　庇いだてすると許しませんよ」

「お止めなさい！　この女を殺したところで、あなたの秘密を知る者が外にもいるではございませんか」

「何ですって？」

「それともあなたは、この女の後で私を殺すおつもりか？」

「チュルク、そなた……」

「あなたは私の帝位を奪われた。しかし……、だからと言って、私の女を奪うことは許さない！」

チュルクさまは、毅然とした声で申されました。私は思わず胸が熱くなりました。涙がとめどなく流れて参ります。チュルクさまは、私のことを自分の女だとおっしゃいました。太后さまに逆らって、私を庇い通してくださったのです。私、もう嬉しくて……。顔の痛みも忘れ、あの方をじっと見上げていたのでございます。

それから、どれくらいたったでしょうか？　やがて、太后さまは鞭を床に落とされました。そして、チュルクさまの手を振り払って、私の顔を如何にも蔑むように睨みつけた後、荒々しく部屋から出て行かれました。

その間、私は床の上に転げたまま、チュルクさまのお名前を呟きながら、太后さまの、あの凄まじい目つきを思い出しておりました。私はその時、実にはっきりと見たのでございます。私を蔑んだ瞳の奥に、何とも言えない陰のようなものがあったのを……。あれは一体何だったのでしょうか？　あの、青い瞳の奥を過ぎった暗い陰は、果たして何を映したものでございましょうか？

（六）

峰から吹き下ろす風が山肌に突き当たり、望海樓《ぼうかいろう》の周囲に茂る松の木やコノテガシワの枝を激しく揺さぶる季節になりました。十月にもなりますと、医巫閭山《いふろさん》の山奥は次第に寒さが厳しくなり、昼間でも肌寒く感じるようになります。この山は五岳四鎮《ごがくしちん》の一つとして名高く、松柏が鬱蒼として生い茂り、古くから霊山として崇められておりますが、春には梨や杏の花が乱れ咲く非常に美しい所でございます。

山の中腹には深い谷が広がり、爽やかな清水が音を立てて流れておりますが、更に登ると次第に岩肌が目立ちはじめ、山頂に近づくと全くの禿山になります。頂には大小様々な岩がここかしこに群立しておりますが、その中で最も大きな岩を登れば、南方遥か彼方に海を望むことができます。

私どもが暮らす望海樓《ぼうかいろう》は、山頂から少し下がった所の、高い木々に囲まれた岩場の上にあります。山樓は三階建ての堅固な造りで、最上部の三階には三万巻に及ぶチュルクさまの蔵書が納められておりました。そのすぐ下の二階をチュルクさまが使用され、最も広い最下層には、部下の方々のために設けられた数多くの部屋がありました。え、私でございますか？　私はチュルクさまと同じ二階の片隅に小さな部屋を頂きました。望海樓へ来てからまだ僅か三か月ですが、霊山である上景勝地でもあり、草原育ちのチュルクさまには、何かと珍しかったようでございます。

月日が経つのは早いもので、ヤオクーシさまが即位されてから早くも三年過ぎました。皇帝選定の夷離菫集会の当日……、チュルクさまは一体どのように振る舞われたのでしょうか？　太后さまの仰せに従われ、大元帥の馬の轡を大人しく取られたとも、或いは、皇太子の面子を潰されたことに腹を立て、逃亡を図った挙句、取り押さえられたとも聞いております。しかし、ご本人は全くこのことを口にされません。結局、私が耳にしたのは無責任な噂だけでございました。

　皇帝即位の大典後、チュルクさまはすぐに天福城《てんふくじょう》（東丹国における忽汗城の名称）へお帰りになり、右大相《うだいしょう》の耶律羽之《やりつうし》さまと共に渤海反乱軍の制圧に力を注がれました。しかし、反乱軍の統領である大宿祢の執拗な反撃を受け、戦局は一進一退の膠着状態に陥ってしまいました。意気込みの割には、はかばかしい成果を上げられませんでした。しかし、それも仕方がなかったのです。何しろ渤海国の人民や資材は、すでにそのほとんどが契丹軍に徴発され、契丹本国へ送られていたからでございます。

　そうこうするうち、耶律羽之さまの献策により、東丹国南遷計画が持ち上がりました。反乱軍が跳梁する東北部を放棄し、南の広大な遼東地方を開発して東丹国を再編成し、更には半独立化を進めることによって契丹帝国の一部門に組み入れ、首都も天福城から東平（遼陽）へ移そうというものです。この計画はチュルクさまの頭越しに実行され、既に首都の移転は実施されたのでございます。

　勿論、チュルクさまは抵抗されました。東丹国南遷計画を全く無視された上、そのまま天福城に残って、渤海東北部の領有を諦めないばかりか、先帝の建国理念に則り東丹国の独立と発展に

ざいます。

意欲を燃やされたのでございます。即ち、渤海国の正統な承継国として外国へ使節を派遣し、東丹国が独立した国家として国際的にも認知されるべく、懸命な努力を重ねられました。中国の後《こう》唐《とう》へ高正詞《こうせいし》さまを、日本国へ渤海人の裴璆《はいきゅう》さまを、東丹国使として派遣されたのはそのためでございます。

　裴璆さまが渤海人でありながら東丹国使に起用されたのは、渤海国が滅びる前に二度も、日本国へ渡航された経験があったからだと言われております。ただ、冬の季節風に乗って、日本国へ向かう最も適切な湊である吐号浦《とごうほ》は、大宿祢さまの支配下にありましたので、裴璆さまは敵地の中を潜入しなければなりませんでした。裴璆さまのご苦労は大変なものだったと思います。

　こうして、チュルクさまが東丹国の経営に力を入れれば入れるほど、右大相《うだいしょう》の羽之《うし》さまとの関係がおかしくなりました。もともと羽之《うし》さまは生粋の契丹人なので、東丹国よりも契丹帝国を大切にされておりました。それに先を見る目も鋭く、次第にチュルクさまから離れて、皇帝陛下へ接近するようになられたのです。一旦、お二人の間に隙ができると壊れるのも早く、狷介《けんかい》な性格の羽之さまはチュルクさまの日本遣使を取り上げ、あることないこと、皇帝陛下に讒言されるようになりました。

　例えば、裴璆《はいきゅう》さまが吐号浦《とごうほ》へ近づいたことを理由にして、チュルクさまが大宿祢《だいしゅくでい》さまと手を結び皇帝陛下に謀反し、契丹帝国を覆す陰謀を企んでいる、と申し上げたようでございます。チュルクさまと大宿祢さまが共謀し、裴璆さまを日本へ遣わし、契丹本国攻略のため援軍を日本国に求めたのだ……と。

これを聞いた私は唖然としました。仮にも羽之さまは、チュルクさまに仕える大臣ではありませんか。主人を蔑ろにして南遷計画を立てるだけならまだしも、主人を讒言することなど許されるはずがありません。私は怒りで震えながら、あの方の蛇のような眼を思い出したのでございます。

それにしても、羽之さまはよほど巧妙に讒言されたと見え、皇帝陛下は次第にチュルクさまを疑われるようになり、お二人の間は非常に険悪な状態になりました。そして遂に、今年の四月……、皇帝陛下はチュルクさまを東平《とうへい》（遼陽）へ召喚され、直接ご自分の監視下に置かれたのでございます。それを契機にチュルクさまは政治から離れ、この山棲に引き籠られてしまいました。因みに、チュルクさまの東平《とうへい》召喚後、天福城に在って渤海反乱軍の討伐に当られたのは太后陛下の意を含んだ羽之さまでございます。

聞くところによりますと、太后陛下は中国進出よりも、むしろ日本遠征に執念を燃やされているそうでございます。来るべき日本遠征軍の後顧の憂いをなくすため、渤海反乱軍の制圧の必要性も主張されておりました。この点だけは、皇帝陛下よりもチュルクさまの考え方に近かったのです。日本遠征により莫大な黄金を獲得し財政を強化する。その後中国への進出を図るべきだ……。これが太后さまの大方針でした。勿論、これには羽之さまは勿論、皇帝陛下といえども反対できるものではございません。何かと東丹国の南遷計画が遅れがちであったのも、当然なことではないでしょうか？

それから半年……。表面的には何事もなく平穏に過ごしておりましたが、羽之さまの讒言が相変わらず続いていると見え、この望海樓のまわりは、皇帝陛下の監視の目が非常に厳しくなっております。それと共に望海樓も次第に慌ただしくなり、先月の半ば頃から様々な方がお見えになるようになりました。

だからでしょうか？　チュルクさまのお顔には翳りの色が目立ちはじめ、お傍に仕える方々も殺気立って参られました。聞くところによりますと、何でも日本遣使の船が帰路難破し、その残骸が吐号浦《とごうほ》付近に漂着したようでございます。大宿祢の支配下での事件ですから、密偵の情報が届くのに思った以上に時間がかかったものと見えます。この情報はおそらく、皇帝の許にも届いているとおもわれます。望海樓の警戒は非常に厳重になり、いよいよ周囲が慌ただしくなりました。

そのような中で、商人に身をやつした数人の漢人が秘かに望海樓を訪れ、チュルクさまと会見しました。どうやらチュルクさまも彼らの来訪を待ち侘びておられたようで、すぐに部屋の中へ引き入れると、腹心の方々と共に夜遅くまで話し合っておられました。この先一体どうなるのでしょうか？　私はチュルクさまに伺うわけにも行かず、小さな胸であれこれ想像したのでございます。

（七）

あれは忘れも致しません。天顕五年の十月十四日のことでした。何時もは静かな望海樓に朝早くから大勢の人々が集まり、慌ただしい一日が始まりました。住みついてから三か月も経たない望海樓を、チュルクさまは引き払うことにされたのです。武具や食料をはじめ、身の回りの品々が手際よく荷造りされて行く中で、最も難儀だったのがチュルクさまの蔵書でございました。望海樓には数万巻の蔵書がありましたが貴重なものが多く、中には中国本土では既に失われたものもあったようです。

チュルクさまとしては、一冊たりとも残したくなかったでしょう。しかし、万巻の書物をすべて運ぶわけには行きません。朝からずっと蔵書堂に籠られ、書物の最終選択と荷造りの指示をなさっておられました。秋の短い日がすっかり落ちた頃、大勢の方々の懸命な働きでやっと荷造りを終えることができました。

その間私には何の説明もございません。でも、別に心配しませんでした。私は何処へ行くにしてもあの方さえ一緒なら良いのです。皆さま方の簡単なお食事が終わり、私がチュルクさまの部屋に呼ばれたのは真夜中でした。

私が部屋に入ったとき、チュルクさまはお酒を召しあがっておられました。食卓はすっかり片付けられ、唐三彩の酒器の外には、墨をたっぷり入れた端渓《たんけい》の硯と、数本の筆が置いてあるだけでした。おそらく出発の準備が恙《つつが》なく整ったため、急に絵心を起こされたものと思われます。食卓の傍に架台が立っておりますが、新しく絵を描かれる時間はありません。手直しでもなさるのでしょうか？

ところで最近は、チュルクさまは何かと忙しく、私たちは一緒に過ごしたことがほとんどございませんでした。こうして、お傍に侍るのは久しぶりでした。だからでしょうか？　お酌一つとってても何かとしくじり、お酒をこぼすことさえありました。チュルクさまが笑いながらおっしゃいました。

「どうした、メイリン？　今日のお前は少しおかしいぞ」

私は顔を染めながら心の中で申し上げました。お願いですから、そんな言い方をなさらないでくださいませ。ご存じでいらっしゃいますくせに……と。ええ、そうです。あの方はわざと私をからかわれたのです。でも、面と向かって言い返すわけには参りません。私は黙って立ち上がり窓の傍へ行きました。その時です！　私は思わず飛び上がりました。私の後をそっと付けてこられたチュルクさまが、私をいきなり背後から抱きしめ、私の顔の傷痕にさわられたのでございます。

しかも……、温かい手で優しく撫でてくださるのです。私はいてもたってもおれなくなり、あの方に寄りかかってしまいました。ええ、私はその時、本当に不思議な感覚のさなかにあったのでございます。得体の知れない熱いものが、チュルクさまの掌から顔の傷痕に流れ込み私の身体の中を駆け巡る。この擽《くすぐ》ったいような気持ちよさ……、こんな不思議な感覚は今まで味わったことがありません。

夢見心地を楽しみながら、私は変なことに気がつきました。私の顔の傷痕は生きていたのです！　ええ、生きていたどころか、他のどの部分の皮膚よりも遥かに鋭い感覚を持っていたのでございます。私はうっとりしたまま、思いがけない幸せに酔い痴れていたとき、激しい衝撃が爪先から頭の先まで一気に貫いて行きました。あの方が……、チュルクさまの唇が、私の顔の傷跡を吸われたのでございます。余りのことに、私は思わずあの方の身体を押しのけ、懸命に声を立てたのです。

「あ、止めて！　そんなこと、お許しくださいませ……」

「嫌だ！」

あの方は私の抵抗を押さえつけ、私を抱く手にますます力を加えて囁かれました。

「私は……ね、ずっと前からこうしてみたかったのだよ」

「でも、私、変になってしまいます。それに、こんな醜い傷痕……。今に、目障りになって仕方なくなるのではございませんか？」

だって、そうではないですか？　あの猛々しい契丹軍の兵士でさえ、思わず目を背けた傷跡です。こんなことが、何時までも続くはずがありません。しかしあの方は、私の耳元に低い声でおっしゃいました。

「目に見える傷跡など何でもない！　世の中には眼には見えないが、もっと深く、もっと醜い傷跡を持つ者もいる……」

もしかしたら、ご自分のことをおっしゃったのでしょうか？　考えてみれば、不幸なご出生以来、あの方ほど過酷な運命に翻弄された方はないでしょう。母上には疎まれ、弟御には刃向かわれ、実父にすら攻撃されたのでございます。おそらく、身も心もぼろぼろに傷ついておられるのではないでしょうか？

だから、私の傷跡に興味を持たれたのかしら？　そう考えつくと、私はチュルクさまがお気の毒で堪らなくなりました。それで、心の中で叫んだのです。こんな傷で宜しければ、どうかお好きなようになさいませ……と。私がこの上ない幸せに耽っていたとき、あの方は再び私の耳元で囁かれました。

「私はお前と暮らして幸せだった。本当だよ、メイリン……。しかし、どうやらお前とも別れる時が来たようだ……」

私は茫然としました。暫くは、何をおっしゃったのか全く理解できませんでした。そうではございませんか。チュルクさまは私を散々喜ばせておきながら、あまりにも酷いことをおっしゃったのでございます。それだけに、お言葉の意味を呑み込めたとき、私が受けた衝撃は非常に激しかったのでございます。

おそらく……、私は悲鳴をあげたはずです。それだけではありません。勝手に私の身体が反発しました。あの方の腕の中で暴れまわり、ただ闇雲に身体を動かしたのでございます。ええ、チュルクさまの腕から抜け出したのは覚えています……。でも、ちゃんと歩けなかったようなのです。左右にふらふらと倒れ掛かり、何かにつかまろうと懸命にもがきながら、何もわからなくなったのです。

それから、どれほど時間がたったのでしょうか？　遠くから私を呼ぶ声に起こされたとき、私の目の前にチュルクさまの顔がありました。

「気がついたか、メイリン？　大丈夫か！」

青みがかった瞳が私を覗き込んでおります。しかし、私はすぐにチュルクさまの残酷な言葉を思い出しました。私と別れる……ですって！　そんなこと、できるはずがないではございませんか！　私は大声で叫んだのです。

「お別れですって？　嫌です！　そんなこと……、私にはできません！」

後はもう、涙がでるだけでございました。だって、そうではありませんか。あの方も、私の気持ちをよくご存じのはずですから……。私の泣き顔を見て、あの方は困ったような顔をなさいました。

「メイリン、落ち着きなさい。お前も知っているように、私は明日、ここを引き払わなければならぬ。ここにいては殺される……。生きるためには仕方がないのだ！　実は……な、裴璆どのの船が難破した。残骸だけが吐号浦《とごうほ》の海岸に流れ着いたと聞く。それで、私の命運も決まった」

「…………」

「父上が亡くなった後、私は帝位を奪われて一介の東丹王に成り下がった。東丹国の人民と富は、私の意図に反してほとんど契丹本国へ持ち去られ、東丹国にしても名目だけの存在に成り果ててしまった。このままでは私の面目が立たぬ！　私は裴璆《はいきゅう》を日本へ派遣して援助を求め契丹帝国と戦おうと思った。契丹と戦うためには、大宿祢《だいしゅくでい》とも手を結ぼうとした。私は死んだふりして着々と手を打ってきたのだ。しかし、裴璆は海の底に沈んでしまい、遂に帰ってこなかった。それに……、大宿祢も殺された」

「まあ、大宿祢さまが……」

「そうだ。娘婿の大光顕《だいこうけん》が大宿祢を裏切ったのだ。彼は大宿祢の首を、契丹皇帝に献上し和睦を求めたと聞く。おそらく、私が大宿祢と手を結んだことを土産話に……。そうだとすれば、太后と皇帝は今や私の企みをすべて知ってしまった。私はもう、ここに留まることはできぬ。だから、中国へ行く……。後唐《こうとう》の明宗《めいそう》の誘いに乗って、あの国へ亡命することにしたというわけだ」

「………」

「しかし、中国へ行っても安穏な生活ができるはずがない。明宗《めいそう》が私を誘ったのも、魂胆があってのことだ。契丹の情報を手に入れることが一つ……。契丹と紛争になれば、私を最大限利用することもできるというわけだ。しかし、私は契丹人なのだ。協力するにしても限界がある。だが……、逆らえば殺されよう。そんな危険な国に、お前を連れて行くことはできないのだ。わかるね、メイリン？　それに、お前は渤海人だ。渤海へ帰りなさい。私が無事に帰してあげよう」

「とんでもない！」

私は大声で叫びました。激しく首を振り、涙ながらに申しました。

「嫌です！　渤海へ帰りたくありません。たとえ帰ったとしても、私の家族は死に絶えております。そんな所に帰ればどうなるか？　私は野垂れ死にするだけです。お供させてくださいませ。何が起ころうと、決して怨みは致しませんから」

でも……、私が幾ら言葉を尽くしても、あの方は二度と口を開こうとはなさいませんでした。私、よく存じておりますが、あの方は一度決心なさると、誰の言うことにも耳を傾けないところがありました。

（八）

私は暫く俯いて泣き続けましたが、チュルクさまは少しも取り合ってくださいません。ご自分でお酒を継がれ飲み続けておられます。このままでは埒があきません。私は置いて行かれます。絶望した私が涙で濡れた顔を挙げた時です。私の視界に思いがけないものが飛び込んで参りました。

それは千角鹿の絵でございました。白布を掛けられた架台に載せられていたものは、あの千角鹿の絹本だったのでございます。先刻私が気を失ったとき、白布を摑んで倒れてしまいましたので、絵が剝き出しになったのでございましょう。千角鹿の鋭い眼つきが私を睨んでおります。私は思わずチュルクさまを見上げたのでございます。

その時……、意外なことに気がつきました。あの方が……、チュルクさまが、千角鹿と全く同じ眼つきで、その絵を見つめ返しておられるではございませんか。私はぞっとしました。もしかしたら、これがチュルクさまの正体なのか？　憎悪と怨恨の権化に化し、すべてに敵意を剝きだす存在なのか？

私は身震いしながら、あの方の視線を懸命に追いかけました。あの方は、魅せられたように千角鹿を見つめておられます。千角鹿とあの方は互いに反発しながら、引きつけ合っているようです。息をのんで見つめながら、私は急に気がつきました。冷酷で傲慢で、相手をねじ伏せる鋭い眼。それでいて、業の苦しみに耐え忍ぶような陰のある眼……。これは大宿祢さまの眼ではありません。これこそはまさに、私に鞭を振り上げられた時の、あの太后さまの眼ではございませんか！

それに気がついた途端、激しい怒りが湧きあがりました。そうです。この眼がチュルクさまを苦しめ、惑わしたものの正体なのです。私は夢中で大声を上げ、いきなり食卓の上の筆に飛びつきました。

この絵を墨で塗り潰せ！　太后さまの呪縛からあの方を解放しなければなりません。ええ、その時の私には自分のやるべきことがすっかりわかっていました。チュルクさまのためにも、そして私のためにも、この絵を抹殺しなければなりません。そうです。私はもう一生懸命でございました。邪魔をするものは許さない。この絵を抹殺するためなら、どんなことでもして見せる。私は墨を含んだ筆を握り締めると、千角鹿の絵に身体ごとぶつかったのでございます。黒い飛沫が飛び散りました。

「何をする！」

大声で叫んだチュルクさまが、私に飛び掛かってこられました。筆を奪おうと、私の手を捩じられたのです。でも、死んでも放すものか！　私は死に物狂いで、チュルクさまと激しく揉み合いましたが、女の力には限界がありました。腕が次第に痺れ、私はとうとう筆を落としたのでございます。

しかし、これはまたどうしたのでしょうか？　同時に……、チュルクさまも何故か力を抜かれ、身動きさえもなされません。不審に思った私の耳に、あの方は熱い息を吐きかけ興奮した声で申されました。

「メイリン、動くな！　そのままじっとするのだ。そして……、見ろ！　よく見るのだ。ほら、あの千角鹿と若い鹿の眼を……」

一体、何が起きたのでしょうか？　チュルクさまの声が弾んでおります。不審に思った私が、素直に架台の上の絵に目を向けました。千角鹿の絵には、黒い墨の跡が点々と飛び散ってしまい、絵はすっかり台無しです。でも、これは一体どうしたのでしょうか？　千角鹿の姿から、敵意に満ちた荒々しさがすっかり消え去り、雄大な姿には威厳が溢れているではございませんか。

しかも、それだけではございません。若鹿もまた大きく変化しています。今までただ真剣さが目立っていた若鹿の眼に、精気のようなものが宿っていたのでございます。好んで困難に立ち向かう精気が、若鹿の身体にますます躍動感を与え、その躍動感が千角鹿の威厳と呼応して、互いに通じ合ったのでございます。

それは全く意外な出来事でした。私が飛ばした墨の飛沫が偶然に千角鹿と若鹿の眼に当たり、彼らの瞳が揃って大きくなったのでございます。その結果、二頭の間には親と子の繋がりがはっきり認められるようになりました。私のすぐ傍で、チュルクさまが低い声でおっしゃいました。

「そうか……、これでやっとわかった。私は千角鹿だけでなく、若鹿の瞳も変えなければならなかったのだ。メイリン、ご覧。千角鹿の瞳を大きくしても、これなら彼らは立派な親子だ！　ねえ、そうではないか？」

「ええ、おっしゃる通りでございます」

「そうだとすれば、私はやはり、先帝陛下の息子かもしれぬ……な？」

それも考えられるかもしれません。しかしそうだとすれば、太后さまが嘘をおっしゃったことになります。しかし、そんなことがあるでしょうか？　私が思わず考え込んだとき、チュルクさまが低い声でおっしゃいました。

「しかし、母上の言葉は動かせない。私は父上の子ではあり得ない。残念ながら大宿祢の子だ……」

これはまたおかしなことを……。大宿祢さまは立派な方です。残念どころか、誇っても良い方ではございませんか。しかし、もうそんなことはどうでも良いのです。こだわっても仕方がありません。私の心を読み取られたのでしょうか？　私の耳に、あの方の如何にも割り切った明るい声が飛んできました。

「しかし、そんなことはどうでも良い！　私が誰の子だろうと、私が私であることは間違いないではないか」

その通りです！　私の思ったことと同じことを……。嬉しくなった私は思わずチュルクさまの顔を見上げました。そこには千角鹿の呪縛から、完全に解放された明るい瞳がありました。何時ものように穏やかで優しい眼でございます。チュルクさまは力強い口調で、更に続けられたのです。

「どうしても変えられなかった千角鹿の眼つきが、お前のお陰でがらりと変わってしまった。

この絵が変わったということは、これからの人生も変わる可能性がある。満更、私も捨てたものではないのかもしれぬぞ。宿命なんか、誰が信じるものか。人間は与えられた環境で、最善を尽くすほかないようだ。何れにしても、メイリン……、お前のお陰だよ。私はやっとそこに気がついた」

チュルクさまが私に礼をおっしゃるなんて……。頰を染めて見上げる私に、あの方は力強くおっしゃいました。

「なあ、メイリン。そうとわかれば、私は中国で明宗皇帝と張り合って見せる。勿論、絵も描く……。何枚も描く！　百年も千年も後の世に残るような、そんな絵を何枚も描いてやるぞ！」

あの方の瞳が輝いています。千角鹿の眼から……、太后さまの呪縛から、あの方は完全に解き放たれたのでございます。

「良いか、メイリン。私は、あくまで私だ……。契丹皇帝になりそこなった男が、何処までやれるか試してみよう。あらゆる逆境を俺の力に変えて……な。メイリン、お前も私に手を貸してくれるか？」

「勿論ですとも！」

私は嬉しくてたまりませんでした。そして、この時初めて私の胸の奥に秘めていたことを打ち明けたのでございます。

「チュルクさま、実はですね……、私の身体の中には日本人の血が流れているのです。あなたと同じ血が……」

「何だって！　それは本当か？」

あの方が強い力で私の肩を摑まれました。私も顔をあげてしっかりと答えました。

「はい、本当です。嘘ではございません」

今から百年も……、いえ、それ以上も前のこと、渤海国の国使楊承慶《ようしょうけい》さまが日本国へ遣わされた時のことでした。日本国の帝《みかど》が非常に喜ばれ、その国の舞姫を渤海国王に贈ったことがあります。その時渤海国に渡った舞姫は十六人でしたが、そのうちの一人が、私の遠い祖先にあたります。そんな経緯があったので、私は日本国と縁の深い大宿祢さまや裴璆さまに親しくして頂くことができたのです。

私はチュルクさまに、このような経緯をかいつまんで申し上げました。知っている限りの事実と共に、初めて日本人の血が流れていることを知った時の驚きや、それ以来抱いてきた日本国への憧れを素直に話したのでございます。チュルクさまは暫くの間考え込んでおられましたが、やがてすっきりした顔で申されました。

「そうか、お前にも日本人の血が流れていたとは……な。しかし、それで何もかもすっきりする。私が初めてお前を見たのは西樓の馬小屋だった。渤海人の娘たちが送られて来たというので、物好きにも見物に行った時のことだ」

「まあ、そんなことが……」

「お前はあの時、小屋の隅に鎖で繋がれていたが、背筋を伸ばして坐っているお前の後ろ姿に、私は何故か惹かれてしまったのだよ。何とかしてこの娘をよく見たいものだ。私が身を乗り出したとき、お前は突然私の方を振り向いた。私はその時の衝撃を忘れることができない」

「この傷跡……ですか？」

「そうだ。まだ幼さが残る美しい顔に、鉈で切り裂いたような大きな傷跡があり、私はお前の顔から眼を放すことができなくなったのだよ。凄惨な傷跡だが、私にとっては不気味でも何でもなく、却って美しさを際立たせるもののように見えた。嘘じゃない、美しかった。そう見えたのだ。うまく説明できないが、それが事実だ。多分、お前の受けた不幸の大きさが、私の胸を打ったのだろう」

「まあ……」

「更に、私はお前を見続けていたのだよ。すると、何故か不思議な懐かしさが湧いて来る。その時はわからなかったが、お前も私も日本人の血を引いていたからに違いない。血が私を惹きつけたのだ。そう考えれば、あの時の気持ちもはっきりする」

チュルクさまのお話を聞きながら、私は驚くほかございませんでした。あの方が私をお召しになったのは、それだけの因縁があったのです。私は幸せな気持ちを楽しみながら、あの方を見上げました。

「それで、私をお召しになった？」

「そういうことだ。何とかお前の力になりたいと思った。この顔に笑顔を蘇らせたい、私はそう思っていたのだよ」

チュルクさまの言葉を伺い、私は嬉しくて堪りません。しかし、ここが勝負だと思いました。

私はあの方の胸にすがりながら、駄目を押したのでございます。

「もしも、それが嘘でなければ……、本当に私がお嫌でないならば、お供させてくださいませ。中国へでも、何処へでも……」

チュルクさまは私を抱き寄せ、にっこりお笑いになったようです。あの方の冷たい手が、再び私の傷跡を触っています。思わずうっとりしておりましたら急に頬が燃えてきました。あの方の唇が傷跡に触れたのでございます。

「ああ、チュルクさま……」

思わずうめき声を漏らしながら、あの方を抱く手に力を込めた時です。あの方は私の頬から唇を離し、耳たぶに息を吹きかけられたのでございます。

「メイリン、連れてゆくには条件がある」

私の身体が強張りました。急にまた、何をおっしゃるのでしょう？

「私について来るには、相当な覚悟がいる」

「はい……」

「私がお前を寝床に連れ込んでも、決して泣いてはならぬ！」

チュルクさまの顔が笑っております。私も思わず吹き出してしまいました。初めてお会いした時のことを持ち出されるなんて、嫌な方ではございませんか？　本当に困った方でございます。

「メイリン」

あの方の目が優しく微笑んでいます。

「はい……」

「お前の笑った顔を初めて見た……。可愛いよ、メイリン」

私は嬉しくてたまりませんでした。

「さて、明日の朝は出発だ……。今のうちにこの絵の上に、気がついたことを書き留めておかなければならぬ。中国に行って、この絵を新しく書き直すために……。うまく行けば、この絵は千年も先の世に残るかもしれぬぞ。そこで……だ、メイリン。あの筆を持ってきてくれ。大急ぎでな」

チュルクさまの明るい声が私に元気をくれました。私も勢いよくご返事して、先ほど荷造りした画具の置いてある部屋の隅へ急ぎました。

そうです。あの方は私に細めの狼筆を持って来るよう言われたのです。気づいたことを細かく書くために……。あの方の心がわかるのは私だけです。私が改めて幸せな気持ちを噛み締めたとき、不思議なことに頬の傷跡が疼いて参りました。私は思わず顔を染め、チュルクさまの方を振り返ったのでございます。

エピローグ

　東丹王の亡命については、契丹の正史である「遼史《りようし》」が次のように記している。彼は海路、後唐《こうとう》へ亡命するに当たり海岸で流木を拾い、それに詩を刻んで立てた後、高美人《こうびじん》を携えて海に泛《うか》んで去った……と。この高美人が即ち、本編の主人公のメイリンである。彼女は中国の正史に名を残した数少ない女性と言えよう。
　因みに、その時詠んだ東丹王の詩は、「松漠紀聞《しょうばくきぶん》」によれば次の通りである。弟との権力争いに敗れた者の詩にしては、やけにあっさりしているように思える。我々はこの淡白な詩に、過去と完全に訣別した東丹王の心境を見るべきかもしれない。

小山壓大山　　小山《しょうざん》、大山を壓《あつ》するに
大山全無力　　大山《たいざん》、全く力無し
羞見當郷人　　當《まさ》に郷人に羞《はずかし》めらるべし
従此投外国　　此れにより、外国へ投ぜん

　ところで、東丹王の絵は古くから定評がある。「遼史《りようし》」は彼の絵を次のように記す。東丹王はよく本国の人物を描き力量もあった。「射騎」、「猟雪騎」、「千角鹿図」の如きは皆、宋《そう》（十世紀半ばに建国された中国の統一王朝）の秘府に入っている……と。これを受けて宋の「宣和画譜《せんながふ》」は次のように記す。当時の朝廷に秘蔵されていた東丹王の十五の絵は、双騎図一、猟騎図一、雪騎図一、番騎図六、人騎図二、千角鹿図一、吉首並騎図一、射騎図一、女真猟騎図一、である……と。

その中でも千角鹿図は特に素晴らしかったとみえ、「皇朝類苑《こうちょうるいえん》」には「異民族が描いた絵の中では最も妙筆である」と称賛されているが、今では残念ながら失われており、どんな絵であるか想像するほかない。

なお、東丹王の絵で現存しているものは、台湾の故宮博物院が所蔵する「射騎図」だけであるが、それは千年以上も過ぎた今でも、契丹絵画の雅やかさを伝える非常に貴重なものだとされている。

（完）

〈主要参考文献〉

（謎の東丹国使）

「扶桑略記」（巻二十四、巻二十四裡書）
「日本紀略」（延長七年十二月の条）
「本朝文粋」（巻十二「怠状」）
「遼史」（「太祖本紀」「太祖淳欽皇后述律氏伝」「義宗倍伝」「趙思温伝」）
「契丹国志」（「太祖述律皇后伝」「東丹王伝」）
「東丹国使について—来朝理由を中心に—」篠崎敦史
「契丹（遼）における渤海人と東丹国—「遣使記事」の検討を通じて—」澤本光弘
「東丹→日本　怠状」澤本光弘（「日本古代の外交文書」所収）
「後渤海国の建国」日野開三郎（東洋史学論集第十六巻）
「日本渤海関係史の研究」石井正敏
「渤海国滅亡事情に関する一考察」三上次男
「高麗時代の渤海系民大氏について」北村秀人
「五代の世に於ける契丹」松井等
「鉄利考」池内宏（「満鮮史研究　中世第一冊」所収）
「疾駆する草原の征服者」杉山正明

「黄金国家」保立道久
「日本史サイエンス」播田安弘
「渤海上京宮城永興殿考」李殿福（「高句麗渤海の考古と歴史」所収）
「日本古代十世紀の外交」石上英一（「東アジアの世界における日本」所収）
「将門記」林陸朗校注
「平将門」海音寺潮五郎
「平将門の乱」福田豊彦
「将門と純友」上横手雅敬
「藤原純友とバイキング」生田滋（「唐商の管理」所収）
「菅家の怨霊」角田文衛（「紫式部とその時代」所収）
「夢阿満」菅原道真（「菅家文草」所収）
「王朝絵巻」
「絵巻北野天神縁起」真保亨（「日本の美術」４）
「よみがえる平安京」淡交社
「右大臣源光の怪死」角田文衛（「紫式部とその時代」所収）
「太皇太后穏子」角田文衛（「紫式部とその時代」所収）
「藤原忠平政権に対する一考察」黒板伸夫（「摂関時代史論集」所収）
「扶桑集」

「藤原雅量『重和東丹裴大使公公館言志之詩　本韻』」鈴木崇大
「藤原雅量『遼東丹大使公、去春述懐見寄於余。喚問之間、遂無和之。此夏綴言志之詩、披与得意之人。不耐握玩、偸押本韻』」山崎明
「9～10世紀における日本の金と対外関係」皆川雅樹
「陸奥の金」小葉田淳（「日本鉱山史の研究」所収）
「対馬の銀」小葉田淳（「日本鉱山史の研究」所収）

（断腕太后）

「契丹国志」（「太祖述律皇后伝」「東丹王伝」）
「遼史」（「太祖本紀」「太祖淳欽皇后述律氏伝」「義宗倍伝」「趙思温伝」）
「支那後宮秘史」濱本鶴賓
「遼室君主権の成立に関する一考察」小川裕人

（千角鹿伝説）

「遼代の画人とその作品」田村実造（「東方學」第五十四輯）
「後渤海国の研究」日野開三郎（「東洋史学論集」第十六巻）
「東丹国人皇王の一考察」村田治郎
「東丹国人皇王南奔の行述」園田一亀

主要参考文献

「東丹王について」外山軍治
「悲劇の王、倍」島田正郎（東方選書「契丹国」）
「謎の契丹古伝」佐治芳彦
「遼史」（「太祖淳欽皇后述律氏伝」「義宗倍伝」）
「契丹国志」（「東丹王伝」「太祖述律皇后伝」）

〈著者紹介〉

森下　征二（もりした　せいじ）

1941年　広島県広島市生まれ
東北大学経済学部卒業
定年を機に同人誌活動を開始。「慧」「さくさく」「まんじ」を
経て現在「文芸復興」同人。
中国並びに日本の歴史小説を執筆中。
著書に
『釵頭鳳』（彩流社「歴史のみち草」所収）
『燕王の京都』（鼎書房「現代作家代表作選集第7集」）
『泰衡の母』（「文芸思潮」第77号所収）

謎の東丹国使

定価（本体1600円+税）

乱丁・落丁はお取り替えします。

2021年10月20日初版第1刷印刷
2021年10月28日初版第1刷発行
著　者　森下　征二
発行者　百瀬精一
発行所　鳥影社 (www.choeisha.com)
〒160-0023 東京都新宿区西新宿3-5-12トーカン新宿7F
電話 03-5948-6470, FAX 0120-586-771
〒392-0012 長野県諏訪市四賀229-1（本社・編集室）
電話 0266-53-2903, FAX 0266-58-6771
印刷・製本　モリモト印刷

ISBN978-4-86265-928-6 C0093